L'AFFAIRE LÉANE COHEN

W0359977

Tous droits réservés, y compris le droit de reproduction, totale ou partielle, sous quelque forme que ce soit, sans le consentement préalable de l'éditeur ou de l'auteure. Toute reproduction constituerait une violation du Code de la propriété intellectuelle.

Ouvrage dirigé par Pierre Bourdon
Édition : Érika Fixot
Design de couverture : © Kinos
Mise en pages : Mélodie Landry

Collection New Romance® créée par Hugues de Saint Vincent
et dirigée par Arthur de Saint Vincent
Pour l'édition originale
© 2019, Hugo Roman, département de Hugo Publishing
Pour la présente édition
© 2022, Hugo Poche, département de Hugo Publishing
34-36, rue La Pérouse
75116 – Paris
www.hugoetcie.fr

ISBN : 9782755693553
Dépôt légal : mai 2022
Imprimé en Espagne par CPI BLACK PRINT

JULIE RIVARD

L'AFFAIRE LÉANE COHEN

Hugo Poche

NEW ROMANCE®

PROLOGUE

Octobre, fin de journée. Quelque part en banlieue nord de Montréal, une jeune femme émergea de son bain moussant. Elle retira du creux de ses oreilles les écouteurs qui diffusaient une forte musique transcendante. Son visage, qui aurait dû être serein, se marquait peu à peu de confusion. Son bain, qui avait suivi une heure de *spinning* au gym, s'était révélé vivifiant au départ, mais les cris étranglés de son chihuahua adoré avaient raccourci la période de détente. Une fois couverte d'une sortie-de-bain de coton, la jeune femme s'épongea les pieds sur le tapis. Une odeur âcre la prit à la gorge. Elle s'approcha de la porte close. Au toucher de la poignée métallique brûlante, ses doigts se rétractèrent. La panique s'installa. De l'autre côté de la porte, le chihuahua semblait affolé. Il poussait de longs geignements aigus. Apeurée, la femme cueillit son jeans au sol et l'enroula autour de la poignée. De cette manière, elle put enfin ouvrir la porte. La vague de chaleur qui lui roula sur le visage fut saisissante. Un peu comme ouvrir un four à convection et sentir ses cils s'agglutiner dans le mascara chauffé. La jeune femme plissa les paupières tout en enfouissant, d'instinct, le nez dans le pli de son coude. Elle recula d'un grand pas afin de se retrouver à nouveau dans la salle de bains. C'était de ce point de vue qu'elle aperçut l'horrible scène : son chien enflammé traçait des lignes circulaires affolées sur la moquette. Celui-ci poussait des hurlements déchirants et dégageait des odeurs infectes de poils et de chair grillés. La jeune femme éclata en cris et en sanglots terrifiés. En courant dans tous les sens, l'animal avait allumé de nombreux feux. Il y en avait partout. Et ceux-ci prenaient sans cesse de l'ampleur, car les carreaux avaient été délibérément ouverts. Les rideaux de dentelle blanche volaient vers les flammes comme de lugubres fantômes. Pour la jeune femme, c'était sans issue. Pétrifiée, elle réalisa qu'il n'y avait aucune fenêtre dans la salle de bains par laquelle s'échapper et que le téléphone le plus près était sur son socle, dans le hall d'entrée. Mais le plus terrible, c'étaient les murs de flammes qui s'étaient érigés l'un après l'autre dans la pièce principale, créant ainsi un labyrinthe mortel. Elle fondit en larmes. Elle comprit qu'elle ne verrait pas son vingt-cinquième anniversaire, le mois suivant, et qu'elle n'accomplirait aucun des projets de vie qu'elle avait prévus.

CHAPITRE 1

Deux mois plus tard, milieu de la nuit.

– Y a quelqu'un dans la chambre, hurla un pompier, du haut de l'escalier de secours.

La chaleur virulente mordait tous les meubles sur son passage et grillait la peau. Les pompiers en ressentaient tout le poids, malgré l'étanchéité de leur masque et de leur combinaison. Le feu recouvrait à présent le plafond à la manière d'un drap de percale qui ondulait furieusement au vent. L'orangé des flammes contre le fuchsia des murs de la chambre à coucher créait un vif éclat de couleur aux yeux de ces pompiers qui avaient dû s'y aventurer. Au milieu de ce sinistre se trouvait une jeune femme. Elle était allongée sur le lit, les jambes droites et les bras le long du corps. Ses membres raidis étaient en partie décharnés. De son visage… il ne restait plus rien. Sa bouche ouverte, qui n'était que lambeaux de chair, mâchoires et dentition, confirmait un état de surprise. Si seulement cette pauvre jeune femme avait pu se réveiller à temps !

– Trop tard, les gars, cria l'officier. Déplacez le corps. On s'attaque à la charpente.

On ne voyait presque plus le cadavre à travers les colonnes de fumée noire et les flammes qui lézardaient les murs. Deux pompiers déplacèrent le corps afin de le protéger de l'eau qui émergerait bientôt du boyau et ses trente kilos de pression. Il fallait faire vite et procéder avec précaution tout à la fois. La température ambiante était maintenant quasi insoutenable. L'air était pauvre et vicié. Les accessoires de plastique étaient recourbés, liquéfiés. Ils bavaient le long des meubles restants. Soudain, le feu sembla vouloir changer de danse. Du moins, il ne se comportait plus de la même façon. Il s'intensifiait encore. Au total, c'était une trentaine de pompiers qui se battaient corps et âme pour limiter les dégâts.

– Houde ! Bussières ! Une ventilation au toit, ça presse !

Puisque l'incendie faisait rage au dernier étage, les deux pompiers désignés s'empressèrent de regagner l'échelle. Ils se hissèrent sur le toit afin d'y scier une ouverture pour ventiler le brasier, évitant ainsi que la pression n'entraîne une explosion. Une fois sécurisés, leurs collègues purent de nouveau s'attaquer aux nombreux foyers d'incendie à l'intérieur. Le terme « nombreux » pouvait présupposer une intention criminelle. Et si c'était le cas, cela signifiait que quelqu'un, quelque part, avait souhaité à la jeune occupante des lieux un dernier repos cruel. Les pompiers n'y étaient pas insensibles, mais ils gardaient leur sang-froid pour se maintenir en action. Leur chef avait vite été envahi d'interrogations : la fumée avait-elle atteint les poumons de la victime avant qu'elle ne puisse prendre conscience de la scène tragique qui se déroulait à quelques mètres de son lit douillet ? L'avertisseur de fumée au plafond avait-il crié ? Si l'avertisseur n'avait pas émis son signal d'alarme, une défectuosité de l'appareil serait-elle à considérer ? Il serait catastrophique qu'une telle fatalité découle d'une simple erreur de chaîne de montage… C'étaient tous ces points d'interrogation sans réponse qui justifiaient la convocation de policiers spécialisés à l'endroit du sinistre éteint. Parmi eux, Léane Cohen.

Dans ses draps soyeux, Léane dormait paisiblement. Elle venait tout juste d'entrer dans ce cycle du sommeil où les rêves se font hyper réalistes. Souvent tumultueux, ses songes étaient d'une douceur volatile, cette nuit-là. On aurait même dit que la policière souriait dans son sommeil. Dommage qu'elle soit seule et qu'aucun spectateur masculin ne puisse s'attendrir de cet apaisant portrait. Cette sérénité fut toutefois de courte durée. Bientôt, son épaule tressauta. Son visage se crispa. Le silence nocturne venait d'être rompu par une vibration. Pour l'enquêtrice, ce bruit évoquait l'angoisse et l'action. Les traits harmonieux de la femme se déformèrent. Sa main quitta le bord du matelas pour tâter la table de chevet. L'appel du devoir. Léane entrouvrit une paupière pour analyser les chiffres phosphorescents sur son réveil. Elle reconnut un 5, suivi d'un 1 et d'un 9. La pire heure ! Trop tôt pour travailler. Trop tard pour espérer se recoucher. Elle répondit à son collègue Pierre-André d'une voix ténue. Lui était bien réveillé.

– Un deuxième incendie d'apparence criminelle. Au 302 rue Étienne Brûlé, dit-il avec stoïcisme. Le nom de la rue n'est pas une blague de mauvais goût. Les pompiers ont déjà maîtrisé le feu. Mais on a un corps. On t'attend.

C'était Pierre-André Parent, un enquêteur aux crimes majeurs, efficace, agréable et au calme irréprochable dans les situations de crise. S'il était sur les lieux de l'incendie quelque temps avant Léane, c'est entre autres parce qu'il y avait un mort. Et si Pierre-André faisait appel à sa collègue, c'est qu'il voulait s'assurer que cet incendie n'était lié à aucun gang criminel, la spécialité de Léane Cohen. À moitié endormie, flottant toujours entre deux mondes, Léane tenta de marcher en ligne droite vers sa commode. Vaine tentative. Elle savait à présent qu'elle ne rêvait plus. De un, elle venait de se cogner le tibia contre la base de son lit en bois massif et la douleur était bien réelle. Le blasphème qui s'échappa d'entre ses dents l'était également. De deux, elle était habituée à ce genre d'appels téléphoniques déstabilisants à n'importe quel moment. Ce qui ne l'empêchait pas d'avoir l'esprit embrouillé et la démarche maladroite. D'ailleurs, en se glissant rapidement les pieds dans la même jambe de pantalon, elle tomba à genoux sur la moquette. Malgré ces bévues gênantes rappelant celles d'une débutante, Léane Cohen excellait dans son domaine d'investigation. C'était tout ce qui comptait, au fond. Une fois ressaisie, elle attrapa ses clés, récupéra son pistolet qu'elle n'avait pas eu le temps de retourner au poste et se mit en route.

Sur le trottoir, c'était le branle-bas de combat habituel. Le feu était peut-être étouffé et le périmètre sécurisé, mais l'émotion demeurait à son comble du côté des voisins évacués que les représentants de la Croix-Rouge s'assuraient d'épauler. Enfin garée à proximité de l'appartement sinistré, Léane extirpa du coffre de sa voiture une combinaison à bandes réfléchissantes. Cet uniforme de travail, qu'elle et ses compères surnommaient le *bunker* suit, ressemblait à une combinaison de pompier. Il lui assurait une protection inégalée afin de pouvoir fouiller les décombres laissés par les flammes ravageuses. Léane travaillait pour le BRE (Bureau régional d'enquête) qui relevait de la Sûreté du Québec. Elle servait dans le district Montréal – Laval – Laurentides – Lanaudière. Sa réputation avait fait son chemin : Léane Cohen supportait bien la chaleur, toutes chaleurs confondues. Quand ça chauffait, elle gérait.

Bien qu'elle n'ait pas encore franchi le cap des quarante ans, elle possédait déjà le grade de lieutenante et aspirait au titre de capitaine. Depuis une semaine, elle pouvait même effleurer son rêve du bout des doigts puisqu'elle assurait l'intérim en l'absence de son supérieur parti se prélasser sur le sable fin de l'île de Roatàn… Une demi-année complète au soleil. Une sabbatique dûment méritée étant donné son âge avancé et son loyal dévouement envers la Sûreté. Au cours des prochains mois, Léane aurait sous ses ordres neuf autres sergents-détectives, un analyste et une secrétaire. Tout un programme. Après avoir passé sa combinaison, elle cala le casque protecteur sur son front et investit la scène. L'endroit avait plus l'air d'un cendrier géant que d'un coquet appartement.

– As-tu aimé le réveil brutal, Lélé ? Oh pardon, madame Cohen.

Léane bouscula amicalement son partenaire.

– Je dormirai à Noël, pendant mes quarante-huit heures consécutives de congé. Maintenant, dépoussiérage.

Chaussée de ses grosses bottes, elle fit tout son possible pour contourner avec délicatesse une section du plafond de gypse qui était tombé sur le sol. Puis elle se hissa sur un petit amoncellement de poutres, faisant bien attention de ne pas compromettre la scène. De là, elle parcourut la pièce d'un regard analytique. Une dernière lisière de tissu pendait sur la tringle à rideaux. Les murs étaient éventrés et les plaques d'interrupteurs, déformées. En somme, il serait plus rapide de faire le décompte des objets restés intacts. Léane interpella un subordonné et lui demanda d'aller chercher certains outils dans le camion-scène. Dès son retour avec les articles demandés, Léane pourrait enfin se mettre à recueillir des échantillons qu'elle enverrait par la suite au Laboratoire de sciences judiciaires et de médecine légale de Montréal. Notamment, les matériaux qui présentaient des reflets arc-en-ciel.

– Sûrement de l'essence. Plus classique que de l'huile Crisco, réfléchit-elle à haute voix. Tu disais que la victime était célibataire, comme notre fille brûlée du mois d'octobre ? Avez-vous joint sa famille ?

– Bouffard est dehors avec son père. Il s'informe de son état civil, son métier, ses habitudes de vie, sa situation financière, son signe astrologique et sa saison préférée de *Game of Thrones*, conclut-il, pince-sans-rire.

– Pfff, c'est clair que la meilleure saison, c'est la quatrième. Pas besoin de Bouffard pour découvrir ça.

Ils partagèrent un rire, mais celui-ci fut de courte durée, au vu de la lourdeur de la situation.

– Bon ! dit Léane comme pour se ramener à l'ordre. Tu me fais un petit topo, mon ami ?

– Les similitudes entre nos deux victimes incendiées sont considérables. Puisqu'on a découvert que « la fille au chien » avait des amies en commun avec des membres de La Pieuvre[1], je tenais à ce que tu regardes de près notre « fille alitée ».

Lorsqu'il s'agissait d'un crime complexe impliquant de nombreux individus ou lorsqu'il y avait présence de plusieurs personnes décédées, Pierre-André avait toujours l'habitude de les étiqueter. Si certains criminels étaient affublés de surnoms épouvantables, Pierre-André ne manquait cependant jamais de respect envers les défunts.

– Deux femmes blanches, dans la mi-vingtaine. Pas dans une relation amoureuse officielle, comme je te le mentionnais plus tôt. Pas de dossiers criminels. Des filles qui aimaient faire le party, de temps en temps, mais pas de folies majeures. Ah, un autre

1. RIVARD, Julie. *L'Affaire Eva Beck*. Paris, Hugo Roman, 2019.

point qui les unit : les deux voyageaient à pied ou en transport en commun.

– Facile de suivre leurs déplacements et de noter leurs habitudes quotidiennes, réfléchit Léane à voix haute.

Pierre-André corrobora ses impressions. Léane s'approcha alors des techniciens en scène de crime qui entouraient le corps semi-carbonisé qu'on avait déplacé jusqu'au rangement qui tenait de salle de lavage. Un autre triste portrait : un corps rigide, à la fois jauni et plaqué noir, une douleur lancinante encore imprégnée sur le visage, quelques longues mèches de cheveux frisés ici et là. Léane transmit ses directives aux techniciens. Certains se mirent aussitôt à jouer du crayon afin de produire de rapides croquis, tandis que d'autres faisaient cliqueter leurs appareils-photo. Flanquée de son partenaire Pierre-André, l'investigatrice poursuivit sa lugubre visite. L'homme choisit ce moment pour enchaîner avec le reste de son résumé de la situation. Il partagea avec Léane les premières constatations dressées par l'équipe policière une fois le brasier étouffé par les pompiers.

– La victime ne fumait pas, n'avait pas oublié de bougie allumée, n'avait pas cuisiné avant son coucher. Puisqu'elle était locataire, la victime n'a pas mis le feu pour frauder les assurances. Il faudrait toutefois questionner le propriétaire à cet effet afin de le rayer ou non de la liste des suspects. Deux faits notables : 1) quelqu'un a retiré la pile de l'avertisseur de fumée, pile qui avait été insérée dans l'appareil par le père de la victime deux semaines auparavant et 2) des odeurs d'accélérant appuient l'hypothèse de l'incendie volontaire ayant entraîné un crime encore plus odieux, l'homicide.

– Humm… On a endommagé les gicleurs de notre première fille et on a enlevé la pile de l'avertisseur de notre deuxième, remarqua-t-elle.

– Une autre similitude.

Quoique la vie n'avait de cesse de les surprendre, rares étaient les enquêteurs qui croyaient aux coïncidences. Ils étaient payés pour examiner les moindres recoins, même ceux d'apparence insignifiante, alors c'est ce qu'ils faisaient. Tout cela aiguisait la patience… ou l'usait à la corde.

– Bon, soupira Léane, je vais continuer mes prélèvements maintenant. Toute seule, insista-t-elle en jetant un coup d'œil oblique vers Pierre-André. Tu vas te rendre utile pendant ce temps-là en allant me chercher Bouffard.

– Une chance que t'es belle, toi, christie, parce que…

– Début de harcèlement sexuel, mon cher, dit-elle en essayant de ne pas rire.

– Ah, mange donc un char de…

– Langage !

Pierre-André fourra son carnet de notes au fond de sa poche. Puis il utilisa sa main droite pour tourner un moulinet imaginaire qui fit lever son majeur gauche. Face au doigt d'honneur, Léane s'esclaffa et administra un solide coup de jointure à l'épaule de son collègue. Ce coup, il ne le ressentit pas physiquement étant donné son épaisse combinaison, mais il lui fit tout de même plaisir, amicalement parlant. Léane s'accroupit pour ensacher quelques débris porteurs d'indices, mais qui pouvaient sembler sans intérêt pour le commun des mortels. Quelques minutes plus tard, une technicienne vint lui faire état de ses perquisitions. Léane cessa de tronçonner un pan de mur pour observer le contenu des sacs transparents.

– On a trouvé des relevés de comptes encore lisibles. Assez incroyable, sérieux.

Léane était toujours aussi fascinée par les incendies qu'à ses débuts. La personnalité d'un feu, sa réaction aux facteurs environnants et ses *patterns parfois imprévisibles la captivaient. La question qui se pointait alors dans son esprit : comment des flammes d'une telle véhémence avaient-elles pu ravager un corps humain et une bonne partie d'un appartement, tout en épargnant une pile de factures rangées sous un bol à fruits en grès ?*

– Pour l'ordinateur portable, renchérit Léane, pas sûre qu'on pourra récupérer le disque dur, mais ça vaut le coup d'essayer. T'as pas trouvé de journal intime, par hasard ? Tsé, tant qu'à espérer un miracle du genre tout cuit dans le bec, blagua-t-elle.

L'autre femme lui répondit par la négative et retourna à ses explorations. Léane scruta les relevés de compte de la victime. Carte de crédit : total raisonnable. Hydro-électricité : payée à temps. Abonnement à divers magazines : une vraie fille. Léane se dépêcha d'estomper un sourire compatissant. Elle fit une lecture en diagonale du relevé de téléphone. Date, montant dû, numéro de téléphone, appels interurbains, communications locales, frais de message texte, et ainsi de suite. Tout semblait réglo. Léane referma le sac de paperasse. Tout à coup, son cellulaire sonna. Elle se contorsionna pour faufiler sa main sous l'imposant manteau qui lui conférait des airs de joueur de football.

– Léane Cohen !

Pas de réplique de l'interlocuteur.

– Qui parle ?

Absurde question, puisqu'en réalité, personne n'avait parlé. Tout en se félicitant intérieurement pour sa question niaise, Léane se boucha l'autre oreille pour mieux entendre. Toujours rien d'audible.

– Dernière fois avant que je raccroche : qui est à l'appareil ?

Comme seul bruit de fond, Léane perçut l'eau d'une douche coulant en jets continus. Puis, elle entendit trois toussotements. Perplexe, elle écarta le portable de son oreille. Léane consulta le numéro du demandeur. Cette série de chiffres ne figurait pas dans sa liste de contacts. Une simple erreur, pensa-t-elle en refermant l'appareil.

Près d'une heure s'écoula avant la fin des fouilles. Tout au long du processus, Léane avait senti le faible murmure d'une intuition l'interpeller. À ses débuts en tant que policière, elle avait toujours repoussé ses *feelings*, pour développer un mode de pensée cartésien. Les faits et seulement les faits comptaient, à cette époque. Mais avec l'âge et l'expérience, elle avait compris que toute impression n'était pas bonne à jeter à la poubelle sans considération. Mieux valait ne rien ignorer, même les « peut-être que » et les « si jamais ». Puisqu'au final aucun téléphone n'avait été retrouvé parmi les débris, Léane décida de demander au père de la défunte si, à tout hasard, il l'avait en sa possession. L'homme lui répondit par la négative. Ce n'est qu'une fois de retour au camion-scène que Léane fut frappée par un éclair. Empressée, elle s'agenouilla à l'arrière du véhicule, enfila des gants, et fouilla les bacs remplis d'échantillons. Voilà ! Les factures de la défunte. Elle ouvrit le sac et en sortit un document.

– Pas vrai…

L'appel téléphonique qu'elle avait reçu plus tôt provenait du cellulaire de la victime. Et la personne qui le détenait connaissait le numéro de Léane. Pas joyeux. Pas joyeux du tout.

CHAPITRE 2

Sur sa chaise peu rembourrée, le sergent Henrik Hansen patientait. Il avait rendez-vous avec une certaine Léane Cohen.

– Ça devrait pas être bien long, l'avisa une secrétaire. On attendait madame Cohen pour midi. C'est pas dans ses habitudes d'être en retard. Je peux vous offrir quelque chose en attendant ?

Henrik lui demanda un simple verre d'eau. Il avait fait le voyage d'une seule traite, de son village montagnard de Cap-à-Nipi jusqu'à la métropole. Dans la chaleur artificielle de sa Jeep, sa gorge s'était asséchée. Lorsque l'affable secrétaire lui tendit un verre suintant bien garni de glaçons, elle fut aussitôt attendrie par la politesse de ses remerciements. C'est pourquoi elle lui proposa un tour complet du propriétaire. Après tout, la bâtisse qui abritait le BRE était très récente, vaste et propre. Il y avait de quoi être fier ! Bien qu'il apprécia les efforts conviviaux de la dame, Henrik préféra décliner l'invitation. Si d'ordinaire il était attiré par le mouvement et la nouveauté, aujourd'hui il n'avait pas l'âme aux visites, aux sourires protocolaires et aux jasettes de style « relations publiques ». Après avoir vidé son verre, il fixa les cubes de glace à moitié fondus qui ne voulaient pas décoller du fond. D'un point de vue positif, Henrik était estimé des habitants de son patelin ainsi que par son corps policier pour avoir contribué au démantèlement d'un réseau criminel féminin surnommé La Pieuvre. Mais en contrepartie, il avait perdu sa maison et il avait été contraint de faire incarcérer la tête dirigeante du groupe, Eva Beck. Ce qui aurait été un solide coup, si celle-ci n'avait pas été le plus grand amour passionnel qu'il avait vécu. Assis sur sa petite chaise, en ruminant ainsi sa vie, Henrik réalisa qu'elle était d'une ironie fantasque à inspirer tous les apprentis Tarantino de ce monde. Ne manquaient que quelques litres de sang et un balafré pervers affublé d'une coiffure afro pour que sa vie complexe fasse une superproduction.

Plutôt que de se torturer davantage, Henrik redirigea son attention vers les allées et venues des employés de l'administration, des patrouilleurs, des techniciens en scène de crime et en incendies. Les gens du BRE lui paraissaient actifs, pour ne pas dire pressés. Chose certaine, Henrik ne s'ennuyait pas de la grande région métropolitaine. D'origine danoise – il était né et avait passé sa jeune enfance sur l'une des îles

Féroé – il se reconnaissait davantage dans la quiétude de Cap-à-Nipi, village à flanc de montagne situé dans le nord des Laurentides. Il adorait son brouillard matinal, ses habitations sises sur le roc, ses sentiers qu'il gravissait en course cross-country, la chaleur et le franc-parler de ses natifs. Il appréciait ses bons amis, les inimitables jumeaux Dupuis et affectionnait même son patron, le lieutenant Fafard. Ce qui n'était pas peu dire. Les agréables réminiscences d'Henrik ne furent toutefois que de courte durée. Quelqu'un se ruait vers lui.

– Deux minutes deux minutes ! plaida la femme au regard sévère, mais d'un bleu remarquable.

Un téléphone portable serré entre l'oreille et l'épaule, elle fonça vers son bureau pour s'y engouffrer, frôlant Henrik au passage. S'ensuivit un claquement de porte. Pas mal, pour une deuxième rencontre, pensa-t-il. Lorsque Léane Cohen s'était présentée chez lui pour expertiser son cottage sinistré, il l'avait trouvée spontanée, mais pas expéditive à ce point. Peut-être était-ce une mauvaise journée pour elle ? Si oui, Bon Dieu qu'il compatissait ! Henrik venait de traverser six très mauvais mois… Pendant qu'il se ressaisissait du coup de vent qui venait de passer devant lui, Léane finissait sa conversation avec son partenaire d'investigation.

– Je suis pas folle, Pierre-André. Quand je suis retournée à mon condo ce matin, ma douche était mouillée. Non, tu comprends pas. J'ai pas pris de douche à 5 h 19 quand tu m'as si *gentiment* réveillée. En tout cas, on s'en reparle plus tard. Y a le sergent Hansen qui m'attend.

Elle ouvrit grand la porte, faisant sursauter son visiteur qui patientait debout afin de se dégourdir les jambes. Elle lui offrit une poignée de main, tout en prononçant quelques paroles bousculées pour excuser sa brusquerie. Paradoxal. Tous deux disparurent derrière une porte close et des stores romains déployés.

– Assieds-toi, dit-elle en faisant coulisser une porte d'armoire qui révéla un mini-frigo. Je te sers un Jack ?

Henrik était hébété. Il bafouilla un semblant de réponse. Léane versa le whisky d'un habile doigté, mais sans aucune prétention. Elle fit glisser l'un des verres sur la surface lisse de son bureau. « À la mode western », blagua-t-elle. Effet réussi. Elle enchaîna :

– Si je t'offre un remontant, c'est parce que j'ai pas de coupable à te donner, avoua-t-elle en extirpant une chemise de sa filière. Je préférerais te dire qu'on a ciblé un ou deux solides suspects dans l'incendie de ta maison, mais comme tu le sais, on fait face à une organisation qui est en mode défensif. En d'autres mots, tout le monde se protège le cul. Oh pardon, les arrières, dit-elle, faussement repentante.

– Même les filles qui sont déjà en prison ? réagit Henrik. T'as rien trouvé d'assez pesant pour les faire parler ? Absolument rien ?

Léane le transperça d'un regard inquisiteur. Il tenta de se justifier :

– J'essayais pas de poser un jugement de valeur sur tes compétences.

– Commence par enlever ton manteau et par boire ton Jack. Après tu pourras passer des remarques sur la qualité de mon ouvrage.

Henrik ne put arrêter un sourire de se former au coin de ses lèvres. Se sentant déjoué, il se contenta de hocher la tête tout en avalant une pleine gorgée de boisson forte. Il se défit de son parka et le coucha sur l'un des accoudoirs de son siège.

– Tu restes où ? demanda-t-elle soudain, déviant le cours de la conversation.

– Je suis au centre-ville. À l'hôtel Blanco. Je suis monté avec ma sœur. Elle m'a supplié à genoux pour que je l'accompagne au spectacle de Maroon 5, demain soir.

– Ahhhhh, l'irrésistible Adam Levine.

– Tu veux mon billet ? Je suis prêt à te payer pour que tu le prennes.

Léane s'esclaffa au moment même où l'on frappait à la porte. Elle lança un « C'est ouvert ! » au travers de ses éclats de rire. Un jeune technicien pénétra dans les quartiers privés de l'enquêtrice afin de lui tendre une enveloppe scellée. Elle le remercia pour sa rapidité d'exécution et lui permit de retourner à ses obligations. Elle décacheta ensuite l'enveloppe, puis étala une panoplie de photographies sur la minuscule surface libre de son bureau.

– Ma journée d'hier a été chamboulée par un cadavre carbonisé. Des choses qui arrivent. Je peux compter sur ta discrétion ?

Henrik lui donna son assentiment avant de s'incliner vers la série de clichés. Spécialisé en plongée sous-marine, Henrik avait trop souvent été confronté à la froideur de l'eau et trop peu à la chaleur des brasiers. Avant sa maison, jamais, en réalité, si ce n'était quelques feux de poubelles déclenchés par des voyous et des flambées accidentelles causées par des fumeurs en état d'ébriété.

– L'analyse sera pas trop compliquée. Les causes sont assez évidentes. Je sais déjà de quoi aura l'air le rapport du laboratoire médico-légal. Étant donné que le « comment » est flagrant, reste juste à répondre aux « qui ? » et « pourquoi ? ». Si on se fie au père de la victime, y avait aucun chum dans le décor, aucune chicane avec qui que ce soit, aucun passe-temps olé olé ou squelettes dans le placard. Mais ça, c'est selon le père. On verra bien ce que son Facebook aura à nous dire… Facebook, c'est la caverne d'Ali Baba des mensonges et des secrets mal gardés. J'ai un cas similaire non résolu qui remonte au début octobre. Une autre fille supposément sage en apparence, mais qui fêtait pas mal fort avec des Pieuvres.

Henrik fronça les sourcils. Léane se pencha au-dessus de certaines photographies pour les inspecter avec plus de rigueur. Henrik était maintenant dressé à ses côtés. Il observait le même gros plan capté avec un objectif macro.

– Tu vois ça ? dit-elle. De l'essence versée sur un plancher de bois crée des cernes, un peu comme un gobelet de lait renversé par un bébé. As-tu des enfants ?

– Non.

– Dommage.

– Pourquoi ? dit-il, étonné.

– Il paraît que c'est génial.

Henrik écarquilla les yeux, sans que Léane le remarque, puisqu'elle était occupée à retirer une image précise du lot. Elle la tapota du bout du doigt.

– En plus des cernes, on peut même voir des reflets arc-en-ciel. Sur un tapis par contre, comme dans la chambre de la victime, tu verras jamais ces espèces de halos colorés. Mais les vapeurs d'accélérant produisent une chaleur qui décompose le tapis beaucoup plus rapidement qu'un autre revêtement de sol. C'est pour ça que la chambre à coucher était plus endommagée que la salle à dîner, par exemple, où en revanche on a aperçu les fameux reflets multicolores.

Henrik était suspendu à ses lèvres. Il adorait la nouveauté. Et puis cette femme vulgarisait si bien les notions théoriques que son intérêt envers cette enquête grimpait en flèche. Léane prit une pause pour mieux savourer son restant de whisky. Elle réintégra son fauteuil à bras, plus confortablement cette fois, tandis qu'Henrik restait bien droit devant elle pour la questionner davantage sur les aléas de son travail.

– C'est passionnant, mais exigeant, dit-elle. Ça me ressemble, j'imagine.

Elle laissa échapper un autre rire franc. Impossible pour Henrik de ne pas fixer ses lèvres rehaussées d'un baume rouge lustré. Elle était vêtue en noir de la tête aux pieds ; seule la breloque dans son décolleté créait une touche de couleur aussi vibrante que celle à sa bouche. Au bout de la chaîne en argent, Henrik reconnut deux cerises écarlates, une minuscule tête-de-mort vert émeraude, ainsi qu'une petite rose blanche. Son bijou l'intriguait.

– Bon, reprit-elle avec entrain. Tu devineras que si je t'ai fait faire toute cette route, c'est pas pour jaser de ma vie ou aller magasiner chez Ikea. Sachez, Monsieur Hansen, que j'ai bien l'intention de vous utiliser.

Henrik regagna son siège et s'ancra à son verre. Il était désarçonné par la vivacité de cette femme. Ne sachant que répondre à sa plus récente déclaration, il se résigna à caler une seconde ration d'alcool. Léane ranima la conversation :

– En réalité, on soupçonne que ton cottage incendié et notre première fille également brûlée soient liés à des individus évoluant au sein ou autour de La Pieuvre. On étudie présentement le réseau social de notre deuxième brûlée, dit-elle en désignant de nouveau les photographies, pour tenter de voir si le même lien la relie à cette organisation. Bref, je sais que t'es descendu ici avec ta sœur, sur ton temps personnel, mais… J'avais un motif prémédité à te recevoir, aujourd'hui.

Henrik se cala davantage dans son siège pour accueillir les explications de la femme. Incertain de la direction que prendrait cette dernière, il se croisa les bras sur la poitrine, question de se redonner un peu de prestance en attendant la suite.

– J'aimerais demander un prêt de service au BRE en ton nom. Toute mon équipe pourrait profiter de ton expertise sur l'organisation criminelle féminine. J'ai piqué une petite jasette à Beck en octobre, mais l'énigmatique créature s'est montrée plus hermétique qu'une chambre forte. Puisque c'est toi qui as conduit l'enquête et réussi l'exploit de la convaincre de se rendre aux autorités plutôt que de se faire descendre par les motards, je me suis dit que…

Eva. Toujours et encore Eva. Henrik ne s'en sortirait-il donc jamais ? Il l'avait tant aimée dans le passé et, à un certain point, ses sentiments avaient été si forts qu'ils l'avaient en quelque sorte asservi. Hormis sa sœur Astrid, personne ne connaissait son historique avec la criminelle. Comment rejeter la requête de Léane ? Il n'était pas contre l'idée de mettre son expertise au profit d'innocentes jeunes femmes assassinées, mais pour ce qui était d'Eva… Il lui fallait trouver une raison rationnelle de refuser ce tête-à-tête. Mais cette raison ne venait pas ! L'enquêtrice enchaîna :

– En fait, c'est pas mon idée. C'est elle qui l'a exigé.

– Qu'est-ce que tu veux dire ?

– Ça fait deux fois que je la cuisine. Elle a fini par m'avouer qu'elle se laisserait interroger par une seule personne. Une seule. Et tu devineras que c'est ni moi ni n'importe quel Joe Bleau sorti de son autopatrouille.

Même si son humour était appréciable, Henrik n'avait pas envie de blaguer. Mais pas du tout ! Un début de colère, suscitée par l'impasse, s'était niché en lui. Ses traits s'étaient durcis. Sa nuque, raidie. Il réalisait qu'aucune explication valable ne pourrait le tirer d'affaire.

– Donc, est-ce que t'acceptes le prêt de service et la demande de notre chère criminelle ?

– Pour le prêt, c'est oui. Pour la rencontre, je vais y aller, si c'est inévitable. Mais ça m'écœure.

– Ouin, fit Léane. En tout cas, t'es loin d'être un *yes man*.

– Je suis sûr que le contraire te décevrait.

Voilà qu'Henrik s'élevait au niveau de répartie de Léane. Et elle appréciait.

– C'est réglé, dans ce cas-là. Je fais la demande officielle à tes supérieurs ce midi même et je t'organise une petite visite à Tanguay dans les prochains jours.

Devant la tournure des événements, Henrik se dit qu'il aurait dû rester à Cap-à-Nipi. Son escapade à Montréal semblait se compliquer de minute en minute. Tandis qu'il ruminait ces cyniques pensées, la policière essayait de ranger un peu son bureau. Elle referma sa filière, rangea son enregistreuse numérique et tenta de placer les photographies de la veille dans un ordre logique. Henrik se releva pour fixer le cliché sur le dessus de la pile. Un détail avait attiré son attention, ce qui l'arracha à son mutisme passager.

– C'est quoi ça, sur le mur ?

Léane étudia la prise de vue. Il semblait y avoir un motif sur un coin de papier peint calciné. En fait, ce motif était partiel, puisque la chaleur en avait fait peler une bonne partie. Henrik fronça les sourcils, plus ou moins à l'aise avec l'hypothèse qu'il s'apprêtait à verbaliser. Après tout, il était devant une spécialiste en incendies criminels et ne souhaitait pas se ridiculiser.

– On dirait un profil masculin.

– La courbe ici ? s'enquit Léane. En tout cas, moi je voyais un bout de lettre. Peut-être un « T ».

– Je dirais un « T » moi aussi. C'est nébuleux tout ça, dit Henrik en repoussant la photo. Faudrait vraiment que tu…

Il coupa court à sa propre recommandation. Cette enquête n'était pas la sienne. Loin de lui l'idée de faire de l'ingérence dans les dossiers de la lieutenante.

– Faudrait quand même que, quoi ? relança-t-elle. Que je demande au père de la victime si le motif était sur le mur avant que le feu se produise ?

Henrik confirma l'intention. Elle le félicita de sa perspicacité puisqu'il y avait également eu une ligne courbe au bas de la porte de la salle de bains de « la fille au chien ». Henrik balaya son compliment d'un mouvement de l'avant-bras avant de passer son parka. On entendit alors un tintement de clochette. L'homme continua de nouer son écharpe pendant que l'enquêtrice consultait son agenda électronique.

– Un lunch avec Éloi dans vingt minutes ? Eh merde, j'allais l'oublier. Je vais devoir contacter ton patron en chemin.

Un certain Éloi dans le portrait ? Pas que ça changeait quelque chose… Henrik redressa son collet et passa ses gants de cuir doublés. Léane décrocha son manteau d'une patère et annonça à son visiteur qu'elle l'accompagnerait jusqu'au stationnement sous-terrain, où était garée sa Fiat vermeille. Avant de quitter le bureau, elle prit soin de noter les coordonnées du poste de police de Cap-à-Nipi et de glisser l'intrigante photographie dans une enveloppe marquée des armoiries de la Sûreté. Tout en marchant, elle enfouit l'enveloppe au creux d'un large sac à main. Une fois au stationnement, Henrik pensa à lui remettre une carte professionnelle sur laquelle figuraient ses coordonnées personnelles.

– Merci bien. Je t'appelle dès que je t'obtiens une rencontre à la prison.

Henrik n'était pas heureux de se faire rappeler ce rendez-vous maudit.

– Et je vais montrer la photo à mon collègue Éloi, dit l'enquêtrice. C'est un graphologue. Son expertise est souvent sollicitée dans des procès majeurs. Il pourra peut-être m'éclairer sur le lettrage.

Elle le bouscula gentiment.

– Je sais pas pourquoi je te raconte tout ça. Tu dois en avoir par-dessus la tête avec tes propres investigations. Je suis un grand livre ouvert. *Mea culpa.*

Henrik la salua de la tête avant de bifurquer en direction de sa Jeep. Il se demanda pourquoi il ressentait autant de choses face à la personnalité de cette femme. C'était un phénomène assez rare chez lui. Il y avait bien sa sœur Astrid qui parvenait à le surprendre, sinon le distraire, avec sa pétillante franchise et ses émotions éclatantes. Sinon, les femmes avaient l'habitude de lui plaire, de le séduire, mais pas de le déstabiliser à ce point. Peu importait ! Quel était le but de ces réflexions, de toute manière ? Henrik prit place derrière le volant de son véhicule. Il changea la clé USB qui était insérée dans le système audio. Bientôt, des notes de basse inondèrent l'habitacle. Il haussa le volume et poussa le bras de vitesse pour embrayer en première. Une fois que le véhicule fut sur la route, un vieux chanteur noir entama le premier couplet de la chanson *Memphis Heartbreaker*. Henrik fredonna tout en passant en deuxième. Après avoir emprunté un détour forcé, à cause de travaux de construction et chialé sur les cônes orange présents même en hiver, Henrik recommença à chantonner. En s'attardant sur les paroles qui rappelaient Beale Street et sa belle époque, Henrik eut un déclic. Dans sa tête, et dans la tête de milliers de fans à travers le monde, Memphis était synonyme du roi du rock'n'roll, Elvis Presley. Et si le profil masculin aperçu sur le pan de mur noirci était celui du célèbre chanteur ? Il se rappelait avoir vu ce même genre de profil sur une pochette d'album. Et cette lettre « T » lui inspirait quelque chose. Même si c'était tiré par les cheveux, il se rangea sur l'accotement et attrapa son téléphone intelligent. Il rédigea un message texte.

« TCB = *taking care of business*[2]. Tu me diras ce qu'en pense ton Éloi. »

---

2. Devise personnelle adoptée par Elvis Presley au début des années 1970.

Après avoir envoyé le texto, il lança l'appareil sur le siège passager, monta la musique à plein volume et se faufila à nouveau dans la circulation. Restait plus qu'à attendre la réponse de Léane Cohen.

CHAPITRE 3

Les enseignes lumineuses et les bourdonnements de la ville ramenaient Henrik Hansen plus d'une décennie en arrière. Mais il n'y avait pas que ces stimuli sonores et visuels qui l'entraînaient dans un rapide voyage dans le temps. Les chauffeurs de taxi sans souci de courtoisie et les innombrables sens uniques y contribuaient aussi. Hansen avait effectué ses toutes premières rondes dans l'arrondissement du PDQ-20[3] en tant que patrouilleur. Il avait alors vingt-cinq ans et sa vie consistait en un roulement de travail à la dure, à des *smoked meats* de chez Stein's et à des parcours de jogging sur le Mont-Royal lorsqu'il avait besoin de dégraisser la machine et de libérer son esprit. Ce soir, Henrik n'avait plus vingt-cinq ans. Il en avait trente-neuf et ressentait l'effet du centre-ville avec une tout autre intensité. Moins oppressante que lorsqu'il avait fait ses premières armes, l'ambiance se voulait

3. Poste de quartier numéro 20.

maintenant excitante. Il était un policier en visite dans un endroit culturellement stimulant, tout ce qu'il y avait de différent d'un policier en service, entouré de possibles menaces.

– Avoue que t'as aimé ça ! lança Astrid.

Henrik et sa sœur cadette revenaient de l'amphithéâtre où ils avaient assisté au spectacle d'une des formations pop-rock les plus encensées de sa génération.

– Fais pas l'orgueilleux. Avoue-le donc.

Henrik cessa alors de contempler le paysage urbain pour se concentrer sur Astrid, assise sur le siège passager. Elle avait ressorti ses airs taquins.

– C'était… correct, se contenta-t-il d'admettre en allumant la radio afin d'enterrer la voix chantante de sa sœur.

Décelant son stratagème d'intimidation, la jeune femme riposta d'une pichenette derrière l'oreille de son frère. Il rit tout en donnant un coup de volant afin d'éviter une camionnette qui s'apprêtait à reculer directement dans l'aile de sa Jeep. À toute heure du jour et de la nuit, on se devait d'être aux aguets sur le boulevard de Maisonneuve si on ne voulait pas subir une engueulade en règle d'un

Franco effronté ou d'un Anglo impétueux. À vous de choisir votre irritant préféré de fin de soirée ! Henrik ne souhaitait ni l'un ni l'autre. Il se dirigea vers leur hôtel avec la joyeuse intention d'accompagner sa sœur à sa chambre pour ensuite fouler la magnifique moquette du bar au rez-de-chaussée. Il s'était renseigné auprès d'ex-collègues de la métropole et ceux-ci lui avaient vanté les mérites de son cellier et de ses mises-en-bouche comme les olives farcies de noix de cajou au cari et les petites brochettes de bœuf bulgogi[4]. Le moment était venu de faire son propre contrôle qualité. Disons qu'il avait déjà enduré pire épreuve…

– As-tu reçu l'approbation de ton patron ? dit alors Astrid, en s'étirant pour s'appliquer du baume à lèvres face au rétroviseur médian du véhicule. Est-ce que je dois remonter toute seule au Cap ?

– Je vais le savoir demain matin.

– Au fait, tu m'as jamais expliqué la raison du prolongement de ton séjour ici.

Henrik ne voulait pas mentionner Eva, car à la seule évocation de ce prénom, sa sœur Astrid lui ferait une tirade sans fin sur leur grand amour interdit et les effets dévastateurs que celui-ci avait eus sur l'ensemble de ses relations interpersonnelles. Henrik

4. Bœuf coréen finement tranché et mariné aux soya, ail et sésame.

se mit donc à chercher la parfaite esquive. Celle-ci se manifesta d'elle-même, sous la forme d'une annonce à la radio. « Les flammes ont complètement ravagé le deuxième étage d'un multiplex situé rue Henri-Julien coin Laurier, en fin d'après-midi. Des spécialistes en incendies criminels sont actuellement sur les lieux, puisque le corps d'une jeune femme… » Henrik décida de freiner sec devant les deux voituriers de l'hôtel Blanco plutôt que de s'engouffrer dans le stationnement intérieur.

– Qu'est-ce qui te prend ? souffla Astrid, les yeux écarquillés et la main pressée sur sa portière.

– Tu me demandais pourquoi je devais rester à Montréal ? C'est un peu pour ça.

Il pointa la radio.

– Faut que j'y aille. Bonne nuit, la sœur. *Ciao !*

Astrid maugréa tout en s'extirpant de la voiture. Henrik entra dans son GPS les deux rues citées par le journaliste et redémarra aussitôt, direction le Plateau-Mont-Royal. Il se gara dans une petite rue perpendiculaire à l'avenue Laurier et se rapprocha avec entrain du périmètre circonscrit par une large équipe d'intervenants en sinistre. Tel qu'anticipé, Henrik se heurta au chef pompier qui s'assurait d'écarter toute distraction potentielle. Non loin, il distingua une silhouette familière. Elle le reconnut aussitôt.

– Hé ! lança Léane en remontant son casque protecteur sur son front. Si c'est pas notre ami venu tout droit de sa montagne !

Elle se rapprocha.

– C'est sans sarcasme. Je trouve ça charmant, les petits villages.

L'inspectrice Cohen formula une directive dans sa radio, pour ensuite présenter Henrik au chef pompier, lui indiquant son lien avec la SQ et surtout sa pertinence à l'intérieur de la zone entre les rubans de sécurité.

– En passant, je viens pas de la montagne. Je suis né au Danemark, à Torshavn, la capitale des îles Féroé, précisa Henrik pour attiser la conversation alors qu'il suivait Léane.
– Non, pas vrai ! Le Danemark ? dit-elle en le poussant à la manière d'un bon vieux copain masculin.

C'est alors que l'enquêtrice prit une pose élégante, un bras allongé, l'autre reposant sur sa cuisse. Son visage nostalgique contemplait le sol.

L'image était plutôt loufoque compte tenu de son épaisse combinaison anti-feu.

– Est-ce que je lui ressemble ?

– À qui ? répliqua-t-il. Kurt Russell dans *Backdraft*[5] ?

– Mais non, cabochon, sourit-elle. Je voulais rendre hommage à tes racines danoises en imitant la *Petite Sirène* d'Andersen. Bon, assez de placotage.

Elle exhiba un robuste couteau dentelé. Elle était tout à coup très sérieuse.

– Je m'en allais scier du gypse. Veux-tu venir avec moi ?

Henrik n'aurait pas osé s'inviter sur sa scène de crime. Il savait déjà les lieux bondés de gens affairés à déblayer, scruter, empaqueter, gratter et observer avec leurs yeux de faucon. Mais sa curiosité personnelle s'était mise à foisonner. Elle l'électrisait même. Il accepta d'emblée.

– Tiens, enfile ça.

Il revêtit la veste et le casque sans broncher. Léane, suivie de près par le sergent Hansen, lui fit

5. Film américain réalisé par Ron Howard, en 1991, racontant les tribulations de deux frères pompiers.

un préambule afin qu'il comprenne mieux la scène qu'il s'apprêtait à investir.

– L'incendie a fait une victime. Encore une femme. La troisième en trois mois. Ça m'écœure ! dit-elle, visiblement affectée. Son corps a été trouvé à l'entrée du corridor, les genoux fléchis. Elle essayait peut-être de s'éloigner en rampant. Ses vêtements étaient bien en place. Aucun signe visible d'altercation ; pas d'indice de violence sur ses avant-bras ou sa tête. Les seules blessures semblent être dues à la déflagration.

Henrik profita de sa brève pause pour y insérer une question.

– Pourquoi une déflagration ?

Léane ne répondit pas tout de suite, elle s'adressa d'abord aux membres de son unité. Puis elle traça une voie imaginaire à l'aide de son index ganté. Henrik comprit qu'il devait suivre cette trajectoire afin de ne pas déplacer les débris. Ceux-ci constituaient les précieuses pièces d'un casse-tête géant. Henrik s'avança. De puissants arômes l'assaillirent sur-le-champ. Des souvenirs très imagés lui remontèrent à l'esprit : son oncle décapant des meubles antiques ; son voisin d'enfance brûlant des tas de feuilles mortes à l'automne ; un ami d'adolescence faisant fondre des modèles réduits de chars d'assaut juste pour le plaisir de les voir ramollir. Tout cela, dans une seule et unique vapeur. Frappant.

– Tu veux savoir pourquoi l'hypothèse de la déflagration ? le relança Léane. Regarde ! Les vitres des armoires de la cuisine laboratoire ont éclaté. La lampe torchère a aussi été projetée au sol. Regarde, juste là.

Henrik compila visuellement les éléments de preuve. C'est alors que Léane le mit au défi :

– Si tu jetais un deuxième coup d'œil circulaire, serais-tu en mesure de faire d'autres constatations ?

Henrik remarqua qu'en dépit des fragments, les deux pièces à aire ouverte étaient plutôt dépouillées. L'enquêtrice le regarda inspecter le tableau qui s'offrait sa vue comme un médecin ausculterait un patient affligé de différents maux. Le cerveau de l'homme semblait fonctionner à plein régime. Elle prit un véritable plaisir à le regarder faire. Il se retourna soudain.

– Deux gallons de vernis teinté.

Les contenants étaient rangés sous l'îlot à roulettes de la cuisine.

– En plein dans le mile ! dit Léane. Le plancher de bois venait tout juste d'être retapé. Puisqu'il faisait un glacial -20 °C ce matin, les fenêtres sont restées fermées. Pas d'aération adéquate. Il reste juste à découvrir où est née l'étincelle qui a provoqué l'explosion.

L'incompréhension se dessina en forme de sillons sur le front d'Henrik.

– Pourquoi ils t'ont appelée ici, alors ? Je comprends qu'il y a décès, mais tout pointe vers un accident, non ?

– C'est pas coulé dans le béton, ça. T'as raison de dire qu'une étincelle, c'est souvent accidentel. Elle a pu provenir d'un petit mécanisme comme une minuterie sur une lampe, un diffuseur de parfum d'ambiance ou un autre gadget similaire. Mais on n'a trouvé aucun appareil du genre sur place. Il nous reste – juste ! – à trouver la mystérieuse étincelle qui a causé la flamme.

Léane pointa un endroit du bout de sa scie à gypse.

– Tu voulais la raison de ma présence ? relança Léane.

Henrik fut stupéfait de découvrir une moitié de profil noir sur le mur où était appuyée la carcasse d'un divan. La lettre « T » qui l'accompagnait était maintenant très visible et cette lettre était suivie d'une courte ligne droite. Celle-ci pouvait être un « L » minuscule ou majuscule ou encore un fragment de « B », de « D », de « H », bref de toute lettre comportant une droite verticale. Les bruits de la scie à gypse empiétèrent sur les sons ambiants. Une fois le découpage terminé, Léane s'assura de changer de gants pour ne pas contaminer ses prélèvements. Puis elle se munit de contenants à couvercles cerclés, certains avec des joints d'étanchéité. Tout devait être répertorié. Tout devait être hyper contrôlé. Pour éviter de lui nuire, Henrik s'était écarté, préférant jouer un rôle discret de figurant. Seulement, il n'était pas habitué à être passif sur une scène de crime et cela le démangeait d'intervenir. Mais par respect pour le boulot spécialisé que devait effectuer Léane, il avait préféré lui-même se reléguer au second plan. Dans le domaine policier, il faut parfois accepter de mettre son ego en veilleuse afin de mieux servir l'enquête. Et puis de toute manière, de ce point précis dans la pièce, il jouissait d'une meilleure vue sur l'enquêtrice au regard pétillant.

– Les gars ? lança-t-elle alors à deux jeunes collègues qui s'amenèrent sur-le-champ. J'aurais besoin qu'un de vous recueille des échantillons témoins pendant que l'autre prélève un peu du surnageant sur les carreaux de la cuisine. Dispatchez-vous ça.

Elle leur remit deux feutres permanents, ainsi que des récipients appropriés. De retour auprès d'Henrik, elle lui demanda s'il était toujours intéressé à la suivre dans sa ronde intérieure et extérieure afin de prendre le pouls de la situation auprès des gens présents. Avec Pierre-André Parent, qui œuvrait de son côté, il leur fallait écarter avec certitude la théorie de l'accident. Puisque la moitié des feux sont causés par une négligence ou un cas fortuit, Pierre-André ou Léane devait revoir les témoignages du premier arrivant, du propriétaire et des locataires avoisinants afin de préciser leur rôle dans le dossier. Ils devaient aussi revoir le système de chauffage de l'habitation, le filage à l'intérieur du logement pour s'assurer qu'il n'y avait pas de survoltage et – aussi banal que celui puisse paraître – confirmer qu'aucun enfant n'avait pu causer ce feu. Ils n'avaient pas le choix de respecter cette marche à suivre et cette méthodologie de base, et ce, même si les similitudes avec « la fille au chien » et « la fille alitée » criaient « crime organisé ».

– T'as parlé de surnageant tantôt, dit Henrik en retirant son casque afin d'essuyer son front. Tu peux m'expliquer ?

Léane lui offrit un sourire taquin.

– T'as l'air passionné par ce que je fais. Tu devrais lâcher la plongée pour t'inscrire au cours de TSI[6].

6. Technicien en scène d'incendie.

Ce qu'elle ne savait pas, c'est qu'Henrik avait déjà quitté l'escouade de plongée de la Sûreté. Trop de kilomètres parcourus en peu de temps aux quatre coins de la province. Trop de cadavres d'enfants d'affilée à extirper des courants froids. Trop de tout, finalement.

– Faut que t'aimes te salir, empester la fumée et ressentir l'humidité qui transperce ta combinaison et te fait grelotter jusqu'aux os. Sinon, tout le reste est assez *cool*, merci.

– Et le surnageant, là-dedans ? Tu m'as toujours pas expliqué. C'est quoi ? Ça t'arrive souvent de partir dans d'autres directions pour éviter les vraies questions ?

Mi-insultée mi-amusée, elle lui arracha le casque des mains pour le lui enfoncer sur la tête avec bien peu de délicatesse. Il n'eut d'autres choix que d'en rire.

– Tu fouilleras dans le dictionnaire, Hansen. J'ai des sergents à questionner.

Henrik la regarda s'éloigner. Elle marchait d'un pas énergique. C'est alors qu'il sentit le bas de son corps s'éveiller. Bordel. La fougue et le sens de la répartie de cette femme l'allumaient. Il venait de le réaliser pleinement. Il continua de la contempler tandis qu'elle discutait, au loin, avec des membres de son équipe. Henrik se dit que sa bouche devait avoir une saveur mentholée. C'est ce qu'il s'imaginait, du moins. Puis il y avait ce sourire blanc qui illuminait son visage avec une facilité désarmante, ces lèvres aussi attirantes qu'un bon fruit au déjeuner. Double bordel. Car elle était une estimée collègue de travail. Et de surcroît, elle dirigeait l'investigation concernant son cottage incendié. Pas nécessaire d'être expert pour piger que le rapport policier-victime était à proscrire dans la chambre à coucher. Henrik tenta de se secouer les idées, et surtout de calmer ses pulsions. Il commença par se débarrasser de sa lourde combinaison sur le trottoir, derrière le camion Mercedes du BRE. La froideur de décembre eut vite raison de ses ardeurs. Valait mieux rejoindre sa sœur à l'hôtel, à présent.

– Hansen !

Il dressa l'oreille à la manière d'un doberman à travers la cohue.

– Ramène-toi ici, garçon.

Garçon ? Avait-elle dit « garçon » ? Mais elle était inimitable, cette femme ! Un véritable personnage. Henrik réintégra le peloton d'intervenants qui allaient et venaient avec entrain à l'intérieur du périmètre. Il se posta à la droite de Léane en s'ancrant les poings aux hanches. La façon qu'elle avait eue de l'interpeller ne l'avait pas fâché, mais elle l'avait certainement fouetté. Ne subsistait, maintenant, qu'une forte dose d'hébétude. Henrik était familier avec la franche camaraderie du poste de police de Cap-à-Nipi, aux plaisanteries machos, aux « coqs » qui se vantent, et aux taloches échangées sans gêne. Mais, Léane Cohen était résolument différente. Elle semblait faire toutes ces choses, mais avec candeur et féminité. Henrik ne savait pas sur quel pied danser. Bien que déstabilisé, il trouva le moyen de lui retourner une réplique savoureuse.

– Tu m'appelles garçon, mais… Primo, j'ai trente-neuf ans, Cohen. Deuxio, je parierais un gros paquet d'argent que t'es la seule fille d'une famille de trois ou quatre frères, ce qui expliquerait le ton expéditif pour contrebalancer le rapport de force. J'ai raison ? Tertio, si tu tiens à m'appeler « garçon », fais-le lorsque les seuls témoins seront une bonne bouteille de rouge et quelques coussins confortables. Pas une douzaine de techniciens.

D'un mouvement circulaire de l'index, il désigna les personnes évoluant tout autour. Pour la première fois, Léane s'était figée. Elle resta immobile et muette, les yeux écarquillés et les joues empourprées. Henrik était empli d'un sentiment de satisfaction énorme. Il sourit en se rappelant l'émotion qu'il avait ressentie, dans sa jeunesse, lors de son premier coup circuit au baseball. Similaire comme impression. Il choisit de n'ajouter aucun commentaire afin de ne pas gâcher le savoureux moment.

– Madame Cohen ? s'immisça une journaliste. Je dois faire un direct dans dix minutes, mais votre responsable des communications a disparu dans la brume. Je peux m'entretenir avec vous ?

– Y a disparu parce que sa femme est en train d'accoucher, dit Léane sur un ton doux et monotone, digne d'une enfant dans la lune. Donnez-moi un petit instant…

Elle fixait Henrik, toujours sous le joug de la stupéfaction. L'homme joua alors la carte du détachement, faisant mine de pianoter sur son téléphone. La journaliste jugea bon de se retirer en raison du malaise qui s'était installé. Léane finit par se ressaisir. L'allure méticuleuse, les gants de nouveau enfilés, elle s'adressa à Henrik Hansen comme à un homologue, point à la ligne.

– Bon, je retourne travailler. En passant, j'ai discuté avec Éloi de ton interprétation du lettrage sur les surfaces calcinées. Je t'en parlerai plus en détail lors notre visite à Tanguay. Bonne fin de soirée.

Son entretien avec Eva. Excellente douche froide sur le désir sexuel que Léane avait fait naître en lui. Henrik se renfrogna jusqu'à sa chambre d'hôtel. En réalité, il se renfrogna jusqu'à son sommeil, qui ne se pointa que très tard dans la nuit.

CHAPITRE 4

Le visage enfoui dans l'ouverture de la table de massothérapie, Astrid Hansen devait faire un effort pour se détendre et s'abandonner aux mains de la dame qui la palpait. De nature extravertie, il était toujours ardu pour elle de ne pas s'exprimer pendant plusieurs minutes d'affilée. Malgré la musique douce. Malgré les effluves relaxants qui flottaient sous la voûte de pierre. C'est peut-être le fait que son frère était tout près qui n'aidait pas au lâcher-prise ? Après tout, il n'était que de l'autre bord du paravent servant à préserver leur intimité.

– Henrik, chuchota-t-elle.

L'homme ne remua pas d'un poil de son côté de la cloison. Il ressemblait à une momie au dos huilé tombée face première contre un matelas.

– Henrik, insista-t-elle, entre ses dents serrées.

Il marmonna quelques paroles à peine audibles et surtout incohérentes. Était-il déjà à ce point détendu ? Ne venait-il pas de s'éveiller d'une pleine nuit de sommeil ? Il n'était que neuf heures du matin… Bien sûr, Henrik ne s'était pas vanté de son insomnie de la veille. Il était rongé par l'angoisse, mais voulait à tout prix éviter la question de son rendez-vous à l'établissement carcéral pour femmes. Si sa sœur venait à l'apprendre, elle lui ferait passer un mauvais quart d'heure.

– Est-ce qu'il y a du nouveau, finalement ? insista Astrid, toujours de son bord du paravent.
– Meh ? marmotta Henrik.
– Du nouveau pour ta maison.
– Pas encore.
– Mais ça fait plus d'un mois, réagit Astrid. Le gars du BRE dort sur la *switch* ou quoi ?

Henrik s'adressa à sa massothérapeute :

– Auriez-vous des bouchons pour les oreilles, mademoiselle ?

Astrid leva des yeux excédés au ciel. De son côté, Henrik afficha son tout premier sourire de la matinée.

– Premièrement, ma très chère sœur d'amour, c'est pas un gars qui s'occupe de mon cas, c'est une femme. Deuxièmement, on *deale* avec un incendiaire expérimenté qui a pour seul objectif de ne jamais se faire pincer. Donc, je prends mon mal en patience. Et je te suggère, tout gentiment, d'en faire autant.

Astrid se dressa d'un coup sec, prenant toutefois la peine de se cacher le corps avec le drap plat. Sa massothérapeute fut donc forcée de prendre une pause. Cette fois Astrid laissa faire les chuchotements apaisants. Elle riposta, excitée :

– Aurais-je entendu le mot « femme » ?
– Bon, ça y est…
– Raconte, raconte, raconte !
– Écoute, je suis pas sûr à cent pour cent, mais je pense que c'est un spécimen de genre femelle. Voix aiguë, avant-bras non poilus, absence de pomme d'Adam. C'est excitant, hein ? dit-il en chantonnant pour caricaturer une prépubère.

Les massothérapeutes se rencontrèrent au bout de la cloison pour échanger un regard éberlué. Elles durent avouer à leurs clients qu'elles n'oublieraient jamais cette séance, étant habituées à des massages romantiques ou du moins sereins. Henrik y alla d'une affirmation dénuée de maturité :

– C'est de sa faute à elle. Moi, je dormais presque.

À court de répliques, Astrid se recoucha. Le silence revint enfin. L'une des massothérapeutes tamisa l'éclairage davantage. Elle ralluma une chandelle éteinte et versa ensuite quelques gouttes d'huile parfumée dans ses mains expertes. Elle s'affaira à masser les trapèzes tendus d'Henrik qui soupira. Sa peau était souple et son dos, musclé. Elle trouvait son client séduisant, ce qui n'était pas sans lui déplaire, toutefois, elle poursuivit son travail avec professionnalisme. Elle se concentra sur la nuque de l'homme, qu'elle pétrit avec fluidité. La parfaite relaxation. Puis, une sonnerie aux airs du rappeur Dr Dre vint de nouveau ruiner le calme à peine rétabli. Henrik était dans l'obligation de prendre l'appel, puisqu'il s'agissait de Fafard, son supérieur au poste de Cap-à-Nipi. Pendant qu'il échangeait de vive voix avec lui, il reçut un message texte de Léane Cohen. Elle le conviait, dans moins d'une heure, au Café Vespa dans Ahuntsic. À la fois emballé d'avoir tout juste obtenu son autorisation de séjour de la part de Fafard et à l'idée de son rendez-vous avec Léane, ce fut au tour d'Henrik de bondir de la table de massage en lançant « le devoir m'appelle ». Il enfila jeans et chandail blanc en première vitesse. Puis il s'adressa à sa sœur :

– C'est officiel : je reste ici pour un minimum de dix jours supplémentaires. Tiens, prends les clés de ma Jeep. Tu monteras au Cap, toute seule, comme une grande.

Ébahie, Astrid attrapa au vol le porte-clé tout juste lancé par son frère avant qu'il ne chute au sol. Juste avant de s'extirper de la petite pièce, Henrik eut l'idée d'attraper une branche de feuilles de chêne dédiée au traitement corporel russe *venik* pour fouetter sa sœur, en hypocrite. Elle sursauta en lâchant un cri démesuré. Émergeant du vestibule de l'hôtel d'un pas soutenu (il s'était sauvé du centre de soins en riant), Henrik fut happé par le vent glacial. Il redressa le collet de son parka, s'empressa de héler un taxi tout en soufflant sur ses mains afin de les réchauffer. Où étaient ses gants ? Sans doute oubliés dans sa chambre d'hôtel. Cela faisait un moment, déjà, qu'il égarait ses affaires. Sa concentration n'était plus ce qu'elle était. Sa demi-année de thérapie avec une psychologue l'avait peut-être aidé à apprivoiser son syndrome de choc post-traumatique, à être moins en proie aux cauchemars et à maîtriser ses instants de fébrilité, mais il avait parfois de la difficulté à se concentrer sur les menus détails du quotidien. Ce syndrome, il en avait hérité à force de repêcher des cadavres, année après année, au sein de l'équipe de sauvetage de la Sûreté. Aujourd'hui, en trépignant dans l'attente de son taxi sur le trottoir enneigé, il réalisait que finalement, il préférait être un peu

« étourdi » et se geler les doigts plutôt que de côtoyer des noyés. Le taxi arriva.

En se laissant conduire jusqu'au boulevard Gouin Est, Henrik eut l'occasion de canaliser toutes ses pensées diffuses. Il souhaitait se présenter devant Léane l'esprit bien organisé. En aucun temps ne devait-elle déceler une once d'appréhension chez lui à l'idée de sonder Eva Beck, tête dirigeante de La Pieuvre. Quoique enquêteur aguerri, Henrik doutait de ses talents lorsqu'il s'agissait d'Eva. D'où cette courte méditation dans le taxi. Face à face avec son ancienne amante, il ne pourrait s'en tirer avec la simple approche du policiër impartial et dénué d'émotivité. Il devrait se livrer à un grand rôle de composition. Le taxi ralentit et s'immobilisa le long du trottoir. Henrik paya son dû et s'achemina vers la porte du café. Léane Cohen l'attendait sur une banquette en coin. Un autre individu s'y trouvait. Henrik recula les épaules, dos bien droit. Il voulait paraître solide.

– V'là le grand Danois, plaisanta la femme en l'apercevant. Pile à l'heure. C'est bien, ça.

– Henrik Hansen, dit-il en avançant une main ferme vers l'étranger demeuré assis.

L'étranger en question prononça « Éloi Robitaille » d'un ton assuré. Il accepta la poignée de main du sergent-détective tout en le couvrant d'un regard méthodique, en quatre étapes plus ou moins subtiles : visage, stature, dos de la main, puis coup d'œil à la dérobée vers Léane. Henrik préféra s'approcher une chaise, au bout de la table, plutôt que de prendre place sur l'une des deux banquettes. Il commanda un espresso allongé, qui arriva accompagné d'un *biscotti* aux noisettes. Il le plongea dans le liquide chaud et en savoura un morceau moelleux, tandis que Léane reprenait le fil de la conversation.

– Comme je le disais à Éloi avant que t'arrives, je serais jamais affectée à ces feux-là si on n'avait pas de bonnes raisons de croire qu'ils sont liés au crime organisé.

– C'est justement à ça que je réfléchissais en me faisant masser, ce matin.

Léane lui rendit un sourire étonné. Henrik lui fit signe de laisser tomber, réalisant qu'il avait partagé trop de détails personnels.

– Je disais donc que je suis chargée du dossier parce je soupçonne les trois jeunes femmes décédées d'être liées, de près ou de loin, à Eva Beck et sa *gang*. La première victime faisait partie du même cercle de fréquentations et les deux autres ont des points en commun avec elle : âge, sexe, statut social, situation maritale, moyens de transport… et les fameuses portions de graffiti noir qu'on a décelées sur les trois scènes.

Henrik croqua si lentement et fortement dans son *biscotti* que ses molaires en grincèrent. Cette déclaration signifiait qu'Eva risquait de rester dans le décor plus longtemps qu'escompté. Très peu réjouissant.

– Je suis convaincue que « la fille alitée » et « la fille au vernis » connaissaient quelqu'un qui connaissait quelqu'un… Vous voyez le portrait. Peut-être pas des liens solidement tissés qui sautent aux yeux, mais… Certaines connexions plus complexes à ne pas négliger quand même.

– Penses-tu que les motards essaient de reprendre leurs anciens territoires en créant un climat de terreur chez les filles ? avança Henrik.

– C'est un des filons que j'aimerais que t'explores lors de ta visite à Tanguay. Je veux aussi que tu testes la réaction d'Eva devant quelques photos, dont celle du graffiti.

Henrik y verrait ; elle pouvait compter sur lui.

– Une technicienne est en train d'analyser la substance exacte qui a servi à peindre sur les murs et la porte des défuntes. À première vue, elle croit que c'est de l'acrylique. On verra bien. Parlant de graffiti… Éloi, t'es prêt ?

Le graphologue extirpa une tablette numérique de sa serviette en cuir. Après avoir tapoté l'écran à une vitesse étonnante, il le tourna vers Henrik.

Les résultats de sa recherche captèrent l'entière attention du sergent-détective. Il avait retenu trois détaillants chez lesquels on pouvait trouver ce genre de pochoir : un antiquaire de la région de Charlevoix et deux amateurs de marchandise rétro offrant leurs trouvailles en ligne.

– Il y en a d'autres, mais avec l'étude comparative sommaire que j'ai faite des lignes et de la lettre partielle imprimée sur le mur, j'arrive à ces trois-là.

– Bon, les gardiens de sécurité nous attendent pour 11 h, annonça Léane. Prêt à décoller, Monsieur Hansen ? On prend une ou deux voitures ? dit-elle en agitant son trousseau de clés.

À la surprise d'Henrik, Éloi répondit à sa place :

– Pas vraiment une bonne idée que vous embarquiez ensemble, Lélé. Si jamais on te dépêchait ailleurs… Pas vrai, monsieur Hansen ? dit-il en insistant sur son nom de famille.

Et il se pencha afin de poser un baiser au coin de la jolie bouche de l'enquêtrice. Henrik eut alors cette réflexion : rien de plus ridicule qu'un mâle se démenant pour marquer son territoire. Puis il se demanda s'il avait déjà agi de la sorte. Sans doute. Les hommes en mode séduction faisaient tous, à un moment ou un autre, dans le grand manque de subtilité. On dit que le ridicule ne tue pas, mais parfois…

– En fait, je suis venu en taxi, précisa Henrik.

– OK, direction Tanguay, ¡ *hombre* ! lança Léane en tapant l'épaule du sergent au passage.

La prison les attendait. Ils embarquèrent dans la voiture banalisée de Léane, une Ford Fusion noire que lui avait assigné le BRE. Ils démarrèrent avec vigueur. Henrik n'était pas habitué à se faire conduire. D'instinct, il avait agrippé la poignée de sa portière. Léane prenait ses virages serrés.

– C'est moi ou ton Éloi a pas trop apprécié le fait que je sois obligé de voyager avec toi ? dit Henrik en regardant la circulation à travers la vitre.

La femme émit une exclamation pleine d'attitude, limite théâtrale.

– *First*, c'est pas *mon* Éloi. *Second*, le jour où je vais me faire dicter comment agir par un homme, il va pleuvoir des cochons pas de dents et des charrues avec des bœufs.

– Wow, c'est la première fois que je l'entends, celle-là.

– Mon adaptation d'un perronisme[7].

---

7. Terme québécois, en l'honneur de Jean Perron, qui consiste en la combinaison malhabile d'expressions afin d'en créer une toute nouvelle, dépourvue de sens.

Après avoir bravé la circulation, la Ford noire s'engagea sur la voie donnant accès au centre de détention pour femmes. *A priori*, celui-ci ressemblait à un complexe de quatre blocs d'appartements gris et blanc. Une fois les barrières décorées de barbelés franchies, Henrik et Léane se soumirent au protocole de sécurité : identification, présentation d'insignes et remise des pistolets, téléphones sans fil et trousseaux de clés. Personne ne voulait qu'une détenue parvienne à voler des clés qui, une fois affilées, pourraient servir d'armes.

– En passant, j'ai demandé une rencontre entre mon équipe et Sofyane Hamadi, qui est notre criminologue chevronné en profilage. Je tiens à te dire d'avance que Sofyane est un homme, question de t'éviter une bourde, dit-elle avec un sourire en coin. Quand on fait face à des meurtres en série, c'est toujours bon d'avoir la perspective d'un profileur. Je te préciserai la date et l'heure.

Léane s'arrêta devant une porte close. Elle plaça des documents entre les mains d'Henrik. Il les feuilleta succinctement.

– Vas-y seul. Je vais t'attendre ici.

Léane patienterait dans une pièce adjacente pour ne pas interférer avec son nouveau partenaire. Henrik pénétra dans la salle qu'on lui avait réservée pour l'entretien. Cette pièce était l'équivalent, en dimensions, d'une grande garde-robe sous-chauffée et éclairée aux néons. Il n'y avait là qu'un vieux bureau en mélamine assorti de deux chaises pliantes. Henrik n'avait pas envie de s'y asseoir. Il se sentait physiquement agité et moralement tourmenté. Terribles sentiments lorsqu'on se trouve confiné dans une pièce exiguë, dépourvue de mobilier douillet et de recoins accueillants où s'accoter pour feindre le détachement. Henrik n'avait pas d'autres possibilités que de prendre place à ce bureau et d'attendre. Et tenter de se calmer. Le fait est qu'il n'était pas du tout au-dessus de ses affaires. Il maîtrisait à peine l'impulsivité qui commençait à monter en lui. Il avait déjà la mèche courte lorsque la prisonnière fit irruption dans l'étroite pièce, flanquée de deux gardes armés. Eva et Henrik se fixèrent, obnubilés, leurs paupières refusant de cligner. La beauté racée de la femme détonnait avec sa tenue monochrome, loin des vêtements griffés qu'elle affectionnait. Malgré son accoutrement, autant de charisme qu'auparavant se dégageait d'elle. Seule une infime lueur de vulnérabilité traversa son regard lorsque Henrik rompit le silence de tombe.

– Madame Beck, bonjour.

La femme parut affectée par la salutation impersonnelle. Or, elle était assez lucide pour en comprendre la raison d'être.

– Comment se déroule votre incarcération jusqu'à présent ?
– Est-ce qu'on pourrait se tutoyer ?

Henrik tressaillit au timbre sensuel de sa voix. Celui-ci lui fit revivre, tel un rapide diaporama, leurs épisodes amoureux, leurs séparations, leurs instants de passion, leurs douleurs… Une simple phrase avait suffi à causer tout ce désordre en lui. Ne sachant pas quoi faire, il posa ses mains sur ses genoux afin de les empêcher de trembler. Il ferma aussi les yeux, tout en se raclant la gorge.

– Je préférerais qu'on se vouvoie. Je vous demandais donc comment ça se passe, pour vous, en dedans.

Eva croisa les bras, un air de défi l'animant.

– Est-ce vraiment pertinent à notre petit entretien ? Que je me porte bien ou pas, qu'est-ce que ça change au bout du compte, sergent Hansen ?

Henrik la considéra avec intensité, un moment. C'était quasi intolérable d'être en sa présence et de jouer cette comédie ridicule, sans pouvoir échanger de vraies paroles sensées et, surtout, senties. À travers ce tumulte émotif et cette mascarade, Henrik ne devait pas perdre de vue son objectif premier : créer une fine brèche dans sa solide palissade afin de lui soutirer un ou deux renseignements. Henrik l'avait connue amoureuse et passionnée, mais il savait qu'elle pouvait être impitoyable. Et même s'il avait cumulé nombre d'interrogatoires réussis en carrière, il se sentait démuni face à cette femme. Quel méandre psychologique emprunter pour ne pas s'y perdre et surtout atteindre son but ?

– Est-ce que ça vous affecte de perdre des membres de votre organisation, madame Beck ?

– Qu'entendez-vous par « perdre », monsieur l'agent, railla-t-elle.

C'est alors que les deux gardiens de prison braquèrent les yeux sur ce sergent-détective qu'ils voyaient pour la toute première fois. Ils attendaient la suite de l'échange comme lors d'un débat politique. Henrik les dévisagea à son tour. L'envie de fomenter un moyen pour se débarrasser subtilement de ces deux spectateurs naquit alors dans son esprit.

– Trois de vos filles sont mortes dans des incendies depuis octobre. Donc, « perdre » dans le sens de brûlées, décédées, supprimées… est-ce que je poursuis mon énumération de synonymes ou… ?

– C'était pas des vraies pieuvres, grinça Eva.

– Donc, vous connaissiez les victimes ?

Eva pressa les lèvres. Elles étaient pleines et désirables, ces lèvres, mais tout à coup moins enclines à collaborer. Henrik contemplait leur lustre naturel avec convoitise. Il se ravisa vite. Il devait se concentrer uniquement sur l'intervention en cours. Oublier la femme derrière la criminelle, voilà tout. Et la faire parler, surtout.

– Est-ce que vous êtes fan d'Elvis Presley ?
– Quoi ? !

Henrik ouvrit l'enveloppe que lui avait remise, au préalable, Léane Cohen. Il en extirpa des photographies et les glissa sur le bureau, jusqu'à ce qu'elles touchent les poignets menottés d'Eva. Il s'agissait de clichés extraits des trois scènes de crime. Henrik lui fit porter attention aux affreux cadavres et au graffiti. Eva les survola comme on regarde, de façon un peu distraite, une liste de courses à faire. Elle ne dit mot. À la manière d'une huître sur sa précieuse perle, elle se refermait davantage, au fur et à mesure que des faits sur ces affaires d'incendies lui étaient divulgués. Se sentant de plus en plus en mode passif-agressif, Henrik commença à se crisper sur sa chaise. Eva, de son côté, restait impassible et savait l'effet que cela produisait sur Henrik. S'il connaissait ses points faibles, elle connaissait les siens. Elle choisit de ne laisser paraître aucun agacement. Elle replaça même les photographies dans l'enveloppe, l'air de vouloir rendre service à Henrik. Celui-ci se retrouva bientôt au bord de l'énervement. C'est alors qu'un éclair de génie le frappa. Il se redressa d'un bond pour aller chuchoter une recommandation à l'oreille des gardiens.

– Cette femme-là, c'est une vraie tête de cochon et moi je sors pas d'ici tant qu'elle m'aura pas donné au moins un bonbon. Ça risque de prendre un ostie de bout de temps. Si j'étais vous, j'en profiterais pour prendre une petite pause maintenant. Juste quinze minutes. J'use très rarement de force contre une femme, inquiétez-vous pas.

Les gardiens ne parlementèrent pas trop longtemps. Ils saisirent l'occasion que leur offrait cet enquêteur. Ils pourraient même en profiter pour faire leur ronde avec un peu d'avance, et ainsi allonger leur éventuelle pause-dîner. Argument fort convaincant en soi.

– Fais pas de conneries, la grande, maugréa l'un des hommes en pointant la chef de gang d'un doigt désapprobateur.

Et ils quittèrent les lieux sans plus de façon. La lourde porte se referma sur Eva et Henrik. Le bruit de la clenche se répercuta jusque dans la pièce où attendait Léane Cohen. À travers la minuscule vitre grillagée, le front plissé par l'incompréhension, elle vit les gardiens s'éloigner. Derrière la porte close, Henrik et Eva s'observaient en silence. Un silence total. Les masques venaient de tomber, donc impossible de poursuivre l'interrogatoire en suivant le protocole d'usage. Dès lors, une lutte d'ego s'enclencherait afin de déterminer qui cèderait en premier. Ils se lorgnèrent pendant une longue minute encore. Pour l'instant, seul le grésillement d'un vieux néon chancelant au plafond semblait vouloir interrompre ce percutant échange sans paroles. Puis, la femme ouvrit la bouche, manifestant ainsi une intention de souffler quelques mots, mais la referma aussitôt. Irrité, Henrik libéra un soupir tout en s'étirant les bras comme après un dur réveil.

– Vas-tu enfin me dire quelque chose de valable ? dit-il à la suite d'un autre soupir d'épuisement. Ostie, Eva, c'est pas à moi de le faire. Es-tu au moins consciente que c'est sûrement la dernière fois qu'on se voit ?

Fidèle à sa tendance d'évitement lors de pareilles confrontations émotives, Eva détourna le regard, le rivant au sol vers un point imaginaire. Henrik sentit le ressentiment se répandre dans son corps, comme une grande décharge électrique, ses paumes se faisant tout à coup brûlantes et les petits cheveux sur sa nuque se dressant. Poussé à bout, il s'emporta :

– Je t'ai aimée comme un fou ! Je t'ai aimée pendant vingt-deux ans ! Le réalises-tu, ça ? J'ai été incapable d'aimer quelqu'un d'autre pendant toutes les années où t'as disparu de la carte. J'étais à toi, Eva, juste à toi. Je te désirais tellement. Toujours plus fort, malgré le fait que tu m'avais rejeté de ta vie, que tu m'avais laissé derrière, complètement sonné, démoli, sans rien comprendre de ce qui t'avait pris. Pendant que toi, t'étais je sais crissement pas où en Europe, moi je te cherchais partout, ici, assez con pour m'imaginer que t'allais réapparaître comme par enchantement, d'une minute à l'autre. Assez con pour croire au *splendide* film que j'avais scénarisé dans ma tête, avoua-t-il avec un sarcasme grinçant. Et tu sais quoi ? T'es revenue. Je t'ai aimée comme un fou, encore une putain de fois. Parce que je suis de même, moi. D'un jugement *irréprochable*. Tsé, l'enquêteur de police qui se lance dans une espèce de passion-suicide avec une criminelle recherchée, c'est moi ça ! Je manque de foutre ma carrière en l'air, je ruine le peu de cœur qui me reste, ma douleur est en train de virer en hargne et j'ai même plus d'endroit pour aller brailler parce qu'un de tes « contacts » a crissé le feu dans ma maison, cria-t-il, maintenant debout, les deux mains plaquées contre la table. Tu sais quoi ? C'est pas vrai que je vais partir de Tanguay sans que tu m'aies aidé ! Tu vas cracher quelque chose, Eva ! Parce que je le mérite. Parce que tu me le dois, ostie, tu m'entends ? ragea-t-il de plus belle.

Enflammée par sa tirade, Eva grimpa à genoux sur le bureau et se jeta sur sa bouche. Henrik fut frappé de stupeur. L'embrassade était aussi ardente que précipitée. Il se laissa faire quelques secondes, rigide comme une barre d'acier, les pieds cimentés au sol et les bras ballants. Ce baiser passionné le plongea dans un état second. C'était comme une espèce d'étourdissement qui l'arrachait à l'espace-temps. Henrik était incapable de repousser la femme. Son souffle court, son visage effleurant le sien, ses lèvres dévouées. Pour l'instant, impossible de ne pas abdiquer. C'est à cet instant précis que Léane Cohen décida de quitter le corridor où elle trépignait d'impatience, attirée par la voix tonitruante de son nouveau partenaire de travail. L'enquêtrice fit irruption dans la pièce tout juste après qu'Henrik eut réussi à se déprendre d'Eva. Voyant la prévenue à genoux sur le bureau, la première chose qui traversa l'esprit analytique de Léane fut « tentative de voies de fait envers un policier en devoir ». Elle se rua donc vers Eva Beck et lui passa un avant-bras au cou afin de la ramener sur son siège et lui faire un maintien physique. Étant une battante, Eva résista d'abord à la contention, mais se calma en songeant aux répercussions qu'une telle bravade aurait sur sa demande de libération conditionnelle. De l'autre côté du bureau, Henrik s'était laissé choir sur sa chaise. Il peinait à se ressaisir. Ses émotions étaient sens dessus dessous. Il n'avait pas prévu ce baiser avec Eva et encore moins l'entrée de Léane. Qu'avait-elle eu le temps de voir ?

– Non, mais sérieusement ? maugréa l'enquêtrice, en jugeant Eva du regard. Vous êtes incapable de vous tenir tranquille pendant à peine dix minutes d'interrogatoire ? On s'ennuie quasiment des grands parrains chics de la mafia quand on voit ça…

– Qu'est-ce que vous voulez, répliqua la criminelle avec puérilité. La prison, c'est rien qu'une grosse garderie pour adultes. Ça nous apprend juste à réagir de façon juvénile. Je vais essayer de jouer les Vito Rizzuto, si ça peut vous faire plaisir.

Henrik émergea soudain de sa torpeur. C'en était trop. Son asservissement à cette femme et leur histoire houleuse devait prendre fin. Une fois pour toutes. Il se passa une main dans les cheveux et se redressa afin de recouvrir une certaine prestance. Après quoi, il bouscula la détenue.

– C'est terminé, madame Beck. Terminé, insista-t-il d'un ton grave et empreint de double sens. Vous n'êtes plus la grande chef de gang que vous étiez. Ici, vous n'êtes plus rien, point. En refusant de nous donner un coup de main, vous ne contribuez plus à la société. Vous êtes à peine, je dis bien à peine, un souvenir.

Sans même consulter Léane, il se rua vers la sortie. Sur le seuil, il fit demi-tour.

– Bonne *longue* incarcération.

Après quoi, il disparut de leur vue. Avant de pouvoir imiter son collègue, Léane devait d'abord interpeller un gardien. De l'encadrement, elle fit signe au premier venu. Atterrée par les dernières paroles d'Henrik, Eva Beck finit par relever la tête, en entendant un petit cliquetis. Elle comprit qu'il s'agissait du bracelet à breloques de l'enquêtrice.

– Vos bijoux *rockabilly*, souffla Eva, toujours ébranlée. C'est peut-être une piste. C'est tout ce que je peux vous dire. Et aussi… que je souhaite bonne chance au sergent Hansen.

Une piste ! Une piste venant de l'intérieur, en prime. « Les meilleures qui soient », pensa Léane en ressentant l'espèce de vrombissement de sa machine à résolution de crimes se mettre en marche. Ainsi dynamisée, elle se lança à la poursuite d'Henrik.

CHAPITRE 5

À l'autre bout de la ville, Léane était bien loin de se douter de ce qui était en train de se produire dans son appartement. Un homme venait de s'y introduire par effraction. Par un fâcheux concours de circonstances, le système d'alarme de son condo qui aurait dû être réparé la semaine précédente était toujours défectueux. Une brèche dans sa sécurité. La toute première à vie.

20 h 20. C'était d'un calme agaçant au Laboratoire de sciences judiciaires. Les néons au plafond étaient presque tous éteints, hormis quelques-uns qui crépitaient. Toutes les portes métalliques étaient closes faisant régner une atmosphère silencieuse et inerte. Le type de quiétude nocturne qui apeure certaines personnes ou qui, à tout le moins, fait naître un malaise chez d'autres. Seuls quelques jeunes employés bossaient au laboratoire, à cette heure. Terrés dans leur recoin, ils avaient mis de côté leur inconfort, conscients de leur chance

d'y avoir été engagés et soucieux de faire bonne figure auprès des chefs de service. Il n'y avait aucune trame de fond, aucune radio allumée, pas un son. On n'entendait que des bruissements, des craquements, des raclements de gorge et des bruits de mauvais stylos à bille qui grattent sur le papier. Ce soir, les jeunes chimistes utilisaient un procédé appelé la chromatographie des gaz. Ils s'en servaient pour déterminer si des morceaux de bois avaient été imbibés d'un produit inflammable. Le feu brûlant vers le haut et vers les côtés d'abord, un accélérant avait toujours le temps de suivre la gravité et de s'introduire dans le matériau. Chaque chimiste prit son éclat de bois. De façon méthodique et quasi chorégraphiée, ils placèrent leur morceau respectif dans un bocal de verre au couvercle percé d'un petit trou. Après s'être assurés que le trou était étanchement recouvert de silicone, ils chauffèrent leurs bocaux. S'il restait des résidus volatiles dans l'éclat de bois, ceux-ci se détacheraient pour se retrouver en suspension dans l'air du récipient. Mais tout était invisible. Tout demeurait incertain jusqu'à la toute fin ! Après avoir obtenu une vapeur à l'intérieur des bocaux, les chimistes s'armèrent tous d'une seringue. Ils insérèrent l'aiguille dans le bouchon de silicone et aspirèrent quelques centimètres cubes à peine de cette vapeur qui détenait peut-être un secret bien gardé. Ne resterait ensuite qu'à découvrir si un produit se cachait dans la vapeur. Et à comparer sa structure avec celle d'accélérants bien connus, comme le méthyle, l'éther, l'acétone… Mais pour l'instant tout restait à découvrir.

***

Au petit matin, dans la chambre à coucher, Éloi finissait d'éponger son corps encore humide après avoir pris une douche. Il s'approcha de Léane qui était en train d'enfiler en vitesse une jupe noire en cuir et une blouse pâle et légère. Ils avaient fini la soirée ensemble. Éloi l'enlaça par-derrière, pressant son corps nu et mince sur ses vêtements. Malgré l'étreinte, Léane poursuivit sa routine. Elle avait flâné au lit et paierait en heures supplémentaires son retard. Quatre cas lourds, loin d'être résolus, n'attendaient que ses efforts soutenus : une habitation rasée par les flammes du côté d'Henrik Hansen, trois logements et surtout trois cadavres. Sans parler de son intérim qui la tenait plus occupée et sur la corde raide qu'elle ne l'avait estimé.

– Et si j'ai envie de te faire l'amour encore une fois ? susurra Éloi.

– Je vais te répondre de t'endurer, mon homme, dit-elle en fourrageant dans son sac à la recherche de son badge et de ses clés.

– Merde, toi quand le romantisme est passé, tu devais être devant un match de boxe à boire une pinte de brune…

Elle courut se brosser les dents, l'écho de sa rigolade lui succédant dans le couloir. Elle repassa ensuite en coup de vent, tout en balançant quelques suggestions à son amant. S'il avait faim, il y avait trois variétés de café, du jus d'orange, des bagels, du beurre de poires, du yogourt grec, de même que différentes sortes de céréales. Elle lui précisa que s'il n'arrivait pas à trouver un déjeuner à son goût parmi tous ces choix, il pouvait aussi « aller se faire voir ». Tout cela, avec le sourire bien sûr. Éloi dut se contenter de secouer la tête à la manière d'un enseignant face aux pitreries d'une élève immature. Pendant ce temps, Léane se volatilisa. L'homme resta adossé au comptoir de la cuisine, songeur.

Après une halte au laboratoire médico-légal, question de mettre un peu de pression sur les spécialistes qui s'affairaient à l'analyse de ses échantillons, Léane passa chez l'épicier du coin pour se prendre un lunch. Étant donné son grand appétit en raison de ses ébats du matin, il était clair que ce lunch finirait par tourner en brunch. Elle n'avait pas mangé à son réveil, car, pour une raison qu'elle ignorait, elle ne se plaisait jamais à déjeuner en compagnie d'Éloi. Ou de quiconque, en fait. Selon elle, c'était une perte de temps. Pourquoi gaspiller de précieuses minutes à roucouler, les yeux dans les yeux, au-dessus d'un vieux pot de confiture collant ? Une fois arrivée au bon étage de l'édifice du BRE de Mascouche, Léane ne se permit aucun arrêt-bavardage aux bureaux de collègues qu'elle affectionnait. Elle fonça dans le couloir qui menait à son adjointe administrative. Tout en s'y rendant, elle pesta contre ses talons hauts qui restaient accrochés aux fils de la moquette. Cela ralentissait sa démarche. Demain, elle troquerait la jupe pour un pantalon et des bottes militaires stylées. Un look affirmatif, sans trop de flafla contraignant.

– Salut, Simone ! Des nouvelles choses excitantes pour moi ou rien que du plate ?

– Rien que du plate, comme tu le dis si bien, riposta la dame en lui remettant des retours d'appels à effectuer et des rapports d'enquête à finaliser.

– As-tu reçu la carte d'accès au building pour Henrik ? Y a aussi son hébergement à prolonger et payer.

La secrétaire acquiesça à ses deux requêtes. Puis elle se pinça les lèvres pour ne pas émettre de remarques déplacées, même si elle s'était vendue par l'étincelle de candeur dans ses prunelles. Alors qu'elle jouait avec les trombones sur sa surface de travail, Léane s'inclina pour solliciter son attention.

– Hey, fais pas ta Madame Coucou[8].

– Qu'est-ce que tu racontes ? rit nerveusement la secrétaire.

---

8. Marionnette enjouée de l'émission jeunesse *Passe-Partout*.

– T'as l'air tout excitée. On dirait que tu te retiens de me faire un bec en pincette. Dis donc ce que t'as envie de dire. Liberté d'expression, ma Simone.

La dame ricana tout en ajustant son châle fleuri qui ne nécessitait aucun réajustement.

– Non, mais, y est-tu assez bel homme, ce détective-là ?
– Bonnn. C'est sorti. Tu te sens mieux maintenant, coquine ?

L'enquêtrice lui offrit un sourire de connivence, pour ensuite s'isoler dans ses quartiers aux stores à demi abaissés. Elle s'attaqua à sa paperasse tout en se demandant ce que le « bel homme » en question pouvait bien fabriquer à pareille heure. Ne lui ayant pas parlé depuis une journée et demie, elle se demandait encore pourquoi il avait quitté la prison en catastrophe. Non pas qu'elle ait trouvé ses élans d'émotivité étranges, étant elle-même une policière passionnée qui ne rangeait pas toujours ses opinions et ses réactions au rayon de la discrétion ! Mais ce qui lui avait paru insolite, c'était plutôt l'impression de tristesse qu'elle avait lue dans la physionomie d'Henrik en lui annonçant qu'Eva lui avait finalement dévoilé un indice et qu'elle souhaitait « bonne chance au sergent Hansen ». Sur ces réflexions, Léane empoigna son mobile et composa le numéro du sergent-détective.

– Hansen ? Je pensais à toi. *What's up, my man ?*

À l'autre bout du téléphone, une hésitation naquit de l'étonnement. C'était le jargon de la femme qui l'avait interloqué. Le « *What's up, my man ?* » avait produit son effet. Après s'être dégagé la gorge, Henrik prononça un « pas grand-chose de spectaculaire ». Léane le convoqua, lundi matin, à une réunion avec le criminologue. Henrik gribouilla les informations sur une serviette en papier à l'effigie du Blanco. Et ils se mirent ensuite à jaser. Léane le divertit en lui relatant les aléas de sa position intérimaire, en critiquant la dernière sortie du ministre de la Justice dans les médias et en s'enquérant de son avis sur le match de hockey de la veille. Bref, tout y passa. Les minutes défilèrent à une vitesse folle. Tout coulait naturellement. Ils discutaient pour de vrai. Ils riaient beaucoup, même. Rien à voir avec leur enquête en cours. Léane poussa la familiarité un peu plus loin.

– Es-tu dispo ce soir, vers les huit heures ?
– J'imagine que oui.
– Parfait. Je t'invite à une soirée de *jive.*
– De quoi ? s'exclama Henrik en se coinçant le sans-fil entre l'oreille et l'épaule afin de mieux retirer son pantalon de pyjama.

– Du *rockabilly jive* pour être plus précise. C'est de la danse. En fait, c'est plus que de la danse. C'est une culture, un style de vie. Tu vas voir.

– Pas sûr, moi. Je me suis souvenu que j'avais un *supposé* rendez-vous chez un *supposé* dentiste quand t'as prononcé le mot « danse ».

– Ah, t'es con. Non, je dirais plutôt que t'es une poule mouillée. Po poc !

Il ronchonna dans le téléphone. Toute pimpante, Léane ne lui donna guère le choix puisqu'elle coupa la communication tout de suite après lui avoir refilé une adresse et lui avoir souhaité un superbe après-midi sous le froid montréalo-sibérien. En ce 9 décembre, il faisait un -27 °C bien senti… ou bien mordant, selon que le vent vous poussait dans le postérieur ou vous frappait en plein front. Léane lui avait souhaité une bonne journée, car elle ne le verrait pas au BRE de tout l'après-midi. Il n'y aurait pas de *debriefing* en équipe, puisqu'il n'y avait rien de nouveau sous le soleil et que les résultats tardaient à rentrer du labo. De toute manière, l'équipe ferait une mise au point en compagnie du profileur. Alors que Léane s'apprêtait à brancher son cellulaire pour en recharger la batterie, un tintement annonça l'arrivée d'un texto. D'un tapement de doigt, elle ouvrit la petite fenêtre et n'y vit aucun message. Il n'y avait qu'une photo à l'écran. Mais toute une photo ! Bien que floue, Léane comprit sur-le-champ qu'il s'agissait d'un sexe en érection.

Oui, sans l'ombre d'un doute, c'était un pénis dressé en gros plan.

– Putain…

Elle s'empressa de vérifier le numéro entrant. Stupeur. Il s'agissait du numéro du sans-fil qu'on avait dérobé à « la fille alitée ». Ce même numéro d'où provenait l'étrange appel muet qu'elle avait reçu quelques jours plus tôt avec, pour seule trame sonore, de l'eau s'écoulant d'un pommeau de douche. Un frisson lui parcourut alors l'échine. Elle secoua la tête avec dégoût. Plutôt que de céder à l'impulsivité et de retourner une insulte à cet expéditeur aux mœurs douteuses, Léane choisit de mûrir sa riposte. Pour ce faire, elle commença par fermer sa messagerie afin de ne plus fixer ce membre gonflé de désir pervers. Elle plongea ensuite le nez dans sa pile de rapports d'investigations à entériner. Elle y consacra la majeure partie de sa journée. Une journée de bureau fade, comme bon nombre d'autres d'ailleurs, puisqu'au-delà des flammes ravageuses et de leurs décombres, il y avait aussi le quotidien linéaire, moins sensationnel. Aujourd'hui, cependant, Léane ne se renfrogna pas devant la banalité de son ouvrage administratif. Elle puisa même un certain repos dans ces feuilles de papier à lire et approuver. Inconsciemment, c'est comme si elle savait que tout cela était dans l'attente d'une soirée des plus mouvementées qu'elle ne serait pas prête d'oublier.

***

De son côté de la ville, Henrik avait pris du temps à se remettre de l'invitation de Léane. Il lui avait fallu se remuer pour faire lever les incertitudes. À défaut d'arpenter à la course la montagne de son village, Henrik avait parcouru d'un rythme soutenu les rues de la ville. Un très satisfaisant quarante-cinq minutes de jogging sur dix kilomètres. Alors que la froidure lui avait brûlé les poumons tout au long de son parcours, c'était maintenant au tour de la sueur de lui chauffer le torse. Le teint rougi, baignant sous ses couches de vêtements, il glissa sa carte magnétique dans la serrure de sa chambre et pénétra à l'intérieur. Ses jambes lui semblaient ultra-lourdes et les endorphines agissaient déjà sur son système nerveux. Après s'être douché, la détente serait complète. Dénudé et une serviette sur l'épaule, il évalua les produits offerts par la chaîne hôtelière pour se laver, s'hydrater et « sentir l'homme propre parfumé au concombre et thé vert ». Une fois sous les jets vaporeux, il ne put s'empêcher de penser à la tournure que prenait sa vie. Il venait de mettre un terme définitif à sa trop longue relation tumultueuse avec la sulfureuse Eva Beck. Il collaborait avec une spécialiste en incendies criminels qui avait beaucoup à lui apprendre dans son domaine et qui avait le don de transformer la plus banale minute de la journée en un extrait de série télé ! Tout en faisant mousser le savon sur ses épaules, Henrik fit un constat : cette parenthèse montréalaise se révélait finalement la plus profitable des transitions dans son cheminement personnel et professionnel.

Plus vite qu'anticipé, les fameuses huit heures du soir s'affichèrent au cadran. Pas le choix d'aller danser. Avant de s'y mettre, il lui faudrait toutefois boire quelque chose de fort. De très fort, même. Une espèce d'élixir miraculeux qui lui donnerait le pied dansant. Ou plutôt le pied pour *jiver*. Henrik se souhaita bonne chance.

CHAPITRE 6

Devant la vitrine du Blue Cats, Henrik ressentit une soudaine timidité s'emparer de lui, ce qui était peu caractéristique de sa personnalité. Il respira un bon coup et entra dans le hall tapissé de velours bleu et meublé de chaises blanches laquées. S'approcha alors un hôte vêtu d'un chic costard et d'un chapeau fedora. Habitué aux membres select, ce dernier tendit la main vers le nouveau venu et s'enquit de son nom. Henrik se présenta.

– Je viens retrouver Léane Cohen, ajouta-t-il. Je sais pas si elle est déjà arrivée ou si vous la connaissez…

Le sourcillement amusé de l'homme indiqua au visiteur que non seulement elle était déjà là, mais qu'elle était aussi un membre à part entière du club. Après avoir incliné la tête d'un signe reconnaissant, Henrik contourna l'homme au chapeau afin de poursuivre son chemin. Il s'engouffra dans un sinueux couloir qui débouchait parfois, tant sur la gauche que sur la droite, sur de petits boudoirs privés. L'une de ces alcôves était occupée par deux couples festifs, vêtus à la mode *fifties* et dégustant du cognac dans des verres ballons. Henrik réalisa à quel point son jeans gris, son cardigan à col en V et sa veste en cuir détonnaient. Plus il progressait dans le corridor, plus il était en mesure de distinguer la musique qui provenait du club. Une fois dans la salle principale, teintée de rouge et illuminée de nombreux lustres, Henrik saisit dans quel univers musical il serait plongé au cours de cette soirée. Et il comprit surtout le sourcillement amusé du portier. Sur la scène se trouvaient un contrebassiste, un batteur, un guitariste et une chanteuse.

– Léane ? lança-t-il, à l'attention d'aucun réel destinataire.

Médusé, il se rendit à moitié à reculons au bar afin de se commander quelque chose à boire. Sa vision était en tunnel, comme lors d'un exercice policier où il devait focaliser son attention sur un point crucial.

– Je vous sers quoi, monsieur ?

Le corps de Léane était splendidement ajusté dans une robe cocktail et corsage de tulle.

– Monsieur ?

Ses escarpins de cuir verni noir étaient d'une hauteur vertigineuse.

– Un daiquiri aux bananes ? railla le barman.

Cette fois, Henrik réagit.

– Jamais de la vie. Du Glenfiddich, s'il vous plaît.
– J'ai un Glenkinchie 12 ans, si vous préf…
– Vendu !

Henrik s'adossa au bar, toujours absorbé par la prestation talentueuse qu'offrait le quintette à l'avant. La voix de Léane était captivante : juste, rythmée, charmeuse. Le contrebassiste maîtrisait à perfection le *slap* typique du *rockabilly*. La petite foule était animée. Un mélange d'éclats de joie, d'applaudissements et de sifflements était offert en compliments aux danseurs qui s'exécutaient sur la piste. À travers le festif tohu-bohu, Léane finit par remarquer la présence d'Henrik Hansen. Elle lui adressa un salut militaire. Il lui leva son verre en guise de félicitations. Contente de son effet de surprise, elle rigola un brin en retrait du microphone pour ensuite enchaîner le refrain avec une habileté déconcertante. En s'attardant aux paroles, on comprenait que cette pièce des Hellbound Hepcats,

Only Man, aurait dû être interprétée par un homme, mais Léane la faisait sienne et la rendait crédible. À un certain moment pendant la chanson, un spectateur lui lança une rose noire. Elle le remercia au micro, entre deux envolées, puis glissa la fleur sous sa bretelle. Henrik était fasciné.

– C'est un groupe qui joue souvent ici ? demanda-t-il au barman pour satisfaire sa curiosité sans cesse grandissante.

– Lélé et ses Hommes des Casernes ? réfléchit l'homme. Je dirais un bon neuf-dix mois. Ils ont remporté le premier prix de notre festival, au printemps dernier.

Henrik avait failli s'étouffer. Il trouvait désopilant le nom de la formation musicale. Le barman jugea bon de lui préciser que les musiciens étaient tous pompiers, d'où le jeu de mots. Réchauffé par sa première consommation, Henrik s'en commanda une seconde. C'est alors que la chanteuse qu'il admirait sonna l'intermède. Cela lui prit un certain temps à parvenir au bar, de nombreux amis ou fans souhaitant lui faire un brin de jasette. Lorsqu'elle atteint le comptoir, un petit « remontant » l'attendait déjà, gracieuseté d'Henrik. Sucre granulé, lampée de Jack, quartier d'orange.

– Même principe que la tequila, précisa Henrik devant une Léane tout excitée.

Cette dernière suivit la procédure en trois étapes faciles. Aussi surprenant que délicieux. Elle ne se fit pas prier pour répéter l'expérience.

– J'aurais préféré t'offrir un Félix[9] de Découverte de l'année, mais c'est tout ce que j'ai pu trouver, dit-il en désignant les morceaux d'orange. Sérieux, t'es vraiment talentueuse. Je dois avouer que je suis un peu sans mot. Sans mot brillant, du moins.

Le visage de la femme s'illumina. Elle ne lui servit pas de riposte dérisoire comme il aurait été naturel pour elle de le faire. Elle demeura silencieusement appréciative de ses commentaires. Henrik contempla les traits de ligneur charbon qui lui faisaient des yeux de biche. Il se demanda s'il préférait rester dans cet état de plaisirs légers ou revenir aux choses sérieuses. Léane retira alors la rose noire reçue du spectateur, faisant ainsi tomber sur son bras la fine bretelle de sa robe. Le questionnement d'Henrik se fit, disons, plus pressant.

– Pour revenir aux choses sérieuses, dit-il, en adoptant une posture plus rigide, j'ai contacté les trois vendeurs de pochoirs d'Elvis Presley, comme tu me l'avais demandé. On peut déjà en éliminer un, qui a vendu seulement trois articles du genre en cinq ans, à des acheteurs européens.

9. Trophée du gala de l'Adisq.

– Ça nous en laisse juste deux. C'est excellent. En passant, puisque t'utilises l'adjectif « européen », j'aimerais te parler de quelque chose…

Henrik l'invita à poursuivre, tout en savourant sa dernière lampée de scotch. Il se sentait détendu et réceptif.

– Par simple curiosité, je me suis replongée dans l'historique de la Pieuvre.

L'homme posa lentement son verre.

– En fait, je me demandais d'où elle sortait, notre chère Eva Beck. Quand j'ai appelé Sofyane, il m'a expliqué comment elle avait grimpé les échelons jusqu'au sommet de son organisation. Assez fascinant, non ?

Henrik avala de travers. Finis les plaisirs légers.

– Une ascension très rapide, bredouilla-t-il, surtout parce qu'il y a moins de compétition du côté des filles. La loi du nombre, additionnée à la loi de la plus forte. *Grosso modo*.
– Tu savais qu'elle vient du Danemark, tout comme toi ? C'est assez particulier, non ?

Et voilà. Le moment fatidique était arrivé.

– Oui, méchante coïncidence, dit-il avec une fausse contenance. Le fameux dicton « La réalité dépasse la fiction » a pris tout son sens quand j'ai appris ça.

Henrik se dépêcha d'appeler le barman. Léane attendit qu'il obtienne sa consommation avant de poursuivre sur sa lancée. Henrik savait qu'il serait impossible de l'éviter. Il en était perturbé, mais ne laissa rien remonter à la surface.

– Je pense qu'on se sait mutuellement compétents. Pas vrai, Hansen ?

Il lui répondit par l'affirmative. Mais où diable s'en allait-elle avec ce changement de direction ?

– Ce que j'ai vu, l'autre jour à Tanguay, est-ce que c'est ta manière traditionnelle de procéder ? Je veux dire, c'est pas tous les jours qu'un policier congédie les gardiens pour se retrouver seul avec une détenue, derrière une porte fermée.

– Eva Beck est trop solide. On serait arrivés à rien en présence des gardiens. J'ai pas révolutionné les techniques d'interrogatoire. J'ai juste fait ce qui était logique pour la brasser sans devoir la toucher.

– Donc, on est *clean* ? insista Léane. Parce qu'on est ensemble, tous les deux, là-dedans. Faudrait pas que la caméra de surveillance ait capté de l'abus d'autorité de ta part. Dis-moi que je peux avoir confiance en ton éthique.

Caméra de surveillance. Léane demeura muette dans l'attente, alors que tout se figeait dans l'esprit du policier. Seul l'écho de la phrase « caméra de surveillance » se répercutait contre les parois de sa boîte crânienne. Jamais, au grand jamais, il ne devrait éveiller le moindre soupçon qui puisse inciter l'enquêtrice à vouloir visionner la bande. Quel désastreux revirement cela produirait-il ! Juste à l'imaginer et il en avait la nausée. Cette horrible pensée l'obnubilait à un point tel qu'il sursauta lorsqu'un minuscule objet tomba sur le comptoir où son coude était posé. Ce n'était qu'une simple pince à cheveux. Léane rigola.

– Tu peux m'aider ? dit-elle en posant la pince dans sa paume et en lui tournant le dos. C'est pour retenir la petite couette entortillée ici.

Elle lui dévoila l'arrière de sa coiffure. Henrik émergea alors de ses désagréables songes. Il essaya d'enrouler la mèche en forme de « six » du mieux que lui permirent ses doigts robustes. Il dut s'y reprendre à deux fois avant de réussir. Puis, il parvint à insérer la pince pour fixer le tout. Sur ces entrefaites, un membre du quintette apparut devant Léane afin de la réinviter sur scène. Elle se fit accorder une minute de plus. Le musicien s'éloigna en maugréant sans gêne.

Henrik ne put s'empêcher de le trouver caractériel. Il le suivit des yeux à travers la foule. Un petit trapu à l'humeur bougonne. Henrik n'était pas déçu que Léane ait sauté les présentations. À l'aube de ses quarante ans, Henrik trouvait qu'il y avait de ces gens ennuyeux qu'il n'était pas nécessaire de connaître, et ce, même pour les convenances sociales.

– Je dois faire cinq autres chansons, expliqua-t-elle à Henrik. Après, on fera le tour des personnes ici présentes, qui seraient susceptibles de connaître nos deux vendeurs de pochoirs. Après tout, Beck semble insinuer qu'on peut trouver notre réponse parmi la faune *rockabilly*. T'es d'accord avec mon programme ?

– Pas de trouble.

– Pendant que je chante, regarde la photo qu'on m'a envoyée plus tôt. Un chef-d'œuvre digne d'Annie Leibovitz[10].

Elle lui tendit son téléphone intelligent et se dirigea vers la scène. Henrik fut victime d'un second sursaut en apercevant le sexe masculin érigé comme un véritable obélisque. Il se dit qu'il fallait être assez connard pour envoyer de telles photos « anatomiques » à une femme de la trempe de Léane Cohen dans le but de la séduire. Si la séduction était

10. Photographe américaine réputée pour ses portraits de célébrités.

l'intention de l'expéditeur, du moins. Sinon, la grosse verge gorgée de sang était juste troublante. Henrik repoussa le sans-fil du bout des doigts, préférant profiter des charmes auditifs et visuels se présentant à lui. Le *band* était entraînant et les nombreux danseurs s'en donnaient à cœur joie. Les jeans bleus, bandanas colorés et jupes à crinoline créaient des taches vives sous l'éclairage tamisé. L'ambiance était festive, Henrik s'y plaisait… jusqu'à ce qu'un individu s'introduise dans son champ de vision. Éloi Robitaille, le graphologue possessif. Il arborait le look rétro. Et il souriait beaucoup trop avec sa dentition blanchie. Cet Éloi était peut-être correct, au fond. C'est juste Henrik qui n'avait pas la tête au bla-bla des premières rencontres. Surtout pas entre hommes ! Il lui paya une bière, malgré tout. Henrik pouvait être ténébreux, mais jamais radin.

– Ça progresse, votre affaire ? s'informa Éloi.

– Quand même, oui. Léane et moi, on n'est pas du genre à s'enfarger dans les fleurs du tapis. On s'entend bien. Ça roule.

L'homme parut soudain agacé derrière la bouteille qu'il avait élevée à la hauteur de son visage. Il enfila deux longues gorgées avant de reprendre les rênes de la conversation :

– Je disais justement à Lélé, ce matin sur l'oreiller, à quel point ma job était emmerdante ces temps-ci, par rapport à la vôtre. Je suis dans l'analyse d'écriture de gens qui ont possiblement falsifié des papiers pour frauder leurs assureurs. Du copié-collé de tonnes d'anciens dossiers. J'aurais besoin de renouveau, d'imprévus, comme vous.

Quelle magnifique démonstration de fausse considération ! Henrik se retint de toutes ses forces pour ne pas crouler sous les rires devant ce manque de subtilité.

– J'imagine que tu sais danser le *jive*, toi ? dit Henrik pour changer de cap.

– Je suis un régulier de la place.

– Tu dois connaître tous les pas, tous les mouvements épatants comme ceux-là ?

Il désigna, de son verre de scotch, un couple qui se démenait sur la piste.

– Je suis minutieux et orgueilleux. Quand je me lance dans quelque chose, je le fais pas tout croche. Je suis même plutôt maniaque de perfection. Je pratique, pratique, pratique, jusqu'à ce que je sois top niveau.

Au fond, Henrik n'avait pas posé la question dans le but de savoir s'il était bon danseur ou non. Il l'avait posée pour en apprendre davantage sur le personnage. Il était servi. Puisque Léane venait d'achever son tour de chant, Éloi s'empressa de la rejoindre au centre de la piste de danse. Une mélodie rythmée se fit alors entendre. Une conversation s'engagea, puis Léane troqua ses escarpins pour des espadrilles de toile blanche. Ils entamèrent un pas de danse. Après plusieurs jolis mouvements chorégraphiés et jeux de pieds qui rebondissent, Léane glissa comme une patineuse entre les jambes d'Éloi. Puis ils continuèrent à danser main dans la main jusqu'à ce qu'il lui fasse faire un saut arrière par-dessus son avant-bras. À la toute fin, elle se laissa tomber et il la retint, contre sa cuisse, façon tango. Henrik n'avait jamais rien vu de tel. En personne, du moins. Les joues rougies, à la fois essoufflée et exaltée, Léane vint s'appuyer contre le bar pour retrouver son calme. Son compagnon de danse s'était fait intercepter, au passage, par une connaissance.

– Merde, t'es vraiment impressionnante, déclara Henrik, sans aucune retenue. Tu glisses, tu tournes à l'envers, tu fais des trucs dans les airs. Juste à te regarder, j'avais besoin d'un collier cervical.

– Ha ! ha ! Je suis des cours depuis toujours.

– En tout cas, t'es vraiment belle à voir.

Henrik regretta un brin ses paroles trop spontanées. Son ton en était-il un de flirt ? Il espéra que cette remarque flatteuse ne lui fasse pas prendre la poudre d'escampette et tout le reste ! Rester concentré, revenir à l'enquête policière et garder l'objectif principal en vue. Voilà ce qu'Henrik devait faire et vite. Il avait tant de difficulté, mais il en était pourtant très capable. Que lui arrivait-il ? Il ne devait pas céder aux distractions. À moins que Léane ne murmure un « merci » et qu'elle ne se décide à poser une main affectueuse sur son avant-bras… Et c'est en plein ce qu'elle fit ! Puis, sortie de nulle part, l'autre main apparut sur le torse d'Henrik, dans l'ouverture de sa veste. Il ressentit toute la chaleur qui s'en dégageait. Elle irradiait jusqu'à ses bras maintenant engourdis, jusqu'à son abdomen contracté. C'est fou à quel point une main, une simple main, pouvait réussir à produire un tel effet. Et celle-ci était toujours pressée contre son cardigan. Henrik et Léane osèrent alors se regarder droit dans les yeux. Une décharge électrique parcourut leurs deux corps. Une haute tension sous très haute surveillance.

– Éloi approche, laissa tomber Henrik dans une expiration.

Léane avait les jambes molles et la danse n'y était pour rien.

– Va falloir trouver le motif, les moyens, l'occasion, soupira Henrik.

Henrik s'était servi de ce langage juridique, typique aux incendies criminels, pour berner Éloi qui venait de se planter près d'eux. Léane avait toutefois saisi le sous-texte truffé de désir. Elle en frémissait. Vite, elle rétracta les derniers doigts qui étaient restés collés à l'avant-bras de l'homme. Éloi n'avait rien vu. C'est du moins ce que présumait Léane.

– Je pense que c'est le moment de faire notre tournée des amateurs des *fifties*, dit-elle sur un ton bousculé. Y a un autre band qui s'en vient et crois-moi, ils déplacent de l'air. On pourra plus s'entendre parler.

Elle s'excusa auprès d'Éloi pour ce départ précipité. Boulot d'abord ; il serait en mesure de comprendre. Léane se mit sur la pointe des pieds afin d'apposer un délicat baiser au front de l'homme. Elle se faufila ensuite avec Henrik à travers la foule dense. Elle cherchait un dénommé Jackson qui possédait un magasin de disques vinyles rue Sainte-Catherine. Il ne devrait pas être difficile à repérer, puisque le jeune homme frôlait le mètre quatre-vingt- quinze et avait la tête rasée, à l'exception d'un toupet façonné en coq à l'aide de brillantine. Léane était décidée à le trouver. Elle fonça au travers des gens à la manière d'une ogive nucléaire. Henrik peinait à la suivre.

– Tu peux ralentir, s'il te plaît ? lança-t-il d'une forte voix. On va se rendre. À moins que tu te sauves de ce qui vient de se passer.

Elle tourna la tête, lui décochant un regard indéchiffrable par-dessus son épaule. Henrik ne savait qu'en faire. On aurait dit un mélange d'attitude frondeuse, d'embarras et d'idées réprimées, si un tel amalgame était possible. Henrik baignait dans la confusion, mais ne se laissa pas dérouter pour autant. Il accéléra la cadence afin de rattraper la femme.

– Je peux te garantir que tu vas réentendre parler du petit bec sur le front.

– Qu'est-ce que… quoi ?

– On n'est pas fous de ça, nous les gars, des petits becs sur le front. À part si ça vient de notre maman parce qu'on vient de tomber de notre vélo.

– Non, mais tu te tais avec ta psychopop de mâle ! le gronda-t-elle, tout de même avec un sourire en coin.

– Je suis prêt à te parier un bon gros burger qu'Éloi va t'en reparler.

– Un burger ? dit-elle, interloquée.

– J'aime ça, les burgers, moi. Je suis un joggeur carnivore. Je cours pour manger plus de burgers.

– Ah, mon Dieu, que t'es tannant ! Ta mère aurait dû te donner plus de baisers sur le front. Ça t'aurait servi.

Henrik cessa de jacasser sur-le-champ. Sa mère… Au cours de la période où elle avait été présente dans sa vie, elle avait manqué de bienveillance et d'élans de tendresse maternelle. Léane le ramena vite au moment présent à l'aide d'un coup de coude. Jackson était là, devant eux. Dans toute sa grandeur. Il semblait même plus grand encore par son toupet gonflé et luisant. Son long cou était recouvert de tatouages de marin. Il portait aussi le paquet de cigarettes à l'épaule, bien serré sous la manche de son t-shirt blanc.

– C'est bien toi, Jackson ?

– Oui, c'est moi. Toujours un bonheur de se faire accoster par une chanteuse-vedette.

De son sac à main pailleté, Léane sortit son insigne.

– Pour les cinq prochaines minutes, je vais être policière. Si tu y vois pas d'inconvénients.

Le jeune homme perdit son allégresse. Léane le rassura. Elle ne cherchait qu'à obtenir son avis de collectionneur sur le possible graffiti d'Elvis aperçu sur ses échantillons de prélèvements. Après tout, Jackson était issu de la culture *rockabilly*, il se plaisait à accumuler des objets rares. De plus, il était féru de musique. Qui de mieux que lui pour les aiguiller dans leurs recherches ?

– Malheureusement, je pourrai pas vous aider, déclara-t-il. J'ai jamais acheté de décalques.

– Pas des décalques, des pochoirs. C'est pas un truc qui colle au mur. C'est une forme qu'on utilise avec de la peinture.
– Ça te prouve que je connais rien sur le sujet. Désolé.

Il s'apprêtait à retourner vers ses copains quand Henrik l'apostropha :

– Tu connais peut-être rien sur le sujet, mais je te laisserai pas partir pour autant. Si tu veux te débarrasser de moi, tu vas me recommander à quelqu'un d'autre et c'est mieux d'être quelqu'un de pertinent sinon je reviens t'achaler pour le restant de la soirée. Si tu me crois pas, tu peux en parler à madame. Elle me trouve pas mal tannant.

Léane regarda le plafond, excédée. Henrik revint à la charge auprès du jeune homme :

– Trouve-moi quelqu'un, Jackson. J'attends.
– J'essaie de penser, s'impatienta-t-il.
– Pense bien. Pense vite.

Le jeune homme mâchouilla le cure-dents qu'il tenait dans sa bouche, puis le fit tourner deux ou trois fois avant de s'exclamer :

– Zaza ! C'est une artiste. Elle fait des murales.
– Elle est ici, ce soir ?

– Elle est souvent avec des copines dans un des boudoirs. Je suis autorisé à partir, maintenant ? lança-t-il à Henrik.

Celui-ci tint promesse. Il se tourna vers Léane et ensemble ils prirent le chemin du hall d'entrée. Ils s'arrêtèrent à chacune des alcôves pour scander « Zaza ? On cherche une Zaza », et ce, jusqu'à la toute dernière. C'était d'un ridicule… de même qu'une perte de temps. L'artiste-peintre avait déjà quitté les lieux. Léane suggéra à Henrik de poursuivre leurs recherches sur Internet. Des clients leur avaient affirmé que Zaza détenait un site Web et qu'elle y affichait toutes ses réalisations artistiques ainsi que ses coordonnées. Ils pourraient bâtir sur cela. La Fiat rouge se déplaça avec habileté dans le dédale des rues montréalaises, jusqu'à ce qu'un immeuble contemporain se dresse dans le paysage nocturne. Le véhicule s'engouffra dans le stationnement intérieur. Henrik se dit qu'ils étaient bien loin des bureaux impersonnels de Mascouche. Du même coup, il réalisa qu'il s'apprêtait à pénétrer dans l'antre de l'enquêtrice. Changement de plan majeur. Ajustement mental en cours.

– L'ascenseur.

Elle l'invita à y entrer en premier. Ils montèrent sans s'adresser la parole. Henrik se sentait projeté dans une vaste zone grise. Il ne savait trop comment se comporter. Et Léane, bien qu'elle souhaitât faire de réelles recherches sur Internet, se tenait trop proche de la courbe de la mâchoire de l'homme. Cette proximité ramollissait sa rigueur intellectuelle. Elle ne retrouva son assurance qu'une fois dans ses quartiers. Henrik déambula dans le condo tout en constatant à quel point son chez-soi lui manquait. Avoir un salon où se réfugier après une dure journée. Un lit réconfortant (toujours à moitié défait) avec un oreiller ajusté à son confort. Quelques objets de peu de valeur, mais qui le rattachaient à de précieux souvenirs. Tout cela n'était que cendres à présent.

– Tu veux quelque chose à boire ou à manger avant que j'aille me changer ? lança t-elle depuis la magnifique cuisine inox et noire.

Henrik écouta l'énumération des choix et opta pour un Perrier lime. Sage décision pour qui souhaitait éviter les dérapages. Ou du moins pour commettre un dérapage contrôlé ?

– Mon portable est sur la table basse, au salon. Le mot de passe est « LC333 ». Je le sais, c'est le pire code facile à craquer. Mais je m'en sers peu… Tu peux chercher le site de Zaza pendant que je retire mon carcan de tissu, blagua-t-elle, déjà dans la chambre à coucher.

Elle suspendit sa robe et s'assit sur le coin du coffre, au bout de son lit, afin de détacher les jarretelles qui tenaient ses bas. Elle passa un pantalon de yoga et un chandail confortable à épaule dénudée. Elle revint à son invité au salon, puis dénoua sa chevelure et essuya son rouge à lèvres à l'aide d'un mouchoir. L'écran d'ordinateur présentait une peinture figurative. Un véritable trompe-l'œil. Henrik l'observait en se frottant le menton.

– On jurerait une photo. Regarde les points de lumière. La transparence aussi.

– Huile sur canevas, lut Léane à voix ténue.

– J'ai bien vérifié : toutes ses toiles sont à l'huile. C'est pas une peinture acrylique en aérosol sur ton échantillon ?

C'était l'hypothèse que la technicienne du laboratoire tâchait de confirmer. Léane griffonna sur un Post-it les coordonnées de celle qu'on surnommait Zaza. Elle vérifia l'heure dans le coin inférieur de l'écran : 22 h 19. Trop tard pour l'appeler. Elle le ferait au petit matin, sans faute. Henrik continua à fouiller le site, fasciné par la quantité impressionnante d'œuvres qu'il contenait.

– Y a quelque chose que je t'ai pas dit tout à l'heure.

L'homme cessa ses observations. Il ferma le portable, prit son eau minérale et suivit sa partenaire jusqu'au canapé gris chiné qui se révéla d'un confort fou. Henrik s'y affala comme s'il s'agissait du sien, plaçant même un coussin derrière son cou. Il invita Léane à procéder avec ses aveux. Bien que détective, il était peu friand de suspense. Il préférait que les choses déboulent vite.

– Le machin que j'ai reçu en texto vient du numéro de notre deuxième victime.

– Le machin ? dit-il en souriant.

– L'appareil reproducteur masculin dans toute sa splendeur, si tu préfères.

– Je sais pas si « splendeur » est le mot juste, mais… C'est quoi ta théorie par rapport à la photo ? demanda Henrik.

– Ça sent le criminel déviant, non ?

– Ou un imbécile qui a trouvé le cellulaire de la fille avant sa mort et qui s'amuse à envoyer des conneries à des numéros aléatoires. Ça s'est déjà vu.

– J'ai aussi omis de te dire que j'ai reçu un appel louche du même numéro, le 2 décembre au matin.

Henrik écarta son coussin moelleux. Il s'assit, jambes écartées et coudes sur les genoux. Sa main gauche vint recouvrir son autre main fermée en poing.

– Premièrement, si on est pour être ensemble là-dedans, on n'omet plus aucun détail. C'est bon ?

Elle accepta.

– Deuxièmement, l'imbécile ou le pyromane – ou les deux – vient de faire une belle gaffe de champion. Toute photo transmise par cellulaire est dotée de données GPS.

Mais oui ! Pourquoi n'y avait-elle pas pensé elle-même ? Elle en éprouva un remords instantané. Son propre manque de perspicacité la frustra ; elle se sentit même un peu honteuse. Par triangulation avec les tours cellulaires, le lieu de prise d'une photographie est plutôt rapide à obtenir et le résultat est assez précis. Sauf si l'image est captée dans une zone très populeuse. Henrik voyait bien que sa déclaration avait miné l'enthousiasme de Léane. Si elle avait été au courant des imprudences qu'il avait lui-même commises dans certains anciens dossiers, elle aurait retrouvé sa confiance. Aucun investigateur ne peut se targuer d'être à l'affût en tout temps et d'être le parfait observateur de tout élément de preuve qui puisse mener au suivant, puis au suivant… Au fond, c'était simple : Henrik y voyait plus clair que sa partenaire dans cette affaire uniquement en raison d'un certain recul. Mais c'est Léane qui menait le bal. Lui ne faisait que la seconder. Bien sûr, il se sentait de plus en plus à l'aise de prendre certaines initiatives (le désir de mettre la main au collet de l'incendiaire de son cottage était plus fort que jamais), mais il appréciait ce détachement qui lui procurait une meilleure vue d'ensemble. C'est alors qu'un bruit électronique rompit le silence.

– Hé, mon Dieu, tu vas te réjouir, dit soudain Léane.

Henrik s'approcha d'elle en se glissant sur le divan. Elle lui montra un message tout juste reçu.

« Tu es partie en coup de vent. J'aurais bien pris un autre genre de baiser, moi ;-) Fais-moi signe dès que tu seras libre pour essayer la nouvelle place à tapas. Éloi xxx »

Le visage de l'homme s'éclaira. Il se tapa fort dans les mains tout en exprimant un « BOUM » retentissant. Il avait même envie de faire une courte chorégraphie victorieuse au milieu du séjour, mais se retint de justesse. Il était à l'aise avec Léane, mais pas à ce point. Léane osait à peine le regarder, se doutant bien que son ego devait former un immense halo lumineux tout autour de lui. Elle ne fit que marmonner :

– T'avais raison, j'avais tort, bla-bla-bla.

Henrik se mit à rire à gorge déployée. Elle le repoussa d'une main désinvolte. Il lui attrapa le poignet. Ce geste, d'ordinaire anodin, entraîna une pause dans le temps. Un nouveau silence. Puis, la poigne de l'homme se desserra et ses doigts glissèrent sur la peau soyeuse de la femme.

– Je… hésita-t-elle. Je pourrais mettre un peu de musique…

Elle effectua un bond pour se remettre sur pied. Elle avança doucement. Henrik, lui, fit un saut dans l'inconnu en se redressant pour la suivre. Avait-elle envie de se rapprocher de lui autant qu'il en avait envie, lui ? Et si la réponse se révélait négative ? Il s'apprêtait à prendre tout un risque. Léane le sentait à présent dans son dos. Sa chaleur. Sa présence. Impossible pour elle de se retourner. Elle ne saurait que faire de son regard. Lorsqu'elle posa les paumes sur le meuble qui tenait la chaîne stéréo, elle sentit deux avant-bras couler sur ses hanches pour l'enlacer. Le souffle d'Henrik sur son cou et le resserrement de son étreinte près de son bas-ventre la firent chavirer dans un autre monde. Il avait risqué ! L'une des fortes mains d'Henrik glissa alors sur son ventre tandis que l'autre écarta les longues mèches de sa nuque afin de goûter à sa peau parfumée. Un soupir échappé par Léane le convainquit de poursuivre. Il se délecta de son cou un moment avant de monter à son oreille qu'il baisa et qu'il mordilla. Elle soupira davantage, cette fois en rejetant la tête vers l'arrière. Si Henrik continuait de la caresser ainsi, en appuyant son corps sur le sien toujours plus fortement, Léane perdrait vite la tête. Il ne lui fallait pas oublier qu'il était, en quelque sorte, un collègue. Même si elle n'était pas dans une relation stable, elle ne devait pas, non plus, faire exprès pour se créer des embrouilles avec Éloi. Elle était un peu libre, un peu prise, bref son statut n'était pas clair.

Sur le point de céder au parfum boisé d'Henrik et de lui dévorer le corps comme un fauve, elle rouvrit les yeux et reprit son souffle. Elle tenta l'accalmie, l'espace de quelques secondes, du moins le temps de retrouver ses esprits et de baisser sa température corporelle. Henrik était haletant. Elle lui chuchota :

– Je sais pas si ce qu'on fait c'est…

Elle ne se rendit pas au bout de son idée. Henrik cessa de lui baiser l'épaule et retira tranquillement les mains qu'il avait imprégnées sur sa peau. Léane se décida enfin à allumer la chaîne stéréo. Alors qu'elle tendait l'index en direction du bouton *play*, Henrik remarqua un élément étrange sur le lecteur audio-vidéo. Une mèche de cheveux blonds. Léane appuya sur le bouton afin de partir la musique. Un « pop » se fit entendre, suivi d'une détonation. Léane tomba assise sur la table basse, basculée à la fois par l'effet de surprise que celui de la douleur à sa main droite. Henrik s'élança vers elle avec un coussin afin de taper, jusqu'à extinction, la flamme qui s'élevait de sa manche de chandail. Il prit ensuite un jeté sur le canapé afin de fouetter le feu qui émergeait toujours de l'appareil.

– Est-ce que ça va ? dit-il à Léane en lui tenant délicatement la tête.

– Il faut que j'observe les débris, balbutia-t-elle en tentant de se redresser.

– Du calme, du calme. T'as une brûlure à la main.

Elle évalua la gravité de l'enflure et de la rougeur.

– Ça devrait être correct. Je vais mettre de l'eau froide.

Des gouttes de sang s'écoulaient de son menton. Il n'en fallut pas plus pour qu'Henrik réagisse.

– J'appelle des gars pour venir inspecter ton salon et je t'emmène à l'hôpital.

CHAPITRE 7

C'était officiel : il n'y avait rien d'inusité dans le surnageant récolté sur la troisième scène de crime. Que de l'eau ayant servi à éteindre le brasier, des résines acryliques, de l'uréthane et de l'oxyde d'aluminium. En d'autres mots, les composantes principales d'un vernis à plancher teinté. Le spécialiste, second responsable du département de chimie judiciaire du laboratoire, ajouta ces détails à ses notes manuscrites. Par la suite, il scella son éprouvette. L'étape suivante consisterait à analyser l'échantillonnage de fragments de verre, dont ceux de l'ampoule d'une lampe torchère projetée au sol.

– Lucien, j'ai un visiteur insistant pour toi, plaisanta la réceptionniste en lui présentant Henrik Hansen. Insistant comme tous ceux qu'on adore parce qu'ils refusent de se faire dire « non ».

Elle lui envoya un clin d'œil moqueur. Henrik la remercia d'un sourire avant de soutirer une poignée de main au scientifique. Sans plus de formalités, Henrik expliqua la raison de sa présence au laboratoire, tout en remettant un petit sac de plastique à glissière au spécialiste. Celui-ci enfila ses lunettes à monture orangée. Il vit une mèche blonde engluée. Henrik précisa :

– Quelqu'un a tenté de blesser gravement Léane Cohen. On a passé son condo au peigne fin : pas d'empreintes inconnues, seulement celles de Léane, d'Éloi Robitaille et… de moi, dut avouer Henrik en revoyant leur étreinte langoureuse. Dans le sac, c'est le seul élément étranger retrouvé sur les lieux.

Henrik pigea à nouveau dans son sac à bandoulière. Il en sortit un autre sac de prélèvement, plus large cette fois, contenant l'appareil endommagé.

– Le lecteur audio-vidéo de Léane, précisa-t-il. Je sais qu'il faut d'abord déposer tout ça au SPAC[11], mais c'est votre nom précis qui est sorti en discutant avec Léane, dans la nuit de samedi, à l'hôpital.
– À l'hôpital ?

Le quinquagénaire, à mi-chemin entre le savant fou et le designer de mode, enfouit ses dix doigts dans sa tignasse. Les cheveux ainsi ébouriffés, il parut encore plus préoccupé.

11. Services des pièces à conviction.

– Pour la mèche, je vais la remettre au service de biologie. Pour l'appareil, ce sera celui des explosions. Je vais m'occuper de les enregistrer au SPAC et de chapeauter tout ça. À moins d'empêchements majeurs, je suis toujours la personne-ressource dans les dossiers de Lélé. C'est pas juste une policière hors pair. C'est aussi une amie. Rien de grave pour elle, j'espère ?

– Brûlures mineures à la main et entaille au menton à cause d'un éclat de plastique. On soupçonne que le lecteur audio-vidéo a été trafiqué par une personne impliquée dans les incendies que vous êtes justement en train d'analyser.

– Quoi ? Maudit métier de fou, des fois, pareil, grommela Lucien. OK, vous pouvez partir la conscience plus tranquille, sergent Hansen. On va tout faire pour accélérer les expertises.

Au moment où Henrik s'engageait dans le couloir, il reçut un appel d'urgence de Marc, le conjoint de sa sœur. Astrid avait récemment renoué avec des amies du secondaire et celles-ci avaient eu la merveilleuse idée de s'offrir une journée de planche à neige, comme dans le bon vieux temps. Résultat : beaucoup de rires et de plaisir, suivis d'une clavicule cassée. Cela faisait trop de blessées en trop peu de temps. Henrik était rongé par l'inquiétude. Il n'avait qu'une seule envie : filer au chevet de sa sœur. Or, il devait assister à la rencontre avec la muraliste Zaza, puis à celle de l'unité de Léane avec Sofyane

Hamadi. Henrik jeta un coup d'œil à sa montre. Il était attendu au Bureau régional d'enquête dans l'heure. Il promit à Marc de le rappeler dès que possible, raccrocha et se précipita au BRE.

***

L'artiste-peintre était envahie d'une grande culpabilité dont elle ignorait la source. C'était la même sensation que lorsqu'on roule tranquille sur la route et que, tout bonnement, une autopatrouille nous suit et qu'on s'imagine coupable d'un délit alors qu'on n'a rien à se reprocher. Elle émergea de l'ascenseur et enchaîna une douzaine de petits pas nerveux avant de stopper face à un poste de travail occupé par une dame.

– Je m'appelle Zaza. On m'a fait venir ici, mais je sais pas trop pourquoi.

Simone lui offrit d'abord une boisson et lui demanda de bien vouloir patienter sur l'une des chaises, le long du mur. Puis elle avisa sa patronne de l'arrivée de la muraliste, tout en lorgnant les nombreuses taches de peinture sur son vieux jeans effiloché et troué. Inquiète, la jeune femme sortit un paquet de cigarettes, en pigea une et se l'inséra entre les dents. Le regard de la secrétaire se teinta de reproches. La fille se ravisa. C'est sur ces entrefaites qu'apparut Henrik. Il avait fait vite. Très vite.

Simone le fit entrer aussitôt. L'avant-bras droit serré dans un bandage, Léane blasphéma tout en essayant d'écrire un message. Henrik se rapprocha d'elle.

– Je viens de porter tes trucs au lab. Comment ça va, toi ? dit-il, soucieux.

– Ça chauffe, ça élance, mais on oublie ça, dit-elle pour minimiser ses soucis. Ce qui est majeur, c'est plutôt ceci : un homme récemment emprisonné prétend avoir été engagé pour détruire ta maison. Il prend tout le blâme. Ça voudrait donc dire que *ton* feu est un crime indépendant de *mes* feux.

Surprise totale chez Henrik. Il se cala dans son siège, l'air grave et les idées embrouillées. Après s'être dénoué la gorge, Léane lui fit la lecture de passages de l'aveu sous serment du prisonnier. Puis, elle lui en offrit une copie intégrale. Henrik avait hâte d'en savoir plus sur ce minable, d'où il sortait et, surtout, dans quelles circonstances on l'avait engagé, mais cela devrait attendre puisque Simone venait d'apparaître. Elle leur rappela la présence de la dénommée Zaza, toujours en attente dans le hall. Les deux enquêteurs lui signifièrent qu'ils étaient prêts, d'un simple hochement de tête. Simone fit entrer la jeune artiste angoissée. Celle-ci considéra les policiers tour à tour et se glissa sur la seule chaise libre. D'entrée de jeu, Léane lui suggéra de cesser de se ronger les ongles et de faire de grandes respirations jusqu'à ce qu'elles puissent discuter.

La jeune femme tâcha de suivre ses recommandations. Quand l'enquêtrice exhiba des photographies en éventail sur son bureau, la jeune peintre devint livide. Un de ses genoux se mit à sautiller.

– On cherche un salopard qui s'amuse à faire de l'art pop après avoir calciné des pauvres filles.
– Voyons donc, c'est qui le malade ? Je le connais pas, moi !

Léane l'exhorta une fois de plus au calme. Elle rangea ses clichés et lui présenta plutôt les pages d'accueil de deux sites Internet.

– Connais-tu ces deux vendeurs d'objets rétro ? Ou, connais-tu des gens qui auraient pu leur acheter un pochoir d'Elvis ? Bref, connais-tu quelqu'un qui connaît quelqu'un ?

La fille répondit par la négative. Henrik sauta dans la mêlée :

– C'est drôle, hein ? Jackson, du Blue Cats, t'a pourtant désignée comme étant notre personne-clé.

Zaza se pinça le haut du nez, paupières closes, pour forcer le processus réflexif. Pourquoi cet imbécile avait-il mentionné son nom dans cette sordide affaire ? Elle se sentait coincée dans une trappe qu'elle n'avait jamais vue venir. En prime, elle raterait son rendez-vous chez la coiffeuse pour réaliser son faux *hawk* et n'aurait sans doute pas le temps de cuisiner ses cornichons frits avant son dîner entre amis. C'est exactement ce qui déboulait dans sa tête. Aussi ridicule que cela.

– Je sais que t'utilises des pochoirs pour tes murales, insista Léane. Ça sert à rien de feindre l'amnésie passagère.

– Oui, mais les miens sont abstraits, se défendit la fille. Je les ai rapportés d'un voyage à San Francisco. En quoi ça vous aide ?

Léane fit le tour de son bureau afin de se dresser entre le meuble et l'artiste. Henrik rapprocha sa chaise de la sienne. Ainsi positionnés, ils espéraient produire une plus forte impression et tirer davantage de renseignements de cette entrevue. Comme tout policier qui se respecte, Léane et Henrik détestaient piétiner dans une investigation. Mais Léane avait un autre incitatif à bouger : elle était peut-être prise pour cible et cela rendait cette affaire plus stressante encore. Il lui fallait avancer.

– Tu dois appartenir à une association quelconque ? demanda-t-elle.

– Oui, les Barbouilleurs.

– Qui est responsable du groupe ? s'enquit Henrik.

– C'est monsieur Vallerand.

– Alors, on va t'inviter à lui téléphoner et à lui demander son avis sur les marchands en ligne que tu vois ici.

– Là, là ? s'exclama la fille, prise de court.

– Oui, là là. Comme dans, tout de suite, insista Henrik.

Zaza empoigna le combiné qu'on venait de lui tendre. Elle fouilla dans sa mémoire un moment afin de s'assurer de ne pas se fourvoyer de numéro. Elle enfonça les touches une à une, avec beaucoup trop de précautions. Léane roula des yeux sans même chercher à s'en cacher. Puis elle pria tous les dieux de l'histoire de l'humanité pour un résultat, un seul, peu importe sa portée. Elle devait progresser.

– Antiquités Gilles Brabant, bredouilla la fille, après avoir raccroché.

On aurait dit qu'elle allait vomir de nervosité. Léane la remercia pour sa collaboration et la raccompagna vers Simone qui s'assurerait de lui faire boire un peu d'eau avant de la libérer. Inutile de mettre du dégueulis sur la moquette quasi neuve. Sans plus tarder, Léane et Henrik s'acheminèrent sans détour vers la salle de conférence. Il était 8 h 59 après tout.

L'équipe était, à présent, entièrement réunie. Léane salua les quelques policiers et techniciens, en s'attardant davantage à Pierre-André. Après avoir jasé points de suture et bandages, Léane fut ravie de changer de sujet pour informer son équipe des récents développements en matière de commerce d'antiquités. Puisque Sofyane tardait à se pointer, elle en profita pour faire un tour de table. Au grand déplaisir de tout le monde, rien n'avait bougé. Pierre-André continuait de remonter le filon des amitiés cachées ou autres relations obscures des deux dernières brûlées, mais l'équipe au complet misait gros sur les conclusions du laboratoire qui rentreraient en fin d'après-midi. On partirait de là, ensuite.

– Mes excuses ! souffla Sofyane en s'introduisant telle une bourrasque. C'était l'asile pour sortir de l'île !

Tous compatirent. D'ailleurs, nombreux étaient ceux qui, à la suite de leur embauche au Bureau régional, avaient déménagé à Terrebonne. C'était un bel entre-deux. Pierre-André versa du café à Sofyane pendant que Léane se chargeait de lui présenter l'enquêteur en visite, soit le sergent Hansen. D'emblée, le criminologue lui sembla avenant. De taille moyenne, longiligne, il était vêtu d'un complet trois pièces à fins carreaux beiges. Un nœud papillon et un carré de soie prune complétaient l'ensemble. Sofyane avait des traits arabes et une apparence de grand intellectuel qui rassurait Henrik, vu son rôle dans leur affaire. Une fois que tous furent assis confortablement, le criminologue plongea tête première.

– J'ai bien étudié le dossier que vous m'avez envoyé, madame Cohen.
– Léane, insista-t-elle.
– Oui, ma faute, sourit-il brièvement. J'ai toujours le réflexe de te vouvoyer. Un jour, je serai dompté. Alors, dit-il en faisant passer des photocopies d'une personne à l'autre, j'ai lu tous les détails des crimes. Votre « individu », tel qu'on le désignera pour l'instant, est assez méthodique, ce qui est facilitant pour établir un certain profil. En revanche, l'absence d'agression physique et d'actes sexuels me pose problème. Je vous l'explique en page 2.

Un murmure diffus ainsi qu'un froissement de pages firent le tour de la table ovale. Le profileur testa son café et, le trouvant encore trop chaud, le redéposa à la droite de ses documents. Il reprit ensuite le cours de son monologue :

– Le fait que les jeunes femmes soient demeurées intouchées nous laisse dans le néant quant au sexe de l'individu. Même chose pour son âge, sa taille et sa corpulence.
– Ça ratisse large, soupira Pierre-André.

Léane et Henrik s'échangèrent un regard un brin désillusionné.

– Comme vous le voyez au début de la page suivante, pour l'heure on ne peut pas exclure la possibilité d'une série de règlements de comptes, mais mon opinion personnelle est que ce type de vengeance à contrat est plutôt faite de manière simple et répétitive. L'individu utilise la même méthode rapide et efficace qui s'est révélée une réussite dès le premier essai, par exemple un cocktail molotov ou un bidon d'essence. L'individu a un job à faire et c'est tout. Il ne cherche pas à complexifier sa façon de faire.

– Excusez-moi de vous interrompre, dit poliment Henrik, mais est-ce qu'un simple « jobbeur » pourrait y prendre goût au fil de ses méfaits et finir par laisser aller sa créativité ?

Sofyane était à la fois surpris et appréciatif de la qualité de la question. Il s'empressa d'y répondre avec le plus de modestie et d'objectivité possible :

– Je vous dirais que ça se produit assez rarement, mais ça s'est déjà vu dans l'histoire, d'où l'importance de ne rien exclure. Dans le document que vous avez sous les yeux, j'ai indiqué l'ensemble des possibilités, suivi de mon opinion qui tend vers la plus probable. Donc, homme ou femme, on ne le sait pas pour l'instant à cent pour cent, mais je penche très *très* légèrement vers l'hypothèse de la pyromanie. J'attire votre attention sur la page où il est question de cette pathologie.

Pendant que les feuilles tournaient, Sofyane revérifia sa boisson. Température parfaite, cette fois. Il en savoura deux lampées avant de poursuivre :

– La pyromanie est un trouble du contrôle des impulsions caractérisé par une fascination extrême pour le feu. On trouve beaucoup de pyromanes parmi les pompiers volontaires.

Pierre-André s'auto-pointa avec son stylo pour signifier à Léane qu'il poursuivrait cette piste. Sofyane informa alors l'assistance que quatre-vingt-dix-huit pour cent des pyromanes sont des hommes. Henrik ne fut pas choqué par cette déclaration. Il était bien conscient que les statistiques ne jouent pas en faveur du sexe masculin lorsqu'il est question de délinquance, quelle qu'elle soit.

– Ils sont issus de familles soit excessivement permissives, soit excessivement répressives. L'un ou l'autre des deux extrêmes. Les enfants ont du mal à retenir leur impulsivité ou, au contraire, à exprimer le moindre sentiment. Parfois, il y a de la cruauté animale également, surtout en bas âge. On dénote aussi des troubles du comportement et, ou, des problèmes d'apprentissage. La recherche médicale envisage peut-être même un lien avec la glycémie, la sérotonine et la norépinéphrine. Bref, c'est un assemblage de divers facteurs déclencheurs. Mais plusieurs experts s'entendent pour dire que les pyromanes ont une double motivation : recréer la chaleur parentale non reçue – souvent celle de la mère – et matérialiser la symbolique sexuelle du feu et de la flamme. D'ailleurs, ce genre d'individus ressent un plaisir, un apogée et une gratification finale identiques à ceux expérimentés avant, pendant et après une relation sexuelle complète.

Henrik était aussi fasciné qu'ébranlé, mais d'abord et avant tout fasciné. Une myriade de questions valsait dans sa tête. Il attrapa la première au bond et leva l'index pour signifier au criminologue qu'il souhaitait l'interrompre une fois de plus.

– Si la pyromanie est liée à la sexualité, pourquoi on n'a pas retrouvé le moindre indice d'attouchements ou d'actes sexuels, si minime soit-il ?

Rayonnant, Sofyane regarda les autres participants à la réunion.

– Il est extrêmement perspicace, celui-là. Vous devriez le recruter.

Léane se tapa elle-même dans le dos pour s'autoféliciter pour le prêt de service. Une hilarité parcourut l'équipe. Même Henrik y céda. Le sérieux retomba tranquillement, comme retombe la poussière.

– Le pyromane puise d'abord son plaisir dans le fantasme. Le déclenchement du feu comme tel exacerbe ensuite l'excitation. La jouissance finale, avec ou sans réel orgasme, survient par la suite, souvent à l'écart du brasier, de manière solitaire. Et puis son extrême tension est libérée jusqu'au prochain méfait. Il se sent bien, sans remords et sans culpabilité. Rappelez-vous : ce qui distingue l'incendiaire en psychose d'un véritable pyromane, c'est l'acte volontaire et planifié, résuma Sofyane en pesant sur ses adjectifs. Les pyromanes ont des troubles mentaux, mais ils ne sont pas antisociaux pour autant. Plusieurs ont une vie remplie. Dans le cas qui vous concerne, c'est sans doute un individu à l'intelligence supérieure, vu l'élaboration méticuleuse de ses feux. Alors voilà, je crois qu'on a fait le tour de mon document.

Le profileur but le reste de son café, tandis que le petit groupe recommençait à s'activer devant lui.

– Oh, une toute dernière chose ! Dans le quotidien, restez à l'affût de quelques faits observables concrets, comme une très faible tolérance à la frustration, une superficialité dans les relations, une habile manipulation dans les jeux de séduction et, ou, une incapacité à supporter l'ennui.

Henrik se dit intérieurement qu'il reconnaissait là plusieurs membres de son entourage. Il rit dans sa barbe, même si le sujet était loin d'être comique. Sofyane rangea ses lunettes de lecture dans leur étui, avant que les policiers et techniciens vinrent le remercier, lui serrer la pince et retourner à leurs tâches prioritaires. Une fois seuls, Léane et Henrik se rapprochèrent telles deux charges aimantées. Ils conservèrent toutefois une distance professionnelle.

– J'aurais une faveur à te demander, avança Henrik.

– N'importe quoi, dit-elle, pleine de félicité. Enfin, presque n'importe quoi.

– Ha ! En fait, c'est un congé.

Léane perdit sa joie de vivre.

– Un congé ? Mais il reste à peine cinq jours à ton prêt ! D'ailleurs j'espérais pouvoir te convaincre, et convaincre tes supérieurs, de prolonger…

– Ma sœur s'est cassé la clavicule. J'ai plus de parents proches. Astrid est toute ma famille. Je m'absenterais une à deux journées tout au plus.

Léane passa outre sa déception et lui accorda cette faveur. Henrik était heureux qu'elle ait accepté, même s'il ressentait la même déception à quitter la ville. Il commençait à se plaire ici, hors de son village reclus. Il s'attachait aux nouvelles gens et se sentait revigoré par le changement de décor. Quant à Léane, il ne se serait pas fait prier pour se rapprocher et lui céder une petite place jalousement gardée dans son univers intérieur. Mais l'heure du départ semblait avoir sonné. Peut-être à son retour ? Qui sait ?... Sa sœur et son patelin l'appelaient. C'est là d'ailleurs qu'il devrait se rebâtir un chez-soi afin d'aller de l'avant. Puisque son départ était imminent, il lança une ligne à l'eau :

– Tu me dois toujours un burger. Je pars pas de Montréal sans que t'aies honoré ton pari.

Le baiser au front d'Éloi. Bien vrai. Une certaine gaminerie fit retrousser le coin des lèvres de l'enquêtrice.

– Seulement si t'acceptes d'être vu en compagnie d'une fille qui a l'air d'une princesse parce qu'elle mange son *fast-food* avec une fourchette. Je suis pas très habile de ma main gauche. Il faut qu'on me coupe ma nourriture.

Elle désigna l'épaisse gaze recouvrant sa main.

– Le seul genre de princesse que j'endurerais, plaisanta-t-il. Ce soir, six heures, ça te va ? Je m'occupe de la réservation.

***

Le scientifique fourra sa paperasse dans une serviette en cuir souple et dévala l'escalier reliant son laboratoire au vestibule de l'immeuble. Après avoir enfilé gants, écharpe et casquette en laine, il affronta la froidure extérieure pour s'engouffrer, quelques minutes plus tard, dans la première bouche de métro croisée. Assis au chaud, serrant sa serviette tout contre lui, il parcourut ainsi la ligne orange, en direction de la station Henri-Bourassa. Il récupéra son automobile, garée à l'aube, dans un stationnement public non loin de là. Lucien s'accorda une cigarette avant de se présenter à la réception du Bureau régional d'enquête. Il se haïssait d'aimer autant la nicotine. Ça empestait ; il s'en rendait bien compte. Et que dire du coût de ces petites armes létales ! Lucien se sentait honteux d'investir dans une mauvaise santé, mais n'avait rien trouvé de plus instantané pour apaiser ses nerfs souvent en boule en raison son métier prenant.

Lorsqu'il arriva au bon étage, il s'aventura dans le large corridor qui débouchait sur le poste de travail de Simone. Celle-ci était en train de retoucher le vernis écaillé à l'un de ses ongles. Lucien releva ses lunettes orangées et lui fit un compliment un peu vieux jeu. L'adjointe administrative lui répondit avec un sourire convenu. Le scientifique se dirigea ensuite vers Léane Cohen.

– Comment va ta brûlure, ma Lélé ? Tu parles d'un beau salaud, le gars qui t'a fait ça !

– Ou une belle salope, répliqua-t-elle, narquoise. Rien ne nous permet d'affirmer à ce stade de l'enquête que notre incendiaire est un homme.

– Seul l'avenir nous le dira. L'avenir étant toi.

Léane lui assura qu'elle était passionnée par son métier, vaillante, dévouée et honnête, mais qu'elle n'était pas encore la sommité qu'il voyait en elle. Le scientifique émit un rire bref en rejetant son humilité d'un revers de la main. Puis il tira la fermeture éclair de sa serviette et en sortit une série de documents. Comme à son accoutumée, il demanda un thé à l'enquêtrice pendant qu'il ordonnait mentalement les renseignements cruciaux à lui relater. Puisque Léane avait un bandage à la main, c'est Simone qui se chargea de mettre de l'eau à bouillir. Toutes deux appréciaient le charmant et singulier personnage qu'était Lucien. Et puis, que représentait une petite tasse de thé en échange d'une précieuse expertise ?

– Pour ta deuxième victime, dit-il, on n'a pas pu récupérer le disque dur de son ordinateur. Assez frustrant, merci.

– Bah, t'en fais pas. Je m'y attendais.

– En revanche, j'ai réussi à établir un trajet avec les morceaux de plancher imbibés d'accélérant. C'est de l'essence ordinaire sans plomb, en passant, plaisanta le scientifique. Le premier foyer d'incendie se trouve au mur. As-tu vérifié à l'intérieur ? Ça m'a rappelé un de tes cas où quelqu'un avait glissé un carton d'allumettes enflammé par une mince ouverture dans le mur. Un sacré beau cas, d'ailleurs !

Léane répondit par l'affirmative. Avant de le laisser poursuivre, elle communiqua avec deux de ses techniciens qu'elle envoya immédiatement à l'appartement de la rue Étienne Brûlé. Il fallait revérifier les murs.

– Brûlé ? Pas vrai ! s'exclama Lucien, ahuri. C'est le nom de la rue ?
– Oui, monsieur. Splendide ironie de la vie.

Simone réapparut avec le thé fumant. Lucien lécha son doigt pour tourner ses feuilles d'analyse avec plus d'efficacité. Il interrompit son geste lorsque apparut un séparateur rouge plastifié. Il s'agissait là du rapport de la troisième victime. L'homme était visiblement contrarié.

– Un de tes scellés était mal identifié.
– Quoi ? réagit Léane. T'es pas sérieux, là ?

Elle n'avait jamais oublié d'inscrire un détail essentiel sur un scellé, que ce soit la date, le lieu ou encore la description du contenu. Jamais.

– Il manque le nom de la personne et le numéro du prélèvement.

Léane se souvint que, cette soirée-là, elle avait fait faire la tournée des lieux à Henrik Hansen et qu'elle avait donc confié à son équipe l'entière prise d'échantillons. Dorénavant, elle resserrerait les règles d'enregistrement des prélèvements. Plus de sévérité de la part d'un supérieur à cet égard ne serait jamais perçue comme un excès de zèle par des techniciens débutants ou intermédiaires. Tous savaient qu'un minuscule échantillon de matériau ou de liquide pouvait aider à dénouer un crime majeur. Ils ne pouvaient pas se permettre qu'un échantillon soit rejeté en cour en raison d'une identification bâclée. Un coupable pouvait être libéré pour un simple détail technique. C'était à provoquer des ulcères d'estomac chez les enquêteurs spécialisés, et on ne parle même pas des familles des victimes. La rigueur était de mise.

– Pour ton troisième cas, contrairement au deuxième, les foyers d'incendie ont pas joué un grand rôle dans mon analyse. C'est plutôt la vitre qui m'a parlé. Les éclats de verre des armoires de cuisine avaient un dépôt de suie sur la face qui reposait sur le sol.

– Ça veut dire que la vitre a éclaté *après* le début de l'incendie, déclara Léane. Pas de vandalisme. Pas d'agressivité. Souvent, quand quelqu'un cause des dommages volontaires, c'est qu'il est en mode vengeance. Il brise pour libérer une frustration accumulée, face à un autre homme qui a couché avec sa blonde, un gars qui traîne à lui rembourser une grosse somme d'argent, un associé qui l'a arnaqué en affaires…

Cette observation contribuait donc à la thèse du pyromane. Si cet acte criminel avait été une vengeance personnelle, alors il aurait pu être considéré comme un incident isolé. Mais puisque les trois victimes ne présentaient aucune blessure et que rien n'avait été volontairement brisé dans leur logement, Léane persistait à croire qu'une même et seule personne était responsable des homicides.

– Maintenant, la cerise sur le sundae, dit Lucien en lui tendant le fruit de son travail.

Léane tourna le séparateur bleu plastifié. Dans le haut de la page, elle y vit le mot « conclusion » et se demanda bien quel en serait le contenu. Elle en lut une partie à voix haute : « Nous avons décelé la présence de gaz butane sur les fragments de l'ampoule électrique de la lampe torchère, ainsi que dans son queusot (partie de l'ampoule située en haut du culot) ». À ces révélations, Léane marqua une pause dans sa lecture et regarda Lucien tout en laissant échapper un juron. Le scientifique hocha la tête en signe d'assentiment.

– C'est un criminel de haut niveau. C'est évident qu'il a inséré le liquide inflammable à la base de l'ampoule à l'aide d'une seringue. Je vois pas d'autres façons de procéder.

Subjuguant. La créativité des fautifs ne cesserait jamais d'épater les deux experts. Ces derniers continuèrent de tergiverser encore un moment à propos des morceaux de vitre, pendant que Lucien terminait son thé au jasmin. Avant de laisser Léane, Lucien lui assura que tous ses efforts seraient dorénavant consacrés à comprendre l'explosion de son lecteur audio-vidéo et à analyser la mèche de cheveux retrouvée chez elle.

Pour la toute première fois de sa carrière, Léane était personnellement impliquée dans une affaire criminelle. Quelqu'un était entré chez elle par effraction. Et pour la première fois, elle avait peur. Sa vie était peut-être en danger. Léane avait beau jouer les femmes fortes, désormais, une inquiétude constante la tenaillait. Tout en dépliant et repliant un trombone, elle essayait d'organiser ses notes mentales. Trop agitée, elle peinait à structurer sa pensée. À dire vrai, elle se retenait pour ne pas prendre son téléphone ou se ruer vers l'hôtel Blanco et tout débiter à Henrik à propos des analyses du labo. L'homme venait à peine de la quitter et voilà qu'elle voulait le ramener à elle ! Du calme, Cohen.

CHAPITRE 8

Henrik dégustait ses frites. Elles étaient délicieuses. Dorées, croustillantes, saupoudrées de fleur de sel et accompagnées d'un aïoli maison. Tout aurait été parfait si seulement Léane avait été assise de l'autre côté de la table. Par chance, elle y serait bientôt. Elle avait averti Henrik de son retard par texto. Affamé et curieux d'explorer le menu de la microbrasserie, Henrik s'était lancé sans elle dans un cornet de frites ainsi que dans une pinte de scotch ale. La bouffe réconfortante idéale avant son départ… Sa valise était faite. Elle était d'ailleurs appuyée contre la banquette de cuir capitonnée. Henrik regagnerait son village montagnard en fin de soirée grâce à une amie de sa sœur.

Dix minutes de plus passèrent. Léane arriva par-derrière. Elle fit exprès pour avancer sans bruit, son intention étant de surprendre Henrik en lui couvrant les yeux de ses paumes. C'était sa belle nuque brune qui lui avait donné l'envie un peu folle de jouer avec lui. Puis elle réalisa qu'ils n'étaient pas assez proches pour se prêter à ce genre de badinage. C'est pourquoi elle se ravisa et avança dans sa direction avec aplomb afin que ses bottes fassent du bruit et annoncent sa venue.

– Trop gourmand, Hansen, dit-elle en se glissant sur la banquette. Pas pu résister aux frites, hein ? T'as bien fait !

Toujours ce vent de fraîcheur qu'Henrik appréciait de plus en plus.

– Alors, êtes-vous fin prêt, jeune homme ? J'ai du nouveau.

Henrik sourit, plongé dans son regard bleu grisant. Tout en observant Léane se défaire de son manteau et prendre ses aises, une phrase kitsch s'imprima sur sa conscience : « Si le charme existe, il porte ton nom. » Il avait toujours détesté ces expressions fleur bleue, mais cette fois, l'une d'entre elles prenait réellement forme devant lui. Léane rajusta son décolleté blanc, qui en dévoilait un peu trop à son goût, puis rigola tout en volant une gorgée de bière à Henrik. Ce manège le captiva. Seule l'intervention du serveur parvint à briser sa contemplation. L'homme leur détailla la sélection de boissons houblonnées brassées sur place, et leur suggéra quelques spécialités comme le burger chocolat noir et sa mayonnaise *chipotle*, de même que celui à la pancetta croquante et fromage en grains. Vendus ! Une fois la palette de dégustation de bières devant eux, Léane se lança dans ses confidences.

– Une seringue dans une ampoule ? s'exclama Henrik, ahuri. Je sais pas pour toi, mais moi les maniaques minutieux de ce type-là m'ont toujours plus foutu la chienne que les truands violents.

– Je t'avouerai que c'est un de mes pyromanes les plus brillants, jusqu'à présent. Je voulais me reposer pendant le temps des fêtes, mais je pense que le petit Jésus va devoir m'envoyer du sommeil en cadeau au Noël prochain. En passant, merci d'avoir rempli la demande de localisation d'ondes cellulaires pendant que je me faisais soigner à l'hôpital. T'as dû mettre de la pression en tabar… parce que les coordonnées sont déjà rentrées. C'est ce que j'appelle un délai serré.

Henrik adorait se sentir utile, peu importe le contexte. Il en ressentait une grande fierté. Mais il ne se complut pas longtemps dans ses réjouissances. Il préféra lui demander du tac au tac si elle avait appris d'où provenaient l'appel silencieux et la photo du sexe masculin.

– Il aurait été passé dans le coin du Vieux-Port de Montréal. Ça me sert pas à grand-chose pour le moment.

– Peut-être, mais ça confirme que le désaxé se tient pas assez loin de toi à mon goût.

– Par chance, j'ai développé une bonne tolérance au danger au fil des années.

Henrik n'aimait pas cela. Déjà qu'il n'était pas enchanté à l'idée de regagner Cap-à-Nipi, voilà qu'il avait l'impression de laisser Léane à découvert. Tout en songeant à cela, il observa la femme prendre une première bouchée de son burger au chocolat noir. Le goût était si surprenant et savoureux qu'elle ne put réprimer un gémissement. Henrik fut aussitôt entraîné dans la sensation de délice qu'éprouvait la femme. Il la regarda s'éponger les lèvres. Il ressentit l'envie irrésistible de goûter à sa bouche, à sa langue sucrée, et de se laisser aller au plaisir charnel. Il désirait lui faire l'amour. Il voulait l'embrasser comme un affamé. La caresser lascivement. Explorer son sexe en douceur, retarder son plaisir le plus longuement possible, pour enfin lui arracher des soubresauts de jouissance. Son désir pour elle ne faisait que grimper chaque fois qu'il lui parlait et qu'il la voyait. Les mains brûlantes et la tête un peu étourdie, Henrik tenta de retrouver sa contenance en déviant son attention vers deux hommes qui se disputaient une partie de billard, au fond de la microbrasserie.

– Ça va ? l'interrompit Léane. T'as l'air bizarre tout à coup.

– Tout va très bien. Toi, ça va ?

– En fait, il s'est rien passé de spécial depuis les trente dernières secondes, donc je dirais que ça va comme ça allait avant. Ha ! ha !

Ah, ce qu'il la croquerait ! Il la croquerait, la ferait gémir d'extase et la croquerait encore.

– Pas pires burgers, hein ?

C'est la seule pensée acceptable qu'Henrik avait su verbaliser, toutes ses autres pensées étant trop compromettantes ou carrément provocantes.

– Le mien est parfait, dit-elle. Tout est parfait.

En réalité, tout était loin d'être parfait. Léane venait d'apercevoir la valise d'Henrik. Elle redoutait son départ et cela grugeait sa bonne humeur. Son air ravi n'était qu'un masque de théâtre. Elle se rabattit sur l'excitation engendrée par son travail pour faire passer la pilule.

– Je vais devoir me payer une petite escapade dans la magnifique région de Charlevoix.

Non seulement Henrik pestait à l'idée de se séparer de cette femme, mais voilà qu'il regrettait amèrement ce mandat spécial qui se voulait plus fascinant d'heure en heure. Toutes ces tribulations le rendaient fébrile. Ils terminèrent leur repas en jasant de tout et de rien. Après que le serveur lui eut remis l'addition, Henrik décida de baisser sa garde et de foncer.

– Tu m'as marqué, Léane. Même si je quitte Montréal seulement pour deux jours, y a une partie de moi qui va s'ennuyer. Je suis moi-même surpris en le disant, mais c'est très vrai. J'ai pensé à ça et… Si t'es d'accord, si *seulement* t'es absolument d'accord, je pourrais te rejoindre dans Charlevoix, après mon séjour chez ma sœur.

Médusée, Léane dressa un doigt en signe de pause : le téléphone du boulot venait de vibrer contre sa cuisse. Dans les circonstances, elle ne jouissait pas d'une grande liberté ; elle devait prendre l'appel de Pierre-André. Léane écoutait son topo, le cerveau dans la ouate. Elle était absorbée par le regard d'Henrik qui la sondait. Comme pour se recentrer, elle se leva de la banquette et se couvrit une oreille. C'est alors qu'Henrik choisit de foutre en l'air toutes les conventions. Il se leva à son tour pour aller encadrer le visage de Léane de ses mains fermes. Puis il étampa sa bouche désireuse sur ses lèvres en mouvement, la muselant du même coup. Léane résista un peu au départ, soucieuse de maintenir une conversation fluide avec son collègue, mais elle se laissa vite ramollir par le baiser. N'obtenant que des semblants d'approbation – ou plutôt des petits bruits s'apparentant à des grognements – le collègue s'impatienta. Pour sa part, Henrik continua d'embrasser Léane, les doigts maintenant entrelacés dans sa chevelure sombre. À un certain point, elle se vit forcée de réfréner ses ardeurs en lui détournant la mâchoire de son propre visage.

– Non, non, je te suis, balbutia-t-elle à Pierre-André. Je suis en train de manger, j'ai la bouche pleine.

Un rayonnant sourire fit retrousser ses jolies lèvres, plus pulpeuses que d'habitude. Henrik fondit. Il enfouit de nouveau sa main dans sa longue chevelure et lui embrassa l'épaule, puis la gorge. Son parfum était splendide. Il ne pouvait détacher le nez du creux de son cou.

– Oui, j'arrive. Considère-moi déjà sur place.

Léane mit fin à l'échange. À présent, elle devait faire face : elle devait partir de son côté et Henrik, du sien. Il n'y aurait pas de nuit. Et encore moins de lendemain.

– Notre « fille alitée ». On a réussi à déterrer des anciens profils qu'elle s'était créés sur les réseaux sociaux et qu'elle avait supprimés à la suite d'une rupture amoureuse désastreuse. L'ex en question était *doorman* dans un établissement appartenant à une associée de Beck.

Henrik réagit, non verbalement, mais plutôt physiquement.

– Pourquoi tu fais cette tête-là ? s'exclama Léane.

– Pour rien, mentit-il. Je trouve les liens surprenants, c'est tout.

– L'effet de surprise est moins grand de mon côté. Comme disent les Anglos, j'avais le *gut feeling* qu'elles se connaissaient toutes, de près ou de loin.

L'horloge murale indiqua à Henrik que l'amie de sa sœur était sur le point de se présenter au resto. Il régla l'addition, pendant que Léane passait son foulard de style éternité. Tous deux revêtirent leur manteau et se rendirent au vestibule vitré. C'est là qu'Henrik aperçut une voiture blanche garée le long du trottoir.

– C'est mon covoiturage.

– T'as oublié ta valise, lui fit remarquer Léane.

Henrik retourna à la banquette pour la récupérer. Il revint d'un pas accéléré. Alors qu'il s'apprêtait à formuler deux ou trois paroles, Léane se colla à lui pour l'enlacer. Ils s'étreignirent fortement, ressentant à fond l'émotion aller et venir telle une décharge entre leur poitrine. Léane posa un tendre baiser près de son oreille et lui chuchota : « Je vais aussi m'ennuyer de toi, garçon ». Après quoi, elle sortit et remonta l'avenue, à la lueur des réverbères. Tous deux prirent des trajets opposés. Ils s'éloignèrent. Se distancèrent.

***

Des couinements de jouets en caoutchouc traversèrent le salon jusqu'à la petite chambre, réveillant l'homme qui somnolait sur son matelas gonflable. Quelle heure était-il ? Sans doute trop tôt pour lui. Il étira le bras, tâtonna un moment, puis mit la main sur le réveil numérique que sa sœur avait posé sur le plancher. Il l'approcha de ses yeux endormis. Les chiffres lumineux lui présentèrent un « 7 » suivi d'un « 15 ». Acceptable, en fin de compte. Il devait se rendre au poste, de toute manière, alors aussi bien se faire réveiller par des bruits de poupons que par le son irritant d'un radioréveil.

– Bon matin, le frère, chantonna Astrid, adossée au chambranle de la porte.

Il s'étira, torse nu, tout en exagérant son bâillement.

– T'as pas fermé ta garderie malgré ta clavicule cassée ? J'entends déjà plein de bébés en folie, dit-il en faisant allusion à l'heure d'ouverture hâtive de sa garderie.

– Tu sauras que des bébés en folie, ça se lève plus tôt que des policiers en folie. Et c'est plus adorable aussi, railla sa sœur. Pour répondre à ta question, j'ai engagé une aide. C'est la fille de ma voisine. Elle s'appelle Vicky, elle a dix-huit ans et je te suggère de te couvrir avant de te présenter devant elle, dit Astrid en pointant sa demi-nudité. En passant, il reste un peu de salade de fruits aux graines de citrouille pour le déjeuner.

– Je crois rêver, marmonna-t-il en se vêtant d'un t-shirt et d'un pantalon de sport. Tu sauras que…

– Avise-toi même pas à me faire une blague de graines !

Henrik sourit. Après avoir croisé la jeune assistante de sa sœur et l'avoir saluée d'une simple inclinaison de tête, il se rendit à la cuisine. Il inséra une capsule de café dans la machine tout en se grattant le torse. Henrik était de retour à la case départ. Il n'avait toujours pas de nouvelle résidence, créchait dans la salle de bricolage de la garderie de sa sœur cadette, n'était au cœur d'aucune relation amoureuse significative et ne menait aucune enquête stimulante. Tout en testant la chaleur de son arabica, Henrik constata que tout ce qu'il avait pour lui, c'était une coquette somme dans ses REÉR et un excellent VO2max[12]. Où aller avec cela ? Henrik maugréa au-dessus de sa tasse fumante. Il se sentait comme à la fin vingtaine, alors qu'il ne faisait que tourner en rond à la recherche d'un sens à donner à sa vie.

– As-tu déjà songé à la paternité ? dit Astrid en le rejoignant à la cuisine pour récupérer une boîte de lingettes humides.

– Bon matin, la sœur, ronchonna Henrik. Non, mais regarde-moi les beaux gros flocons dehors !

– T'es tellement le maître de l'évitement, soupira-t-elle tout en nettoyant les doigts d'un tout-petit.

À la fenêtre, Henrik faisait toujours mine d'apprécier les splendeurs de l'hiver. Il mentionna même à sa sœur que la neige, en ce doux matin, ressemblait à des morceaux de dentelle française. Sa voix faussement romantique ne souleva que de l'exaspération chez Astrid.

– N'importe quoi. Ma question était légitime et sensée.

– Oui, concéda-t-il. Elle est juste arrivée trop de bonne heure. Faut que j'aie bu mon premier

12. Le volume maximal d'oxygène (en réalité du dioxygène) que l'humain peut consommer par unité de temps lors d'un exercice dynamique maximal d'aérobie.

café avant de penser à des choses graves comme la paternité.

– Double n'importe quoi.

Astrid grogna tout en retournant à l'animation de ses bambins. Elle s'amusait du mieux qu'elle le pouvait en dépit de son attelle. Henrik enfila son déjeuner avec une bonne humeur renouvelée (pas de salade aux graines de citrouille, mais plutôt un bagel au cheddar). Il fit ensuite sa toilette avant de partir au poste.

Les jumeaux Danny et Denis Dupuis lui réservèrent un accueil en règle, c'est-à-dire avec des exclamations et une série de tope-là simples par devant et doubles par derrière. Puis il ne tarda pas à renouer avec la routine lorsqu'il se fit gentiment rappeler à l'ordre par un agent administratif parce qu'il tardait à remplir plus d'un formulaire de remboursement de kilométrage. Henrik accepta lesdits formulaires et répondit à l'agent par un ridicule salut de karatéka, pour ensuite rediriger son attention vers les jérémiades distrayantes des jumeaux Dupuis.

– Oh oh, serait-ce le retour de la célèbre *roustache* ? dit Henrik en pointant le duvet blond-roux sous leur nez.

– On se sentait tout nus, avoua Danny. On n'était pas trop sûrs d'aimer ça.

– Ah parce que vous en avez discuté, ensemble ? dit Henrik, amusé. C'était d'un commun accord, le *comeback* du tapis de mini-golf ?

– Tu te tais. Tu te tais maintenant, maugréa Denis, le plus bourru des jumeaux.

Le lieutenant Fafard s'immisça alors dans leur aparté afin de les convoquer à une réunion qui aurait lieu dans cinq minutes, top chrono. Pour Henrik, les comparaisons entre le petit poste de Cap-à-Nipi et le vaste édifice de Mascouche étaient inévitables. Il se demandait lequel était le plus motivant ? Le plus chaleureux ou encore le plus rassurant ? En marchant vers la salle de réunion, il pensa à Léane Cohen. Avec elle, son quotidien regagnerait sans doute de son excitation perdue. À la table de conférence, il siégea, songeur, entre les jumeaux.

– Bon matin tout le monde, dit le lieutenant Fafard. Je passerai pas par quatre chemins : il va y avoir des changements.

Tous les policiers redressèrent la tête.

– Avec nos excellentes performances des derniers mois, ou comme disent mes supérieurs, nos « très inhabituelles performances », les budgets ont été légèrement bonifiés.

– Ça, ça veut dire « plus » ou « moins » de petits sandwiches en triangles au buffet de Noël ? plaisanta Henrik.

Fafard fit semblant de s'impatienter pendant que son équipe s'en donnait à cœur joie.

– Tu nous le cuisineras cette année, le buffet, Hansen. Ça nous évitera toutes tes remarques de fin finaud. Et t'en profiteras pour nous faire des bouchées de ton fameux bœuf wagyu à soixante-quinze piastres la livre que tu te commandes scellé sous vide !

Comment son patron avait-il pu découvrir un détail aussi précis de sa vie personnelle ? Peu importe, cela le divertissait. Il conserva donc ses airs bon enfant. Fafard poursuivit :

– Bon, alors comme je le mentionnais avant qu'on m'interrompe, notre portefeuille a changé. Ça signifie qu'à partir de janvier, les tâches vont être remaniées. On va obtenir, au minimum, un nouveau gars fraîchement pondu de Nicolet. Pour mes plus allumés, vous aurez compris que si vous avez votre grade d'enquêteur, la patrouille, c'est terminé. Vous pourrez *focuser* sur des dossiers, disons, plus complexes ou en collabo avec d'autres corps policiers.

Fabuleuse nouvelle. Henrik et les jumeaux étaient ravis de cet avancement. Se pouvait-il que le vent soit enfin sur le point de tourner pour Hansen ? Ces quelques bonnes nouvelles venaient de mousser son moral. Pour la toute première fois de sa vie, Henrik souhaitait se « caser ». Comme toujours, il continuerait de carburer à l'aventure (ce besoin étant intrinsèque chez lui), mais il voulait s'enraciner, rebâtir une maison et planifier son avenir plus loin qu'un mois à la fois. Et de préférence avec quelqu'un qui en valait la peine, pas avec une simple amourette passagère qui ne parvenait qu'à combler ses pulsions. Ses nouvelles perspectives de carrière semblaient lui confirmer que ses racines devaient prendre à Cap-à-Nipi. Au cours des derniers jours, l'idée de retourner vivre à Montréal lui avait effleuré l'esprit, mais aujourd'hui, tout était plus clair. Sa place était avec ses amis et ses montagnes.

– Hansen ?

Ses épaules tressautèrent. Il sortit de ses pensées.

– Je suis à la veille de croire que tu souffres d'un TDA[13] comme le fils de ma nièce, bout de bonyeux !

– Non, non, je suis tout là. Tu viens de me demander si je suis intéressé à m'impliquer dans

13. Trouble du déficit de l'attention sans hyperactivité.

le cas du face-à-face qui vient de se produire sur la Côte, c'est ça ?

– Je peux pas croire...

– Non seulement j'ai entendu, mais j'accepte. Est-ce qu'on a terminé ici ? dit Henrik en s'appuyant aux accoudoirs de sa chaise, prêt à passer à l'action.

Le lieutenant Fafard les remercia tous de leur attention et retourna s'enfermer dans ses quartiers, à l'abri des distractions. Henrik s'habilla plus chaudement et empoigna un coffre en plastique contenant divers outils servant à analyser les scènes d'accidents mortels ou avec blessés graves. Tout en roulant vers le deuxième village situé au nord du Cap, il fit de son mieux pour se remémorer les points principaux de sa formation en accidents routiers, formation qui remontait à plus de quinze ans. Il lui fallait paraître ultra compétent et vite.

***

Simone apparut dans l'entrebâillement de la porte avec le descriptif du séjour dans Charlevoix. Léane la remercia avec une jovialité peu commune. Elle était emballée à l'idée de s'éloigner de la métropole pour une période indéterminée.

– Ça va changer le mal de place, soutint-elle en rangeant quelques effets professionnels dans son fourre-tout.

– Vas-tu me rapporter des bons fromages ? dit la secrétaire. Moi, c'est pas mêlant, je mange ça comme des chips, ajouta-t-elle en se tapant les rondeurs aux hanches.

Léane rigola tout en lui promettant une Tomme d'Elles de la famille Dufour, ainsi que quelques autres trouvailles savoureuses. C'est sur ces entrefaites qu'arriva Éloi Robitaille. Il paraissait bien dans son complet gris de coupe contemporaine. Il arrivait de la Cour où il avait témoigné dans une affaire de testament frauduleux d'un riche planificateur financier. Simone le trouvait « propre » et « élégant ». C'est du moins les deux qualificatifs qu'elle employait lorsqu'elle décrivait le graphologue.

– J'arrive à un mauvais moment ? T'as l'air pressé.

– Un petit voyage d'affaires à Baie-Saint-Paul, dit Léane en s'adressant ensuite à son adjointe : merci pour toute l'organisation. On se reparle dans une quinzaine de minutes, avant mon départ, d'accord ?

La dame acquiesça avant de retourner à ses affaires. Tandis que Léane révisait sa liste d'articles à ne pas oublier, Éloi prit ses aises, en retirant son veston et en verrouillant la porte. Puis il agrippa Léane par l'un des passants de son pantalon, l'empêchant ainsi de s'éloigner de lui. Il la huma tout en lui murmurant que de se côtoyer une fois par semaine était trop peu. Elle se laissa embrasser le cou tout en songeant à ce qu'il venait de dire. Entre deux effleurements de lèvres, Éloi lui avoua à quel point il la trouvait désirable. Ses courbes, son parfum… il en voulait plus. Le hic est que cette fréquence lui convenait à elle. Un jour par semaine, c'était idéal. Elle était consciente que c'était peu conventionnel, voire nuisible pour un semblant de prélude amoureux, mais elle tenait à sa liberté. Puisqu'Éloi insistait pour qu'elle se prononce sur la question, elle finit par lui avouer qu'elle ne souhaitait pas le voir davantage. Heurté, Éloi mit aussitôt fin à ses caresses. Il se recula, les bras croisés, pour mieux la fixer dans le blanc des yeux.

– Là, tu vas me dire maintenant si le foutu Danois y est pour quelque chose.

– Mais qu'est-ce que ? Eh Seigneur… souffla Léane, exaspérée.

– Est-ce qu'on pourrait se dire les vraies affaires, pour une fois, Léane ? Je voudrais avoir l'heure juste. Parce que de mon côté, je suis en manque de toi. Est-ce que c'est trop demandé de clarifier notre situation ?

– Pourquoi faut-il toujours que les choses progressent ? s'agita-t-elle. Le *statu quo,* il me semble que ça fait du bien, des fois, non ?

Éloi remit son veston en trois mouvements secs. Léane empoigna son fourre-tout.

– En plus, c'est le pire moment pour jaser de ça.
– T'as raison. De toute manière, je venais te voir juste pour t'informer, à titre de *collègue*, que je pars pour un congrès.

Son air sarcastique, soutenu par le muscle tendu à sa mâchoire, montra à Léane qu'il était au bord de l'explosion. Il est clair que cette discussion ne pourrait être évitée. À son retour de Charlevoix, Léane devrait faire une mise au point. Tandis qu'elle y songeait, Éloi était reparti aussi vite qu'il était arrivé. Une fois seule, elle put au moins terminer ses préparatifs. Elle prit connaissance de la réservation effectuée par Simone, puis rassembla tous les autres éléments nécessaires à son voyage. Elle s'apprêtait à partir lorsque son cellulaire sonna.

– Cohen ! dit-elle avec dynamisme.

Rien à l'autre bout du fil. Seule l'impression d'une présence humaine, mais aucune réponse verbale. Léane se raidit. Elle savait de quoi il retournait. La seule chose à faire : parvenir à faire parler l'étranger. C'était l'unique stratégie à adopter.

– Écoute-moi bien, connard : non seulement on sait de quel secteur tu m'appelles, mais on commence à se douter de ton identité. Prépare-toi. On va te trouver. De un, parce qu'on est bons dans ce qu'on fait. De deux, parce qu'on est en tabarnak après toi.

Simone sourcilla. Elle se demandait bien de qui il s'agissait. De son côté, Léane fulminait. Elle allait et venait devant le mur fenêtré, le mobile pressé contre l'oreille. Elle était impatiente d'entendre la voix du possible pyromane. Mais il ne parlait toujours pas. Elle attendit. Soudain, elle perçut un bruit, comme si l'étranger mangeait un aliment sec.

– C'est ça qui te fait bander ? Une femme qui t'écoute manger ? Ah oui, sans compter les filles et les animaux brûlés…

Un rire. Succinct et condescendant. Un seul ricanement qui n'était pas suffisant pour se faire une idée du timbre de voix du sinistre personnage. Léane était en rage. Elle faisait tout pour maîtriser sa colère. Ce n'était pas le moment de perdre les pédales.

– Bon, ça t'amuse, dit-elle d'une voix faussement blasée. T'aimes ça voir les policiers s'énerver devant tes crimes. Sérieux, entre toi et moi, tu trouves pas ça un peu cliché ?

Tel qu'anticipé, l'étranger se garda de tout commentaire. Il ne produisit qu'un très faible sifflement. C'était à donner la chair de poule, mais Léane s'interdit de fléchir. Elle soupira dans l'acoustique.

– Tu me fais perdre mon temps.

Elle coupa net la communication en blasphémant. Simone courut la rejoindre sur la pointe des pieds. Elle lui assura que son intention n'était pas de se fourrer le nez dans son investigation, mais elle voulait savoir si elle avait bien un suspect. Léane lui avoua aussitôt son bluff. C'est alors que la sonnerie du mobile retentit de nouveau. L'inquiétude se peignit sur le visage de Simone. Irritée, Léane ne put retenir ses insultes en décrochant.

– Quoi encore, connard ?
– Bonjour, fit une voix préenregistrée. Acceptez-vous l'appel à frais virés d'une détenue du Centre de détention Tanguay ?

Léane regagna son bureau à grandes enjambées tout en prononçant un « oui » très affirmé. Jamais elle ne se serait attendue à ce coup de fil impromptu d'Eva Beck. Que pouvait bien lui vouloir la chef de gang incarcérée ? Celle-ci avait quelque chose à partager avec elle. Une nouvelle information aussi surprenante que sidérante.

CHAPITRE 9

Lucien était contrarié ; sa théorie de la simple colle blanche liquide ne tenait plus. La technicienne du département de biologie lui avait annoncé que la mèche de cheveux blonds, collée au lecteur audio-vidéo de Léane Cohen, était plutôt enduite de semence humaine. Il faudrait à la technicienne plusieurs jours additionnels afin d'extraire l'ADN de la mèche, et celui du sperme. D'ici là, il serait impossible de rechercher des correspondances avec la suite chromosomique de victimes féminines et de criminels masculins fichés. Une fois les ADN en leur possession, les policiers devraient scruter deux larges banques de données. Le problème qui se posait était celui-ci : dans toute séquence de meurtres en série, il fallait faire vite, tout en demeurant hyper minutieux. Bien plus qu'une évidence, la rapidité d'exécution était *le* joueur dominant dans cette partie.

Assis, dos droit, à son clavecin Sassmann, Lucien effleura des touches tout en songeant à son amie

Léane qui devait se faire du mauvais sang à propos de cette affaire tordue. C'est dans ces moments-là qu'il aurait aimé posséder le matériel de laboratoire surréaliste des studios de télévision. Ce serait alors facile de fournir à Léane des réponses claires en un seul toucher d'écran tactile ou avec une reconstitution 3D en faisceaux laser du présumé coupable. Mais dans la vraie vie, la science n'était pas aussi sensationnaliste. Question de tempérer ses frustrations, le scientifique, claveciniste à ses heures, posa ses doigts sur les deux claviers, entamant ainsi sa pièce préférée de Bach. Son appartement chaleureux lui permettait de se couper du monde entier et de s'immerger dans une certaine quiétude, même si la situation actuelle de Léane le préoccupait au-delà des heures de travail.

***

Cap-à-Nipi. Certains sentiers du versant nord étaient plutôt abrupts et glacés. Par chance, les crampons des raquettes de course empêchaient Henrik de déraper et de risquer une mauvaise chute. Ce n'était pas le moment de se blesser. Malgré les conditions climatiques et topographiques, son rythme demeurait régulier. Ses joues étaient parfois giflées par une soudaine bourrasque, mais le reste de son corps réagissait bien aux conditions hivernales. Henrik ressentait chacun de ses muscles se tendre, se détendre, se réchauffer, le propulser… et cela lui procurait une impression de toute-puissance. Il venait de passer deux agréables journées au poste de police, aux côtés des jumeaux Dupuis. Le travail allait bon train et l'humour caustique était au rendez-vous. Ce regain dans sa vie professionnelle l'aidait dans sa course, un peu comme si le retour d'un sentiment de satisfaction servait de carburant. Mais l'élément propulseur par excellence s'était présenté sous la forme d'un message de Léane, sur sa boîte vocale. Celui-ci l'invitait à la rejoindre à Baie-Saint-Paul, le lendemain, et à la rappeler dès que possible. Elle avait accepté sa folle proposition, et rien au monde ne l'empêcherait de s'y rendre. Henrik avait bien tenté de la rappeler, mais sans succès. Il réessaierait plus tard. Il repoussa sa manche de manteau pour voir l'heure à sa montre. Il ne lui restait plus qu'une dizaine de minutes avant la fin de son parcours et Henrik ne ressentait aucune fatigue. À son point d'arrivée, il constata qu'il avait parcouru huit kilomètres, son record personnel en montagne, en saison froide.

Il regagna la demeure de sa sœur, et s'enfila un grand verre de lait froid, émit un soupir d'appréciation, balança ses survêtements dans la laveuse, et se glissa sous les jets de la douche. Alors que l'eau chaude coulait sur son visage, sa sœur frappa à la porte.

– Occupé ! lança Henrik.

Astrid pénétra tout de même dans la salle de bains.

– Tsé quand le mot « occupé » veut dire « entre donc », railla Henrik, dont la nudité était dissimulée par l'opaque rideau de douche.

En position accroupie devant le meuble-lavabo, sa sœur fouillait de sa seule main libre parmi un lot de lotions hydratantes. Son tintamarre maladroit insinuait qu'elle était en retard. Henrik se demanda pourquoi elle était pressée, puisqu'ils avaient prévu de passer la soirée ensemble, de partager une raclette et un riesling d'Alsace devant un bon thriller psychologique.

– J'avais complètement oublié la pièce de théâtre avec Marc. Ça fait un bout qu'on a acheté les billets.

– Je me demandais aussi pourquoi tu te forçais sur ton apparence, blagua-t-il en écartant le rideau pour sortir le visage sur le côté.

– Ha ! ha ! toujours aussi hilarant ce Hansen, répliqua-t-elle avec humeur. On se reprend sans faute, mon beau grand frère d'amour ?

– Demandé de même ? C'est certain.

Henrik lui dit de ne pas s'en faire avec ce contretemps et de profiter de sa sortie en amoureux sans aucune culpabilité. Ils se trouveraient bien une autre occasion. Seule chose à prévoir : une autre bouteille de vin, car le riesling ne ferait pas long feu. Astrid rigola tout en lui promettant de s'en charger. Après avoir fixé sa coiffure, tout en grimaçant de douleur, elle le remercia une fois de plus de sa compréhension et lui souhaita la plus agréable des soirées. Henrik coupa l'eau, se noua une serviette en pagne, se rasa devant la glace, puis se rendit à la cuisine pour mettre le blanc au frigo. Il se sentait léger, frais, quasi heureux. Que mangerait-il à présent ? Pourquoi faire compliqué si on pouvait faire simple ? Livraison ! Depuis que le Pub Nipi offrait ce service à domicile, Henrik en était adepte. Il adorait cuisiner, avait un talent certain pour cet art, mais appréciait la gastronomie style bistro du pub. Sans compter qu'il n'aurait pas de vaisselle à faire. Henrik arrêta son choix sur le tartare deux saumons aux caprons poêlés et les croûtons au foie gras. Il en salivait déjà.

Après avoir revêtu un t-shirt et un pantalon de coton ouaté gris, Henrik démarra le film qu'il avait loué sur Apple TV, en prévision de la soirée. Il se versa un verre de vin. Puis un deuxième. Aux alentours de 19 h 30, les phares d'un véhicule balayèrent la baie vitrée du salon. Joie, son repas était arrivé ! Il marcha, pieds nus sur les carreaux froids, jusqu'à la porte de côté. Surprise. Ce n'était pas le livreur habituel avec sa casquette Bass Pro Shops et sa barbe de *hipster*. Sur le seuil se tenait plutôt le lieutenant Fafard.

– Je m'attendais pas à une visite patronale, dit Henrik en observant son accoutrement.

– Étant donné que tu pars pour Charlevoix demain, je me suis dit que ce serait plus simple de passer par ici, pendant mon retour vers la maison.

Un peu ébahi, Henrik prit un instant avant d'inviter son patron à entrer. Il s'excusa et lui tira une chaise tout en lui proposant une coupe de vin, ce que Fafard déclina, préférant entrer dans le vif du sujet.

– Faut que je t'avoue que c'est la première fois que je vis un pareil revirement de situation, dit Fafard en se grattant la moustache grise. C'est en lien avec ta propriété.

Cette saga connaîtrait-elle une fin un jour ? Chaque semaine amenait de nouveaux coups du destin dans cette histoire. Avec la déposition du détenu, Henrik avait cru le dossier clos, mais son patron lui confirmait à l'instant avoir une raison sérieuse de le rouvrir.

– Tu sais quoi ? s'anima Fafard. Je vais le prendre ton verre de vin. Ma femme est à sa séance de Zumba jusqu'à huit heures. Personne m'attend chez nous, à part nos deux perruches, ça fait que…

Henrik rit de la remarque de son lieutenant. Puis il sortit une coupe du vaisselier et y versa un peu de riesling. Il apporta à la table un mélange de noix salées. Attention que Fafard apprécia.

– T'en reviendras peut-être pas, relança-t-il entre deux bouchées, mais tout ce que je m'apprête à te dire est vrai.

Intrigant ou inquiétant ? Henrik posa d'abord son verre, suivi de ses deux mains sur la table, paumes contre le bois, maintenant disposé à écouter.

– L'enquêtrice Cohen avait du mal à te joindre. Elle m'a contacté au poste pour m'informer qu'elle avait reçu un appel d'Eva Beck.

Inquiétant. Henrik n'était plus certain de vouloir entendre la suite.

– La voisine de cellule d'Eva est la conjointe du détenu qui a déclaré avoir brûlé ton cottage.
– Oui. Mais encore ?
– Notre homme aurait menti aux policiers.

Henrik se recula sur son siège tout en expirant, comme si l'incrédulité l'y avait poussé. Fafard opina de la tête pour lui assurer que tout cela n'était que pure vérité.

– Ben voyons ! s'énerva Henrik. Je me suis renseigné sur ce gars-là. Sa libération conditionnelle est fixée dans une semaine. Quel ostie d'imbécile s'accuserait d'un crime, quelques jours avant de recouvrer sa liberté ?

– Un imbécile qui a plusieurs menaces de mort collées au derrière.

– Ahhh ! j'y crois pas, soupira-t-il en se plongeant les doigts dans la chevelure.

– Je te le dis, Hansen. Sa conjointe est enceinte. Elle l'a appris peu après son entrée à Tanguay. Disons qu'elle a fait comprendre au bonhomme qu'elle préférait un père emprisonné plutôt qu'un père enterré.

Mais quelles étaient les chances ? Henrik était abasourdi. Fafard prit une poignée de noix et poursuivit sur sa lancée :

– Mme Cohen a eu la brillante idée de revoir tout l'échantillonnage de ta maison. Elle a retardé son voyage et a passé toute la soirée et une partie de la nuit d'hier dans la salle d'entreposage du SPAC. Elle est enfin tombée sur un morceau de bois de ton salon avec une ligne courbe noire qui s'apparente à de la peinture. Elle m'a dit que tu comprendrais.

Henrik n'avait jamais douté que c'était l'œuvre de La Pieuvre, mais questionnait sérieusement le fait que l'incendiaire soit une femme. Et que dire du fait plutôt incroyable qu'il puisse s'agir du même ignoble individu qui tuait des filles ? Henrik en demeurait incrédule. Il se demandait bien comment Léane avait réagi en faisant ce constat ? S'était-elle sentie triomphante ou, au contraire, davantage préoccupée en réalisant tout cela ? Ce qu'il aurait adoré être en sa présence, dans l'entrepôt, lorsqu'elle avait fait la trouvaille parmi les échantillons ! Toujours assis face à lui, le lieutenant Fafard présentait un sourire mitigé. Il était content que l'enquête progresse, mais ne se réjouissait pas du fait que le dossier nécessite une réouverture.

– Pas besoin d'en faire la demande, Hansen. J'ai déjà donné mon approbation.

Quelle demande au juste ? Henrik n'y comprenait rien. Fafard acheva son vin blanc et boutonna ensuite son paletot. Puis il précisa :

– J'ai autorisé la prolongation de ton prêt. Tu viens de gagner quinze autres jours au BRE.

Le lieutenant mima une salutation mollassonne de jeune cadet, le faisant sourire davantage, pour ensuite renouer avec le confort de son foyer et la compagnie de ses perruches.

Une fois en solitaire, Henrik poussa un grand cri de joie. Il n'en revenait pas. Lorsque le livreur du Pub Nipi fit son apparition, Henrik l'accueillit comme s'il était la huitième merveille du monde.

Il le gratifia d'un généreux pourboire et lui souhaita le plus fabuleux des quarts de travail. Le jeune homme se gratta la tête sous sa casquette et retourna lentement à sa voiture, peu habitué à être traité avec autant de reconnaissance. Henrik s'installa au salon, repas déposé sur la table basse et film remis en action. Il se régala du foie gras parfaitement saisi et fondant en bouche. Le tartare relevé de gingembre et piment oiseau s'accordait bien avec le vin sec et frais, aux notes d'agrumes. Les plats étaient-ils aussi réussis que cela ou c'était plutôt la dose d'excitation injectée par son lieutenant qui avait rendu les aliments plus exquis ? Henrik se foutait de la réponse. Il appréciait tout de sa soirée, à présent. Absolument tout.

***

Du sperme. De toutes les substances possibles, il avait fallu que ce soit de l'éjaculat. C'était à se demander si cet inconnu était affecté par plus d'une pathologie. Était-il en train de faire une fixation sur elle ? Était-ce pour son simple plaisir lubrique ou pour une raison scabreuse précise ? D'une manière ou d'une autre, c'était à donner la nausée. Léane se sentait de plus en plus obsédée par ce cas et de moins en moins à l'aise lorsqu'elle était seule. D'ailleurs, si elle n'avait pas Henrik Hansen dans ses rangs, elle serait montée dans Charlevoix avec

Pierre-André. Ce n'était pas le moment de jouer les louves solitaires.

La route n'était pas si mal. Une fois rendue à la hauteur de Saint-Tite-des-Caps, un peu passé Québec, Léane commença à sentir les muscles de son cou et ses épaules se détendre. Enfin, elle n'accordait plus d'attention au dégoûtant personnage qui avait violé son intimité. Il était à peu près temps, après trois heures consécutives à ruminer ces sombres pensées ! Léane monta le volume de la radio et apprécia la beauté du paysage. La région de Charlevoix était peut-être très touristique, mais elle avait su préserver son charme et son cachet. Les bâtiments agricoles et les maisons centenaires aux couleurs vives, les ruisseaux bordés de neige au creux des vallées… Léane se dit que son métier était très exigeant et qu'elle se devait savourer pleinement les moments comme celui-ci. Elle monta encore d'un cran le son de sa radio et se mit à chanter avec passion le *Jersey Girl* de Holly Cole. Encore trente minutes de musique et elle entrait dans Baie-Saint-Paul.

Après avoir emprunté la rue Saint-Jean-Baptiste et tourné dans une petite rue perpendiculaire, Léane immobilisa sa voiture banalisée devant un humble commerce. Elle repéra tout de suite une Jeep. La Jeep. Celle d'Henrik Hansen. Elle se surprit à ressentir de la fébrilité. L'attendait-il à l'intérieur du magasin d'antiquités ? Sans plus tarder, Léane arpenta l'allée de pierre. En ouvrant la porte du commerce, elle fit tinter un carillon. Deux hommes se retournèrent. Henrik. Elle ne voyait que lui. Elle était si absorbée par cette magnifique vision qu'elle en oubliait presque la raison de sa venue. L'antiquaire s'avança pour s'assurer qu'elle était bien l'investigatrice du Bureau régional avec qui il avait parlé et, par la même occasion, pour l'extirper de sa rêverie. Henrik la fixait toujours de ses yeux gris ; des yeux heureux, mais aussi avides.

– Lieutenante Cohen ?

– Je… oui, bafouilla-t-elle.

– Eh bien, je suis enchanté de vous rencontrer. Si je peux faire quoi que ce soit pour vous aider, ça me ferait très plaisir. En passant, j'ai préparé une tisane, en aimeriez-vous une tasse ? dit-il en s'adressant aux deux policiers.

Henrik déclina la proposition, mais Léane se laissa servir. En fait, elle espérait que le brocanteur s'éclipse à la cuisine un instant afin de pouvoir se précipiter vers Henrik. L'homme se rendit plutôt au comptoir-caisse vitré où une théière en porcelaine avait été déposée. Il revint aussitôt avec un liquide pâle dans lequel voguait une tranche de citron. Léane le remercia d'un sourire poli. Elle qui était habituée aux thés russes noirs… À son étonnement, Henrik prit les devants. Elle le laissa agir à sa guise.

– On va devoir vous faire travailler un peu, monsieur Brabant. On recherche quelqu'un qui se serait peut-être procuré un pochoir, ici, mais ça pourrait remonter à quelques années.

– Il ou elle l'aurait acheté en personne ? demanda l'antiquaire.

– Sur le Web ou en personne.

– Ouh là là. J'ai tellement de touristes qui passent les portes de ma boutique, ça risque d'être complexe, dit-il en se grattant le menton.

Léane sortit une collection de photographies de ses plus récentes scènes d'incendie pendant qu'Henrik poursuivait :

– On présume que c'est un pochoir taillé dans un métal quelconque et que c'est le profil de…

– Marlon Brando, dit l'antiquaire, d'un ton posé, comme s'il s'agissait d'une évidence.

Henrik et Léane se dévisagèrent.

– Je viens de faire la révélation du siècle ou quoi ? rigola le brocanteur.

– C'est parce que mon cher ami, ici présent, était convaincu que c'était Elvis Presley, dit Léane en tapant à répétition sur l'omoplate d'Henrik.

– Pas fou, pas fou, mais… Attendez un peu, fit l'homme en dressant l'index.

Il s'élança aussitôt vers l'étage du magasin. Léane posa sa tasse sur le coin d'un meuble et lança à Henrik un regard taquin.

– Comment on se sent quand on n'a pas raison, sergent ?

– On sent une bouffée d'orgueil nous envahir, mais on se dit qu'on va conserver toute cette énergie-là pour l'utiliser à bon escient. Comme pour embrasser une femme et lui faire l'amour. Très prochainement.

Léane ouvrit la bouche pour parler, mais décida de se taire. Ses joues devinrent pourpres. Son pouls s'accéléra. Le creux de ses cuisses se fit moite. Elle ne s'était pas préparée à autant d'audace de sa part. Elle qui était reconnue pour sa répartie ne sut pas trouver les mots pour surenchérir. Par chance, l'antiquaire réapparut mettant fin à l'insoutenable attente. Il ouvrit un cahier à anneaux.

– Elvis était un fan de Marlon Brando. Après avoir vu le film *The Wild One*, il a participé à une séance photo sur sa Harley Davidson, avec une casquette qui ressemblait à celle de Brando. C'était à s'y méprendre. Regardez !

Henrik et Léane se collèrent épaule contre épaule pour zieuter les affiches en format réduit glissées dans des transparents. Il ne restait plus rien du sourire de garnement qu'Henrik avait exhibé sans honte, quelques minutes auparavant. Le policier rigoureux avait repris du service. Il réfléchissait au fait que le « T » suivi d'une courte ligne droite verticale ne représentaient plus le « TCB » du roi du rock'n'roll. Les probabilités jouaient maintenant en faveur du titre du film *The Wild One*.

– J'ai remarqué que votre caisse enregistreuse n'est pas informatisée, relança Henrik. Comment tenez-vous votre inventaire ?

– Pour les articles vendus en magasin, je les compile dans des livres de ventes. Pour les ventes en ligne, c'est ma fille qui les comptabilise dans des fichiers Excel.

– On va commencer par les ventes Internet, trancha Léane. On peut avoir accès à votre ordinateur, monsieur Brabant ?

L'antiquaire leur suggéra de faire le tour de la boutique, le temps qu'il aille chercher son ordinateur portable. Il leur indiqua qu'au rez-de-chaussée se trouvaient les petits objets de collection et les enseignes lumineuses, tandis qu'au sous-sol on trouvait les meubles et les accessoires décoratifs. Henrik lorgna Léane avec plus de profondeur.

– Je te propose de descendre.

Léane obéit sans poser de questions. Rendue au milieu de la cage d'escalier, elle réalisa qu'Henrik dévalait les marches derrière elle. Il se précipita vers elle. Son cœur se mit à battre à un rythme quasi arythmique. Elle cria tout en riant lorsque Henrik l'attrapa par la taille. Il la retourna face à lui et lui saisit les hanches afin de l'asseoir sur un vieux poste de télé en bois. Ils se fixèrent un bref instant. Henrik pressa son sexe contre le sien. Elle l'enserra davantage entre ses jambes. C'est alors qu'elle sentit sa langue suave chercher la sienne. Le baiser de l'homme devint vite puissant. Il lui coupa même le souffle à quelques reprises, mais les plaintes qu'elle poussait n'étaient alimentées que par le désir. Toujours aussi déterminé, Henrik écarta le manteau de Léane afin de jouer rapidement avec les boutons de son chemisier. Il replongea une langue désireuse dans sa bouche alors qu'il insérait une main dans son soutien-gorge de satin. Lorsqu'il comprit que le sous-vêtement s'agrafait à l'avant, il le détacha en un mouvement du pouce et de l'index. Excité par les respirations et les gémissements extasiés de la femme, il glissa la bouche vers ses seins qui semblaient se gonfler davantage à chaque nouvelle caresse. Henrik les prit à deux mains pour mieux les embrasser, les mouiller et même les mordiller. Léane poussa un cri de plaisir. Henrik se fit plus langoureux. Puis, le carillon de la porte de la boutique produisit sa mélodie. L'antiquaire était de retour. Léane réagit avec un brin d'affolement, mais Henrik la maintint en place pour continuer à lui caresser les seins avec une excitation exacerbée par le silence qu'ils devaient s'imposer et par les pas de l'homme qui se rapprochaient.

– Madame Cohen ?

L'escalier craqua. L'antiquaire comprit que ses visiteurs se trouvaient au sous-sol. Léane tira les cheveux d'Henrik pour qu'il cesse de lui baiser le décolleté. Elle le tira si fort qu'il grimaça avant d'étouffer un rire malicieux. Elle se chamailla un instant avec l'agrafe de sa brassière avant d'échapper un juron, murmuré, mais bien senti, car les boutons perles de son chemisier coopéraient mal. Quand le marchand apparut, Henrik faisait semblant de s'intéresser à un modèle réduit de Corvette décapotable, tandis que Léane mâchouillait bêtement son stylo. Elle se sentait humide de la tête aux pieds, comme si elle avait traversé la jungle amazonienne vêtue d'une combinaison de motoneige.

– Vous allez bien ? se préoccupa l'antiquaire.
– Très bien, mentit Léane en s'épongeant le front. Les espaces à l'étroit et sombres me font angoisser.
– Plutôt spécial pour une investigatrice en incendies criminels, la nargua Henrik en arborant son sourire le plus condescendant.

Léane se cacha la main avec un disque vinyle afin d'adresser à Henrik un magnifique doigt d'honneur.

L'antiquaire devina le geste de la femme. Il apprécia d'abord le comique de la situation, pour ensuite déposer son ordinateur sur une ancienne table de style cuisinette. Il le mit en marche et accéda à ses fichiers comptables. À l'aide de l'option « recherche », il trouva toutes les ventes de pochoirs réalisées sur son site au cours des trois dernières années. Seulement vingt-trois. Il les consulta une à une. Aucun de Brando dans le lot. Il referma son portable. Suivi des policiers, il retourna au comptoir-caisse situé à l'étage. Il s'accroupit derrière, tout en reprenant la parole :

– J'espère que vous avez du temps devant vous. Vous avez là de la belle lecture de chevet.

L'homme posa une première boîte sur le comptoir. Puis une autre. Et encore une autre. Au total, ce furent cinq lourdes boîtes de carton qui furent ainsi cordées. Henrik émit un sifflement impressionné.

– Tout est là. Si je peux faire autre chose pour vous, n'hésitez pas.

Léane lui assura que tout lui serait rendu intact. Elle lui offrit ses remerciements, de pair avec les coordonnées de son auberge. Pour sa part, Henrik était déjà en train de transporter les boîtes à sa Jeep. Il créa un empilage plutôt instable dans le peu d'espace que lui offrait l'habitacle à deux sièges.

Léane l'invita à la suivre jusqu'à leur auberge, située à quelques rues de distance. Ils pourraient y manger une bouchée tout en entamant leur effeuillage… L'effeuillage des livres comptables.

CHAPITRE 10

L'auberge était centenaire, mais méticuleusement entretenue. Elle avait su préserver son cachet pittoresque malgré son décor intérieur contemporain. Ses poutres apparentes et ses foyers de pierre côtoyaient très bien le mobilier aux lignes droites. C'était douillet et de bon goût. Les propriétaires, un jeune couple de la ville venu en région pour réaliser son rêve de carrière, accueillaient chaque nouveau visiteur avec amabilité. Tandis qu'Henrik s'occupait encore des boîtes, Léane régla les derniers détails de leur séjour. Avant de lui indiquer le chemin de sa chambre, la jeune propriétaire s'esclaffa :

– Avec ma petite tête de moineau, j'allais oublier de vous remettre votre enveloppe.

– Quelle enveloppe ?

La femme la remit à Léane. De format légal, le document était bien cacheté, mais sans timbre-poste ni mention d'expéditeur. L'aubergiste remarqua la perplexité de sa visiteuse et ressentit le besoin de s'expliquer.

– Quand je suis revenue de la cuisine, l'enveloppe était déjà sur le comptoir. Mon conjoint n'a vu personne la déposer. Il devait être occupé avec notre livraison de viennoiseries. Je suis désolée pour ce manque de courtoisie. C'est pas coutume chez nous.

Léane la remercia, ne pensant plus qu'à une seule chose : ce que cette missive pouvait bien contenir. Elle devrait toutefois patienter avant de l'ouvrir, puisque Henrik venait de se présenter avec deux boîtes bien calées sous le menton. La jeune aubergiste bondit devant lui afin de lui désigner le large escalier de chêne. Elle ne voulait pas faire poireauter l'homme avec son imposante charge. À l'étage, ils dépassèrent un boudoir et une petite salle de conférence avant d'atteindre la chambre de Léane. La propriétaire leur indiqua les heures d'ouverture de la salle à manger et les laissa ensuite à eux-mêmes.

– Je vais redescendre avec toi pour t'aider avec le reste des boîtes, dit Léane.
– Non, non, je m'en occupe. Mais ça va te coûter un bec.

Elle s'exécuta. Henrik lui sourit avant de redescendre. Le sourire enjôleur de Léane s'estompa d'un coup. Elle courut s'asseoir au bout du lit afin de déchirer le rabat de l'enveloppe d'un doigt décidé. Elle étala les quelques documents sur la couette. Elle en fit une lecture en diagonale.

– Vous avez commandé un danseur nu déguisé en porteur de boîtes, madame ? blagua Henrik en réapparaissant. Qu'est-ce que tu regardes là ? ajouta-t-il en apercevant la brochure sur le lit.

Son visage enjoué se figea.

– Pourquoi quelqu'un m'envoie le feuillet du premier spectacle que j'ai donné au Blue Cats ? Ça remonte à près d'un an ! Puis regarde ça.

Henrik était sidéré. Il reconnaissait une vieille serviette de table avec une trace de rouge à lèvres. Était-ce celle utilisée par Léane, cette soirée-là ? Quelqu'un voulait lui faire savoir qu'il collectionnait des artefacts de son passé. Donc, la fascination ne datait pas d'hier. C'était une lente et inquiétante progression. Mais ce qui était plus alarmant encore, c'est que cette personne les avait suivis, et elle tenait à ce que Léane Cohen sache qu'elle était épiée.

– Tu dis rien ? lança Léane en inspectant de plus près la serviette de table.

Il ramassa le feuillet de spectacle, en survola le contenu, mais n'y découvrit rien de pertinent. Puis, il se prononça :

– Si tu veux mon avis, ça vient de l'incendiaire. Il veut te faire savoir qu'il t'observe depuis un bout. Il veut aussi nous faire croire qu'il est un client du Blue Cats, mais ça, ça reste à confirmer. Il veut peut-être rejeter faussement la faute sur un fan de ta musique. D'une manière ou d'une autre, il faut envoyer l'enveloppe pour analyse. Elle était scellée. Ça veut dire…

– … qu'elle a été humectée. S'il y a de la salive, y a de l'ADN.

Henrik entérina ses présomptions. D'ailleurs, tous deux avaient souvent la même opinion sur diverses situations.

– Récapitulons, dit Léane en se relevant pour arpenter la chambre. C'est peut-être un brillant pyromane qui agit de façon indépendante. C'est peut-être une Pieuvre qui agit de l'intérieur dans un élan de rébellion.

– Ou encore, un motard qui veut terroriser et décimer l'organisation rivale en supprimant quelques-unes de ses filles, renchérit Henrik.

– Mais d'une manière ou d'une autre, l'un ou l'autre de ces débiles me connaît et me talonne.

– En tout cas, moi, je te laisse pas hors de ma vue.

– Bon, bon, bon. Pas besoin de jouer les James Bond, non plus !

Narquoise, elle lui donna une petite tape, suivie d'une poussée, ce qui lui fit perdre l'équilibre. Il heurta la commode et geignit : il s'était cogné sur un coin du meuble. Léane le somma de cesser de faire le bébé et de se mettre plutôt à l'ouvrage. Elle s'agenouilla sur la moquette pour ouvrir une boîte de documents – non sans pouffer de rire – pendant qu'Henrik abaissait son bord de pantalon pour voir s'il ne trouverait pas une égratignure. Léane étouffa une seconde hilarité, tout en épluchant un premier livre comptable. Son doigt glissa à la verticale sur chacune des pages à la recherche d'un potentiel coupable. Elle pria pour que ces lourdes boîtes de documentation débouchent en une piste à explorer.

– Si ça te va, j'irais poster l'enveloppe dès maintenant.

– D'accord. Adresse-la à Pierre-André Parent, avec une petite note explicative.

Il partit dès la phrase de Léane terminée. Celle-ci se contenta de hausser les épaules et de se remettre le nez dans ses rapports de ventes. Avant d'aller au bureau de poste, Henrik fit le tour de l'auberge en abordant chaque personne croisée à leur arrivée. Aucun de ces individus n'avait remarqué de porteur d'enveloppes. Frustré, il s'arrêta à la salle de séjour de l’auberge. Il s’assit sur une banquette face à la verrière, regardant les voitures et les passants défiler dans la rue enneigée. Plusieurs portaient des paquets ou des sacs cadeaux. Sans doute des emplettes pour le temps des fêtes qui approchait. Tout à coup, Henrik se redressa. Il partit en direction du vestibule. Il ouvrit la porte précipitamment et mit le pied à l’extérieur.

– Monsieur ? cria-t-il. Excusez-moi, monsieur.

L’homme ventru, coiffé d’une tuque à pompon, cessa de pelleter l’allée menant au trottoir. Il appuya deux mains gantées sur le manche de sa pelle. Un bref repos qui semblait faire du bien. Il devança Henrik dans l’échange :

– Vous allez pogner un rhume, vous là ! C’est humide aujourd’hui.

– J’en ai pour quelques secondes, précisa Henrik. Ça fait combien de temps, environ, que vous pelletez ?

– Eh misère, je dirais une bonne heure. J’ai déblayé toute la galerie qui fait le tour de l’auberge, en plus du toit de la *shed* à bois… je peux savoir pourquoi vous me demandez ça ?

Henrik lui présenta l’enveloppe beige.

– Auriez-vous vu quelqu’un entrer avec ça ?

L'homme plissa les yeux et répliqua d'un « non » sans faille. Henrik laissa paraître son désappointement.

– Rentrez à l'auberge pour pas vous rendre malade, ajouta l'homme. Moi, je vais aller m'informer auprès de madame Gagnon qui se berce sans arrêt sur son perron, été comme hiver.

La vieillarde leur envoya la main. Henrik lui répondit poliment avant de passer à l'intérieur, tout en se frottant les deux bras pour se réchauffer. Il choisit d'attendre le retour du bon monsieur, bien appuyé contre le foyer allumé. Non loin de lui, une femme début trentaine était assise dans une bergère. Selon toute apparence, elle prenait un goûter avec sa mère. Henrik avait remarqué ses coups d'œil successifs. Elle essayait d'être discrète en parcourant sa silhouette tout en maintenant une conversation légère. Henrik en avait capté des bribes « Les diamants de couleur, c'était un peu ridicule, tu trouves pas ? » et « Parlant de diamants, as-tu su que la voisine de grand-maman s'est fait voler ses bijoux à la résidence ? » Henrik adorait percevoir des extraits de discussions anodines de ce genre. Ce voyeurisme inoffensif le divertissait. En plus, il était question ici d'une jolie demoiselle. Il se raisonna toutefois en se rappelant qu'une femme unique et magnifique l'attendait à l'étage. Il avait hâte de la retrouver, d'ailleurs. Où était donc passé ce monsieur à la pelle ? Il se pointa justement.

– Bon, j'ai parlé à madame Gagnon, dit le pelleteur en s'appuyant lui aussi contre le manteau de la cheminée. Elle a vu un homme, moyennement grand, entrer ici avec votre enveloppe.

Moyennement grand ? Toujours mauvais, en investigation, car ça ne sort pas de l'ordinaire. Et puis tout a l'air « moyennement grand » du point de vue d'une dame âgée qui se berce de l'autre côté de la rue. De près, il existe un monde de différences entre deux individus que plusieurs centimètres de taille séparent, alors que de loin…

– Merci infiniment, mon brave, dit Henrik tout en lui tapotant l'épaule.

L'homme le regarda s'éloigner avec incrédulité.

– J'y pense, je vous ai même pas demandé la raison derrière tout ça ? On dirait que je suis dans une série policière, moi là !
– Ha ! Mais voyons donc, répliqua Henrik. Trouvez-vous que j'ai l'air d'un policier ?

La jeune femme dans la bergère s'immisça dans leur conversation en lançant « vraiment » sur un ton charmé. Henrik lui répondit d'un hochement de tête avant de se diriger vers la réception. Henrik y emprunta une paire de ciseaux, ainsi qu'un sac transparent avec fermeture à glissière, du genre qu'on utilise en cuisine pour préserver les aliments. Il découpa la bande adhésive de l'enveloppe, soit le rabat de papier où se trouve la ligne de colle à humecter. Il inséra le morceau découpé dans le sac transparent et rendit les ciseaux à la réceptionniste. Il traversa une fois de plus le séjour. La demoiselle dans la bergère redressa le dos, croyant qu'il revenait pour elle, mais Henrik passa tout droit. La fille recourba le dos, un tantinet déçue.

Le bureau de poste était situé rue Saint-Jean-Baptiste, dans la même bâtisse de briques brunes qu'une succursale de la Banque Nationale. Facile à trouver. Henrik en était bien heureux, puisqu'il ne restait que trois minutes avant sa fermeture. Il bondit hors de sa Jeep, laissant le moteur tourner, et pénétra dans le bâtiment au pas de course. Il dérapa sur une flaque de gadoue et passa près de recevoir une mise en échec de la part du mur de cases postales. Retrouvant son équilibre, il sourit bêtement au préposé qui venait de sortir son trousseau pour verrouiller la place.

– Excusez-moi, je sais que je suis à la dernière minute, mais c'est pressant.

– Je peux pas vous garantir que ça va arriver à temps pour Noël, déclara le préposé.

– Vous inquiétez pas, c'était loin d'être un cadeau. Par Xpresspost, s'il vous plaît.

Dans l'enveloppe de carton blanc, Henrik glissa la bande adhésive découpée, ainsi que le feuillet de spectacle et la serviette de table au logo du Blue Cats. Ces possibles éléments de preuve ne seraient jamais analysés assez vite au goût d'Henrik, mais puisque son métier était truffé de protocoles et de délais, il avait fini par apprendre à tempérer son impétuosité. Juste avant de payer les frais d'envoi, il demanda un timbre pour une autre petite enveloppe adressée aux jumeaux Dupuis. Il permit ensuite au préposé de fermer sa succursale.

À l'auberge, Léane poursuivait son étude des livres de l'antiquaire. Elle avait eu le temps d'en analyser trois. C'était beaucoup. Affalée contre le lit, sur la moquette, elle ne ménagea pas Henrik lorsqu'il passa la porte.

– C'était donc bien long ! T'es-tu tapé un dîner à soixante-douze services au Manoir Richelieu ?

– J'ai fait une tournée de la place pour savoir si quelqu'un avait aperçu un porteur d'enveloppe. Une vieille dame a vu un homme, mais sans plus de détails concluants malheureusement, avoua-t-il. J'en déduis, par ta douce voix d'ange, que t'as besoin de mon aide ?

Léane finit par rire. Henrik s'installa en diagonale sur le lit, la tête appuyée au creux d'une paume et un document dans l'autre. Il se concentra à son tour sur sa lecture. Après un silence d'à peine quelques minutes, il s'arrêta net.

– Je dois t'avouer que j'ai jamais loué de chambres d'hôtel pour éplucher des livres comptables.
– Tais-toi.
– On les note à quel endroit, nos trouvailles ? ajouta-t-il avec plus de sérieux.

Léane se retourna.

– Qu'est-ce que tu veux dire par « nos trouvailles » ?
– Je viens de trouver un achat de pochoir. Regarde, juste là.

Ahurie, elle lui arracha le cahier des mains.

– C'est pas vrai ! s'emporta-t-elle. Ça fait deux secondes que tu regardes et tu trouves déjà un achat ? Je te déteste.
– Arrête. Tu m'adores. C'est d'ailleurs pour ça que tu m'as invité ici. T'aurais pu venir avec Pierre-chose. C'est ta secrétaire qui me l'a dit.
– Simone ?
– Oui, oui. Elle m'adore, elle aussi.
– Tiens, v'là un stylo. Prends-les, tes notes.

Henrik attrapa le stylo à bille, un sourire béat aux lèvres. Par la suite, il griffonna les détails de la vente sur un calepin, tout en sifflotant pour accentuer l'insolence.

– Tu te magasines des coups d'oreiller derrière la tête, toi.

– Je suis prêt à toute attaque sournoise de ta part, dit-il, le stylo à présent contre l'oreille. Pour ton info, j'ai juste pu noter la date d'achat, parce que ç'a été payé comptant. Pas de carte de crédit qu'on pourrait retracer. Donc, pas de nom.

Ils poursuivirent ensuite leur dépouillement avec une concentration silencieuse, entrecoupée de rares commentaires, ici et là. Au bout de deux heures, ils décidèrent de se dégourdir les jambes à l'extérieur, à la recherche d'un sandwich ou d'une salade express à s'enfiler pour mieux poursuivre leur travail. Deux autres heures s'écoulèrent. Ils étaient crevés. Henrik se frotta les paupières, couché sur le dos. Léane se massa la nuque pour éviter un torticolis. Ils avaient trouvé trois transactions de pochoirs de Marlon Brando, toutes trois effectuées par paiement comptant. Très frustrant.

– Je propose qu'on arrête tout ça pour aujourd'hui.

– Merci infiniment, patronne, dit-il en s'étirant sur la couette.

Léane lança une clé qui atterrit direct sur son ventre.

– Tu peux aller te préparer dans ta chambre. Elle est juste un peu plus loin dans le couloir. Après, je t'invite à souper dans un resto assez spécial, tu vas voir.

– Ma chambre ?

– Quoi ? J'étais quand même pas pour te faire dormir dans la mienne. Pas très éthique, la lieutenante. Allez, ouste, va te mettre belle, lança-t-elle à la blague.

Henrik fit semblant de rouler difficilement hors du lit et de se traîner jusqu'au corridor. Léane verrouilla derrière lui et courut sous la douche. Elle était excitée à l'idée de sa soirée avec Henrik.

CHAPITRE 11

Léane avait choisi une petite robe noire ajustée, au décolleté plongeant, à la Sophia Loren. Le vêtement était sans manches, mais Léane n'était pas gênée du bandage qui couvrait toujours sa brûlure. Elle avait remonté sa chevelure, laissant quelques mèches retomber sur ses tempes et sa nuque. Ses boucles d'oreilles étaient de petites têtes de mort pendantes, sculptées dans une pierre rouge. Son maquillage rappelait celui d'une pin-up américaine. Toutefois, ce qui évoquait encore davantage ce style, était ce que Léane portait *sous* sa robe…

Après avoir frappé à la chambre d'Henrik sans succès, Léane fit le tour de l'auberge. L'homme était introuvable. Elle se résigna donc à patienter à bord de son véhicule. Assise au volant, avec la radio et le chauffage en marche, l'attente serait sans doute moins irritante. Mais où se terrait-il, celui-là ? Au bout de quelques chansons, elle le vit enfin arriver dans son rétroviseur. Il atterrit sur le siège passager, manteau au collet redressé, cheveux décoiffés par le vent, et effluves d'après-rasage en addition.

– En tout cas, tu t'y connais en entrée remarquée, déclara-t-elle en tournant le volant pour s'engager sur la route.

– Merci, merci. J'avais encore perdu mon portefeuille. Du classique Hansen. Je l'ai retrouvé entre le siège de ma Jeep et le bras de vitesse. En passant, on s'en va où, comme ça ?

– Surprise.

Henrik contempla son profil. Ses jolies lignes. Ses longs cils noirs. Ses lèvres. Ses ravissantes pommettes. Il en était soufflé.

– T'es vraiment belle.

Elle le regarda et manqua de faire un faux mouvement. Henrik redressa sa conduite en ajoutant une main aux siennes sur le volant. Puis il replaça son menton vers l'avant à l'aide de doigts affectueux. Il lui effleura la joue. Tout en maintenant son attention sur la route, elle inclina légèrement le visage pour lui baiser le bout des doigts. Ses lèvres étaient douces ; Henrik les voulait partout sur son corps.

– Je pense que je vais aimer ça, passer du temps avec toi sans devoir travailler, murmura-t-elle.

Cette phrase alluma Henrik tout autant que les baisers sur ses doigts. La réciprocité des sentiments suscitait en lui une effervescence qui lui procurait audace et assurance. Il savait d'avance qu'il adorerait cette soirée, peu importe où elle se tiendrait et en quoi elle consisterait.

– J'ai tellement envie de t'embrasser, susurra alors Léane.

– Tasse-toi dans l'accotement.

– Ici ?

La Ford noire roulait à bonne vitesse sur la route 138, direction Sainte-Agnès, tout près de La Malbaie. Il y avait un tracteur à neige devant et deux autres automobiles derrière rendant tout arrêt difficile. Sur ces entrefaites, le téléphone cellulaire de Léane se mit à sonner.

– L'attente va rendre notre baiser encore plus splendide, dit-elle, sourire en coin.

Grâce à la connexion Bluetooth, elle put prendre l'appel depuis son volant.

– Lélé ? dit l'appelant. C'est Lulu.

Lucien, du Laboratoire de sciences judiciaires et médecine légale.

– Je viens de recevoir les conclusions du département des Explosions.

– Et alors ?

– Tu dois te douter que c'est pas un simple défaut de fabrication ou un court-circuit fortuit.

Léane échangea un regard en coin avec Henrik. Leurs visages n'étaient plus empreints de sensualité. Ni de ludisme. Tous deux se concentrèrent sur le rapport verbal du scientifique.

– Tu te souviens du producteur de marijuana mort dans le coin de Joliette y a quelques années ? Ton lecteur me fait penser à son réveil-matin. Au lieu d'un cordon externe à l'appareil, attaché au contrôle de la sonnerie, toi c'est un petit fil de fer interne au lecteur qui s'est raidi pour déclencher le dispositif d'ignition.

Henrik était épaté par la finesse d'exécution du contrevenant.

– Pour ce qui est de tes prélèvements muraux, c'est confirmé : c'est bien de l'acrylique en aérosol. Mais pour l'analyse du sperme, enchaîna le scientifique, ça devra attendre encore un tout petit moment. Tu comprendras qu'avec l'histoire des multiples agressions à LaSalle, l'agenda du labo est maintenant sous l'emprise du pouvoir politique.

– À juste raison, mon Lucien, soupira l'enquêtrice. T'en fais pas trop pour moi. Tout est sous contrôle.
– Aucunement, chuchota Henrik.

Léane expira, signifiant à Henrik qu'elle ne voulait pas s'attarder sur ce sujet. Lucien promit à son amie de ne jamais lâcher de vue la qualité et l'efficacité des tests effectués par le personnel de son laboratoire, et ce, malgré tous les nouveaux impondérables. Léane remercia le scientifique et raccrocha. Avec Henrik qui était tout ouïe, elle relança le sujet de la pyromanie. Malgré les réels dangers auxquels ils faisaient face, les deux enquêteurs s'entendaient sur le fait qu'il s'agissait d'un sujet passionnant.

– C'est le côté « conscient » de la pathologie qui m'intrigue, avoua Henrik.
– Effectivement. Les pyromanes sont lucides. C'est pas comme quelqu'un de malade qui met le feu dans un instant de folie.
– En as-tu déjà rencontré un ?
– C'est ici, je pense, l'interrompit Léane en voyant un panneau sur lequel était indiqué « Rang du Ruisseau des Frênes ».

Le bolide mordit la neige compacte qui recouvrait le chemin de campagne. En guise de réponse à sa question, Léane lui raconta n'avoir parlé à un réel pyromane qu'une seule fois en carrière. Les paroles de cet homme avaient été si marquantes qu'elle s'en souvenait comme si c'était hier. En somme, il lui avait confié ceci : « Au début, je mettais le feu avec une chaudière d'eau à côté de moi. J'étais pyromane et pompier en même temps. L'idéal. Vingt ans plus tard, après les thérapies et le suivi médical, j'ai réalisé que le feu, ce n'était pas l'idéal. C'était une fausse chaleur parentale que je me créais moi-même parce que la vraie ne venait jamais. » Henrik était impressionné par toutes ces explications. Il lui avoua avoir déjà songé à la formation de profileur, avant d'arrêter son choix sur celle de plongeur. Toutefois, les tortueux méandres des esprits criminels n'avaient cessé de l'intéresser. Il expliqua à Léane qu'il avait eu la piqûre des sauvetages après qu'un autobus scolaire eut sombré dans un cours d'eau à fort débit, à la suite d'un glissement de terrain. Le spectaculaire récit de cet accident par l'équipe de plongeurs de la SQ l'avait captivé à un point tel qu'il s'était inscrit à la formation dès le lendemain matin. Mais aujourd'hui, sa vulnérabilité psychologique face aux noyades l'empêchait de se réaliser dans sa spécialité et lui faisait presque regretter de ne pas avoir étudié le profilage.

– Ce soir, on oublie tous nos regrets. Ça sonne bien ? sourit Léane en stationnant l'automobile devant une imposante demeure à clins de cèdre jaune et bardeaux bourgogne.

En s'acheminant vers l'établissement, Henrik aperçut quelques clients fumer et placoter au tournant d'une galerie. Il vit aussi une statue caricaturale de Bacchus, à cheval sur un baril, avec l'inscription « Maison du Bootlegger ». Léane avait vu juste : c'était son genre d'endroit. Il était ravi de son choix et était très emballé à l'idée de découvrir le décor de ce singulier restaurant. Avant d'y entrer, Henrik pointa un écriteau en demandant à Léane si elle avait eu une prémonition. On y lisait : « Les femmes et le vin font oublier les chagrins. » Une fois à l'intérieur, tous deux furent happés par les bruits festifs, l'électricité dans l'air et les arômes de hickory et d'épices s'échappant du four au charbon de bois.

– Je nous ai réservé deux places dans le tour guidé avant le souper.

– *Cool*, dit-il d'un ton rêveur en ne sachant plus où poser son regard tant les objets décoratifs éclectiques abondaient.

Ils furent accueillis par un sympathique personnage à bretelles noires et cravate vert pomme. Il serait leur guide pour la visite. Par la suite, une hôtesse leur adjoindrait d'autres convives à une longue table en bois. Exit souper romantique, bienvenue célébration bruyante et déjantée ! Leur petit groupe de visiteurs enthousiastes comptait déjà huit personnes, des touristes tout comme Henrik et Léane. Le guide les rassembla devant l'escalier saugrenu qui menait à la cave, aux marches de hauteurs différentes qui remontaient pour mieux redescendre. « Exprès pour ralentir les membres de l'escouade des mœurs qui sévissaient sous l'ordre du clergé », dit le guide en les invitant à le suivre. Léane passa devant Henrik ; puisqu'ils avaient retiré leur gros manteau d'hiver, Henrik découvrit sa petite robe noire, qui lui donna aussitôt l'envie de lui prendre les fesses et de les caresser. Il voulait lui emprisonner la taille entre ses bras noués. Le guide le ramena vite à la réalité en parlant du premier propriétaire de la demeure, un riche immigrant américain du nom de Norie Sellar. Il présenta ensuite au groupe de visiteurs le bureau où Sellar gérait son camp de chasse et pêche pour nantis, dont les Kennedy faisaient partie. Puis il leur montra comment ouvrir, à l'aide d'un canif, la porte-trappe cachée dans le mur qui débouchait sur les chambres secrètes. Effet de surprise et d'émerveillement réussi.

– En passant, dit le guide, savez-vous quel était le lien entre le mot *bootlegger* et la forme des flasques de boisson en métal ?

Léane se lança. Elle expliqua à l'attention du groupe qu'en raison de la prohibition, les *bootleggers* étaient obligés de dissimuler l'alcool fort dans leurs bottes et que, pour bien tenir en place, les flasques devaient être recourbées afin d'épouser leurs mollets. Le guide la félicita.

– Vous allez constater que les portes sont non conformes et que les murs sont très rapprochés… Bonne chance, d'ailleurs, dans le prochain corridor, dit le guide en se tournant de côté afin de s'y aventurer. Disons que dans les années quarante, les policiers n'avaient pas accès à une salle de gym. C'est précisément pour que leurs bedaines y restent coincées que Norie Sellar avait créé le labyrinthe.

Léane administra deux trois petites tapes sur le ventre musclé d'Henrik.

– T'inquiète pas pour moi. Je suis *top shape*. Y a pas un labyrinthe à mon épreuve.

En disant ces mots, il se heurta le front à un cadre de porte. Léane s'en complut un moment. Le tour guidé se poursuivit. Devant une vieille bibliothèque, le guide se retourna du mieux qu'il le put, vu le manque d'espace. Il expliqua aux gens qu'ils se trouvaient face à un autre passage secret. Ensuite, il poussa la bibliothèque et, comme dans les films, les visiteurs s'introduisirent dans une chambre – celle de madame Sellar – dont le décor antique semblait figé dans le temps.

Une fois la visite terminée, ils remontèrent dans la salle de restaurant. Léane prit le bras d'Henrik en crochet et l'attira vers leur table. Les autres convives se présentèrent tour à tour et, une fois les formalités acquittées, Henrik se commanda une bière brassée spécialement pour le Bootlegger. C'est son nom, à lui seul, qui avait eu raison d'Henrik. Cette bière s'appelait La Flacatoune ! Pour sa part, Léane entama une bonne bouteille de vin rouge. L'atmosphère s'apparentait à celle d'une grande fête de grange : musique forte, gens entassés mais heureux, succulentes victuailles… Henrik et Léane étaient, comme la majorité des convives, à la limite de l'ivresse. Quand la chanson *Rock Around The Clock* de Bill Haley résonna dans la place, Henrik ne put s'empêcher une remarque caustique :

– C'est donc dommage que ton amoureux soit pas ici pour te faire danser le *rockabilly jive*. Vous seriez magiques. Les stars du plancher de danse !

– Oui, on serait magiques parce que je suis toujours magique, railla-t-elle. Mais au risque de me répéter, Éloi n'est pas mon amoureux.

– Ohhh, panique dans le poulailler ?

– On n'a jamais été un couple officiel. En passant, c'est moi que tu traites de poule ?

– Non, c'est l'autre, se moqua-t-il.

Léane lui lança un bouchon de liège qui traînait sur la table.

– En parlant d'Éloi, j'aimerais lui faire étudier la déposition du prisonnier qui s'est confessé au sujet de ton cottage. Je sais qu'il a admis à sa blonde que ses premiers aveux étaient faux, mais je veux juste prouver qu'il y avait des signes mensongers dans son écriture. S'il a menti une fois, il peut très bien mentir une deuxième fois. Éloi pourrait nous aider à le rayer, une fois pour toutes, de nos suspects.

Henrik posa alors une main en coupole sur celle de Léane afin de la capturer. Il se leva de sa chaise.

– On va cesser de parler d'Éloi et tu vas me montrer comment danser. Profites-en pendant que j'ai bu juste assez pour me faire croire que j'ai du talent.

Excitée, Léane bondit pour le suivre. C'est à ce moment qu'il lui murmura :

– Je vais être ton élève. Tu vas encore pouvoir m'appeler « garçon » si ça te fait plaisir, lui dit-il dans un grand sourire.

Une fois sur la piste, elle se colla à son corps au milieu des danseurs. Il n'en pouvait plus.

CHAPITRE 12

L'auberge était déserte à cette heure tardive. Dans la chambre de Léane, le silence nocturne n'était altéré que par des respirations de plus en plus profondes et des gémissements naissants. Ceux-ci s'échappaient des lèvres entrouvertes de la femme. Allongée sur le lit, le dos touchant à peine la couette tant il était courbé par le plaisir sensuel, elle se laissait toucher, explorer, déguster. Henrik la désirait à un point tel que c'en était presque indécent. Il se sentait comme un adolescent aux prises avec une envie fulgurante. Il devait se concentrer pour freiner ses élans. Les mains arrêtées sur les attaches satinées du porte-jarretelles de Léane, il baisait son ventre tout en s'enivrant de son parfum naturel. Elle était à lui. Enfin. Il pouvait l'embrasser sans retenue, découvrir son corps nu, la caresser comme il le souhaitait, et bientôt, être peau contre peau… Henrik voulait l'entendre jouir et l'étreindre tendrement par la suite. Mais d'abord, il ne souhaitait qu'une chose : la goûter. Se ressaisir et prendre le temps de savourer sa bouche, le délicieux galbe de ses seins et cette douce partie toujours cachée par la dentelle noire de sa culotte.

– J'ai envie de toi depuis le début, susurra-t-elle tandis qu'il lui retirait ses longs bas chamoirés.

Puis il la déposséda de son petit triangle de tissu et glissa le visage vers son entrejambe. Léane noua les doigts dans ses cheveux, comme pour s'aider à maîtriser les spasmes qui la parcouraient. Elle ressentait chacune des caresses de son amant avec beaucoup de fébrilité. Chaque coup de langue et chaque mordillement exacerbaient son désir. Il était merveilleux. Ce dont elle raffolait le plus, c'est qu'il s'arrêtait parfois, à peine quelques secondes, juste pour retarder son plaisir.

Entre deux caresses, Henrik levait les yeux sur elle. Elle était si séduisante, peau chaude et nue, avec pour seul artifice son porte-jarretelles à la taille. Les délicieux geignements qu'elle émettait le rendaient tout aussi fou, sinon plus. La sentant tout près du point de non-retour, il remonta à son ventre. Il avait si envie de plonger en elle qu'il préférait cesser les préliminaires. Les doigts de Léane quittèrent alors sa chevelure pour s'attarder à sa boucle de ceinture. Quelques mouvements brefs et elle le libérait de l'étoffe encombrante. Elle voulait, à son tour, contempler sa nudité et le toucher à lui en faire perdre la tête. Henrik se laissa entreprendre par Léane. Et ce fut divin.

***

Le lendemain matin, en page trois du *Journal de Montréal*, le quotidien le plus lu dans la métropole, une phrase capta le regard d'Éloi : « Le plus difficile, à la suite d'un incendie suspect, ce n'est pas d'établir qu'il est criminel. C'est de mettre la flamme entre les mains de quelqu'un. Comme le grand physicien Max Planck l'affirmait : "La science avance un service funéraire à la fois." C'est malheureux, mais dans mon champ d'expertise, c'est véridique. Dans le cas qui nous concerne, je peux toutefois vous assurer que mon équipe travaille d'arrache-pied pour éviter de prochaines funérailles. » La citation était de la lieutenante Léane Cohen, du Bureau régional d'enquête. Décidément, cette femme l'épatait, autant sur le plan professionnel que personnel. Elle était belle, brillante, parfois déconcertante, dirait-il, mais ses récentes rebuffades ne faisaient que le motiver davantage. Il avait la ferme intention de la reconquérir, et ce, coûte que coûte.

Éloi poursuivit la lecture de l'article tout en sirotant son macchiato au caramel. Il adorait les cafés aromatisés. Plus que tout, il aimait avoir du temps libre devant lui pour les boire tranquillement, dans une pièce fenêtrée et inondée de soleil. En ce samedi matin, une seule tâche l'attendait : amorcer l'analyse graphologique commandée par Léane. En fait, lui rendre service n'était pas une tâche ; c'était une occasion en or de gagner du galon. Éloi décida de se mettre au travail. Il replia donc son journal, écarta l'assiette qui contenait un restant d'omelette et fit assez d'espace pour ses photocopies et ses stylos-feutres. En premier lieu, il devrait relever tous les angles des lettres, leurs ouvertures, leurs fermetures et leurs dimensions. Ensuite, il devrait noter toute irrégularité dans le rythme de l'écriture. Rien de trop exigeant pour un graphologue d'expérience comme lui.

***

À quelques centaines de kilomètres, Henrik étirait le bras, heureux de pouvoir flatter la cuisse de Léane. Elle dormait à ses côtés. Il se sentait comblé. Il avait dormi comme un bébé. Pas de sommeil perturbé, de palpitations soudaines, ni de terreurs nocturnes comme dans nombre de ses nuits. Cette femme l'apaisait. Elle chassait les monstres. Il la contempla et lui murmura un « bon matin ». Elle tourna la tête sur l'oreiller blanc. Son visage s'éclaira, se souvenant tout à coup de la présence de l'homme et de leur nuit d'amour. Léane était jolie sans maquillage. Elle faisait plus jeune fille que femme. C'était différent et Henrik aimait bien. L'appréciation était mutuelle.

– T'es tellement beau, toi.

Léane grimpa sur lui et lui embrassa suavement le cou, pour terminer à son menton recouvert d'une barbe légère. Henrik, ravi, lui saisit les fesses pour la presser davantage contre lui. Elle était adorable dans sa nuisette noire et rose chiffon très Dita Von Teese. Entre les deux femmes, Henrik décelait plusieurs similarités. Il ne pouvait s'en plaindre. Ils firent l'amour dans le calme du matin. Henrik ne s'était jamais senti aussi bien.

– Faudrait travailler un peu, chuchota-t-elle pendant qu'il lui effleurait le ventre.

– C'est pas ce qu'on faisait ? Es-tu en train de me dire que je serai pas rémunéré pour mes valeureux services ?

Elle rigola. Il posa un tendre baiser sur sa tempe et lui joua dans les cheveux.

– Veux-tu qu'on déjeune dans la chambre tout en finissant de regarder les livres de Brabant ? Je pourrais commander quelque chose pendant que tu te prépares ?

– Tu ferais ça ? s'exclama-t-elle. T'es donc bien gentil, toi. Ta maman t'a bien élevé.

Il se garda de répondre à ce commentaire et enchaîna :

– Dis-moi seulement ce que t'aimes pas. Je m'occupe du reste.
– Tu vas choisir mon déjeuner ?
– Je vais essayer. Ça commence bien la journée, une surprise, non ?
– Très ! dit-elle avec excitation. Alors… j'aime pas les choses trop sucrées. Ni les kiwis. Je suis allergique. Ni les pamplemousses. Ça goûte mauvais.

Ayant toutes les informations nécessaires, il la chassa jusqu'à la salle de bains. Après lui avoir volé un baiser, il passa un sous-vêtement et un jeans puis composa le numéro de la réception. Livraient-ils à la chambre ? Pas en temps normal, mais ils pouvaient lui offrir – moyennant un léger supplément – de dresser les assiettes sur un plateau qu'il pourrait lui-même récupérer à l'entrée de la salle à manger. Cette idée lui plut. Il décida d'attendre leur repas à la salle à manger. Un homme avec l'accent du coin l'apostropha. Il reconnut le guide de la Maison du Bootlegger.

– Bon matin ! Vous avez perdu ça, hier soir. Une chance qu'on a jasé de votre auberge, sinon je vous aurais jamais retrouvé !

Son insigne de police. Quelle bourde de débutant ! Henrik était si embarrassé et furieux contre lui-même. Son teint devint rubicond. Jamais il ne l'avait égarée auparavant. Il mit sa négligence sur le compte de son taux d'alcoolémie (et sa libido) trop élevé. L'employé du Bootlegger ne put retenir un éclat de rire devant cette démonstration d'orgueil. Il se permit de lui tapoter l'épaule tel un grand frère et Henrik le remercia d'une solide poignée de main.

– Êtes-vous dans la région à titre de touriste ou de détective ?

Le terme « détective » amusa Henrik.

– Un peu des deux. Justement, songea-t-il à voix haute, vous êtes sans doute familier avec toute la culture rock des années cinquante.
– En effet. Pas mal. Pourquoi ?

Il lui parla alors du pochoir de Marlon Brando, sans pour autant mentionner les homicides, et lui demanda s'il connaissait des gens susceptibles d'avoir acquis un tel objet. L'homme sembla réfléchir sérieusement. Sa réponse fut toutefois négative.

– Monsieur Hansen ? l'interpella une dame. Vos déjeuners sont prêts.

Et ils semblaient délicieux, ces déjeuners. Henrik empoigna le plateau, tout en saluant de la tête la serveuse et en remerciant une autre fois le guide du

Bootlegger. Il monta à l'étage, prenant bien soin de ne pas renverser les verres de jus. Avait-il fait le bon choix de repas pour Léane ?Il le saurait à sa première réaction ; cette femme était si spontanée.

– Je suis à toi dans deux petites minutes, lança-t-elle depuis la salle de bains. Je remets mon bandage. Tu peux déposer mon bol de Lucky Charms sur la table de chevet.

– Ha ! ha, sac à blagues ! Pas de céréales pour toi, ce matin. Tu sauras que je me suis forcé.

Henrik leur organisa un coin déjeuner de fortune, avec une table à café et deux coussins. Léane se présenta à lui, toute fraîche, dans un jeans pâle et un chandail blanc ample. Elle surprit Henrik en glissant un bras autour de sa taille et en lui embrassant la nuque. Elle semblait heureuse. Sa joie décupla en découvrant le déjeuner qu'il lui avait commandé. Café noir, jus d'agrumes pressés (mais pas de pamplemousse) et œufs Bénédicte aux asperges et truite fumée. La surprise était réussie. Ils dégustèrent leur premier repas du jour sur fond de musique relaxante et discussions tantôt drôles, tantôt enlevantes. Vers les dix heures, ils durent cependant revenir aux choses sérieuses. Les livres de l'antiquaire ne s'éplucheraient pas d'eux-mêmes.

En début d'après-midi, ils n'avaient relevé qu'une seule nouvelle transaction. Au final, cela représentait quatre ventes de pochoirs métalliques. Le plus fâchant est que tous ces achats avaient été payés en espèces. Ainsi, Henrik et Léane ne détenaient que des dates. Impensable pour eux de noter toutes les réservations d'hôtels, de motels, d'auberges, d'Airbnb et de gîtes du village (et des villages avoisinants) pour ces quatre dates. Un travail de moine, avec beaucoup trop d'incertitudes. Après tout, les clients de l'antiquaire n'avaient peut-être même pas dormi en ville cette fois, ou étaient peut-être restés à coucher chez une connaissance, un cousin, un ancien collègue ou autre. Une infinie liste de possibilités pour chacune des transactions. Il leur faudrait raffiner davantage leurs recherches. Tout en réfléchissant à de nouvelles avenues, Henrik eut une illumination.

– Si j'arrivais à obtenir une rencontre avec Patrick the Bullmastiff, t'en dirais quoi ? lança-t-il tout en refermant le dernier livre comptable.

Léane le regarda comme s'il venait d'inventer la roue.

– J'ai jamais réussi à le rencontrer en privé malgré toutes les ficelles que j'ai pu tirer, avoua-t-elle, avec humilité. Si tu réussis ça, je fais une demande au Vatican pour te faire canoniser.

Il lui promit de tout mettre en œuvre pour parvenir au célèbre et surtout inaccessible motard. Il lui révéla qu'ils s'étaient déjà assis à la même table, au Pub Nipi. Il avait donc une longueur d'avance, mais puisque le gros matamore était très imprévisible, rien n'était assuré. Or, il tenterait le tout pour le tout pour Léane. Enhardie par son offre, celle-ci lui sauta dessus, le renversant sur le lit dans son élan. Elle l'embrassa avec fougue tout en se moulant à son corps pour apprécier ses formes et s'imprégner de son odeur. Après un échange de caresses, ils rajustèrent leurs tenues, remballèrent leurs effets et se rendirent chez l'antiquaire pour lui rendre ses états de compte. Ils profitèrent ensuite de leur dimanche après-midi pour s'aventurer dans quelques villages reculés, découvrant une fromagerie locale, ainsi qu'une sympathique microbrasserie aux abords du fleuve. C'était merveilleux de relaxer. Et c'était surtout merveilleux de le faire à deux.

***

La route 138 s'étirait comme un long fleuve tranquille. Henrik et Léane l'avaient prise en direction ouest, cette fois, afin de regagner Mascouche. Le fait de se suivre à bord de deux véhicules distincts rendait le voyage si ennuyeux qu'il leur parut interminable.

– Mon doux ! Ce fut plus que bref, s'exclama Simone en quittant sa chaise à roulettes pour leur offrir une accolade.

– Bref, mais très profitable, lui répondit Léane en jetant un regard complice à Henrik, bien qu'il fasse mine de ne pas comprendre la remarque à double sens.

– Est-ce que Lucien a réussi à te joindre dans Charlevoix ? relança la secrétaire.

– Oui, mais son rapport était incomplet. De ton côté, as-tu reçu quelque chose de la part de mes techs ?

Simone inséra une minuscule clé dans la serrure d'un classeur. Du tiroir coulissant, elle extirpa une pile de feuilles bien ordonnées qu'elle tendit à sa patronne tout en croquant dans une barre tendre. Puis, Léane se retira dans son bureau.

En y entrant, ils se jetèrent l'un sur l'autre pour se livrer à l'embrassade qu'ils avaient retenue tout au long du trajet. Par la suite, Léane reprit son souffle, alluma les néons et suggéra à l'enquêteur de s'asseoir confortablement, le temps qu'elle réponde à ses courriels les plus urgents. Il lui demanda à consulter les notes des techniciens. Il avait toutefois du mal à se concentrer alors qu'il avait un aussi beau profil dans sa mire. Soudain, Simone apparut dans le cadre de porte. Éloi Robitaille se tenait à ses côtés. Ce dernier était tout sourire. De toute évidence, il n'avait pas aperçu Henrik sur le canapé.

– Allô, ma jolie, dit Éloi en s'avançant vers Léane d'un pas jovial.

Léane ne balbutia que quelques syllabes incongrues tandis qu'Éloi pressait des lèvres plutôt tenaces sur les siennes. Visiblement, elle lui avait manqué. Henrik fulminait. Il faisait tout pour ne pas le montrer, mais ce baiser l'avait remué. Il ressentait un mélange nocif de jalousie et d'agressivité se former en lui, le forçant à se mordre la joue.

– Besoin d'une chambre, les tourtereaux ? lança-t-il d'une voix tonitruante.

Éloi sursauta et se décolla de la bouche de Léane. Voyant Henrik se dresser près de lui, il força un grand rire allègre, puis lui offrit une poignée de main.

– Je venais vous livrer mes conclusions quant à la graphie de votre confesseur, affirma Éloi, confiant.

Léane avait maintenant le teint verdâtre alors qu'Éloi énonçait son expertise, appuyé sur le coin du bureau. D'après lui, un manque flagrant de régularité faisait que cette écriture était artificielle. Les lettres mal formées étaient faites de retouches et de reprises.

– Donc, selon mon avis professionnel, le sujet a assurément menti dans sa première déposition.

Je vous suggère tout de même de lui faire passer le test du polygraphe afin d'écarter toute possibilité d'erreurs.

L'impatience d'Henrik venait d'atteindre un point culminant.

– Merci pour tout, Éloi, c'est très apprécié. Mais je te suggère de t'occuper de tes mots, et de nous laisser décider des polygraphes et de tout le reste.

Les yeux de Léane s'agrandirent comme ceux d'une chouette huppée. Pour sa part, Éloi semblait fulminer. Il se tenait bien droit, entre Léane et Henrik. Derrière son regard perçant, on entrevoyait des répliques cinglantes se bousculer à une vitesse folle.

– Sergent Hansen, je contribue au travail de Léane depuis plus de trois ans. Seriez-vous assez aimable pour nous rappeler depuis combien de temps vous êtes arrivé ici ?
– Hiiii, je dirais un gros quinze jours, affirma Henrik, avec un sourire condescendant.

Léane découragée avait le front posé sur une pile de dossiers. Devant l'aplomb d'Henrik, Éloi était furibond. Son teint rougeaud et ses expirations sonores ne laissaient plus aucune place au doute.

Il semblait au bord du *flashover*[14]. Pour sa part, Henrik continuait de narguer le graphologue du regard. Toutefois, ce dernier déploya un ultime effort pour se ressaisir. Il était un homme de bonnes manières après tout. Le paraître était primordial pour lui. Par respect pour Léane, il ravala sa hargne et adopta un ton plus tempéré :

– Tant mieux si en seulement quinze jours, je répète *quinze jours*, vous avez si bien su vous intégrer à l'équipe, sergent Hansen.

Henrik raffolait du fait qu'il s'était soudain mis à le vouvoyer. C'était fabuleux. Sans oublier la façon qu'il avait d'étirer l'expression « sergent Hansen » pour ajouter une touche pompeuse à son titre.

– Bon, je pense que c'est beau, là, dit Léane. Est-ce qu'on peut mettre un terme à notre petite rencontre chouette et sympa ? J'ai des choses à faire, moi. Des vraies choses tangibles et qui ne vous concernent ni l'un ni l'autre.

À ses mots, Éloi lui remit son rapport graphologique, lui vola un bref baiser, et quitta le bureau

14. Phénomène spectaculaire qui se produit lorsqu'un feu atteint 900 °F, faisant en sorte que les poches de gaz qui se sont formées au plafond lors d'un incendie créent des flammèches, engendrant ainsi un embrasement généralisé.

tout en s'assurant de lancer un regard noir à son rival. Celui-ci le salua en retour avec bonhommie.

Léane soupira.

– Je suis très sérieuse, Henrik. C'est aussi valable pour toi. On vient de m'avertir par courriel que je dois me préparer pour un foutu point de presse. Le très attachant relationniste de la Sûreté devrait arriver d'une minute à l'autre et j'ai pas envie que tu te lances dans un nouveau combat de coqs.

C'était plus fort que lui : il éclata de rire. Devant son grand amusement, Léane ne fit que grogner. *Boys will be boys*, se dit-elle.

– Bon, bon. J'ai compris, admit Henrik. On se voit ce soir ? À moins que tu préfères voir *chose* ? ironisa-t-il en remontant d'un geste rapide la fermeture éclair de son manteau.
– Ha ! ha ! hilarant, maugréa-t-elle en décrochant le téléphone qui venait tout juste de sonner.

Elle fit signe à Henrik d'attendre avant de partir.

– Léane Cohen.

C'était l'une des directrices du Centre de détention Tanguay qui retournait son appel. Henrik se figea. Il tendit l'oreille, inquiet. Pourquoi Tanguay encore une sainte fois ?

– Le cas s'aggrave, précisa Léane à l'intention de son interlocutrice. J'ai malheureusement le *feeling* qu'on va avoir d'autres victimes. La mairesse nous demande de nous expliquer devant les médias, demain matin.

Léane acquiesçait de la tête, même si ce geste était inutile dans le cadre d'un échange téléphonique. Puis, elle reprit la parole :

– En fait, j'aimerais obtenir la bande audio-vidéo de notre entretien du 7 décembre avec Eva Beck. Je suis peut-être passée à côté de quelque chose qui pourrait m'aider dans mes réflexions.

Henrik sentit tout à coup son cœur pomper et ses voies respiratoires se rétrécir. Il pensait la menace de la bande vidéo derrière lui, mais voilà qu'elle lui éclatait en plein visage. Par chance, Léane était absorbée par sa conversation et ne remarquait pas Henrik en train de se décomposer.

– Excellent, s'exclama finalement l'enquêtrice. Je passerai avant le point de presse. Merci infiniment.

Pour Henrik, plus rien ne comptait à présent, à part empêcher Léane de mettre la main sur cet enregistrement, et ce, même si cela impliquait d'enfreindre quelques règles éthiques. Il pensa vite.

– Qu'est-ce que tu dirais si je te faisais gagner du temps ?

– Je te dirais merci, ô demi-dieu, dit-elle dans un soupir.

– Ha ! ha ! Je pourrais bien aller à Tanguay pour toi, et en profiter pour rencontrer la blonde de notre menteur. On voulait lui parler très prochainement, de toute manière. Il nous faut déterminer pourquoi son *chum* a menti et de la part de qui il subit des pressions. Toi, tu pourras te concentrer sur ton point de presse. Qu'est-ce que t'en dis ?

Elle s'avança vers lui et l'enlaça. Il prit cette gestuelle pour un assentiment. Il puisa un faible sourire au plus profond de ses talons, afin de rester le plus naturel possible et masquer le sentiment d'alarme qui l'habitait. Après quoi, il quitta les lieux en trombe. Dans sa fuite, il manqua de bousculer le relationniste de la Sûreté du Québec. Celui-ci était entré dans le hall du Bureau régional alors qu'Henrik s'en échappait. L'homme trapu, aux cheveux platine rasés de près, avait davantage des airs de colonel de l'armée américaine plutôt que d'un responsable des relations médias. Henrik s'excusa avant de disparaître. Le relationniste avait une dizaine de minutes d'avance. Simone l'annonça. Léane n'apprécia guère son arrivée hâtive. Pour s'apaiser, elle se répéta, tel un robot : « C'est un mal nécessaire, c'est un mal nécessaire… » L'homme apparut bientôt devant elle.

– Caporal Viger, vous allez bien ?
– Ça pourrait toujours aller mieux, mais merci de le demander.

Elle lui désigna un siège sans aucune autre formalité. Ils se respectaient mutuellement, mais n'avaient jamais tissé de liens. C'était la bonne entente, sans plus.

– Je vous dérangerai pas trop longtemps, dit-il. J'ai déjà élaboré l'essentiel du plan de communication avec nos objectifs habituels : rassurer la population et obtenir des renseignements. Le directeur va vous contacter, un peu plus tard dans le courant de la journée, pour jaser de votre rôle actif dans le point de presse. De mon côté, ce que je souhaite établir avec vous, c'est notre « intention ». Et surtout, s'assurer de savoir quoi *ne pas* dire aux journalistes.

Autrement dit, convenir d'une stratégie. C'est le seul point qui stimulait Léane. Elle trouva vite papier et crayon. Viger la toisa et déclara :

– Je vous connais quand même un peu. Je suis très au courant que vous êtes pas trop enchantée à l'idée de parler aux journalistes.

– Ou formulé autrement : ça me met en beau sacrifice, avoua-t-elle avec un sourire démesuré.

Il expira et poursuivit :

– Bref, face à toute question indiscrète ou même absurde, ce qui risque d'arriver, je vous conseille le bon vieux « C'est trop tôt dans l'enquête ».
– Cliché, mais utile, en effet.

Le caporal Viger décida alors de revenir sur « l'intention » précise du point de presse. Ce n'était pas à lui de déterminer le plan de match qui aurait sûrement une répercussion sur le déroulement de l'enquête. À cette étape, c'est Léane qui devait assurer le relais.

– Ma seule hésitation : est-ce qu'on bluffe ou pas ? avança-t-elle. Si j'annonce qu'on a un suspect en tête, ça va rassurer la population, mais ça risque de faire paniquer notre incendiaire. Il va se tenir les fesses serrées et on risque de le perdre dans la brume. Si j'annonce qu'on n'a aucun suspect dans notre radar, la population va s'inquiéter et on va passer pour des navets. Mais notre incendiaire va se penser meilleur que la police. Il va se sentir libre de frapper à sa guise. À ce moment-là, sa rigueur risque de se relâcher et on pourrait le pincer grâce à une erreur, même minuscule.

Le relationniste semblait avoir été heurté par le mot « navets ». Léane avait vu ses traits se déformer en évoquant le légume racine. C'est en scrutant son visage crispé qu'elle vit naître un challenge. Quelle stratégie pouvait-elle élaborer afin de satisfaire à la fois le responsable des médias, calmer les gens, et servir efficacement sa propre investigation ?

– Si on y allait d'un demi-bluff ? Tout le monde serait content.

– La télépathie ne fait pas partie de mes habiletés, lieutenante. Va falloir élaborer.

– Le demi-bluff, c'est que je pourrais révéler un détail véridique, mais en l'enrobant d'un mensonge.

Le caporal effectua un mouvement circulaire d'avant-bras lui signifiant de poursuivre ses explications.

– Je vais dire qu'on a un suspect dans la mire. Que c'est un individu qui laisse *plusieurs* signatures différentes en peinture sur les lieux de ses crimes. Il va être déstabilisé. Il va se demander : « Qui d'autre me fait concurrence avec l'idée du pochoir ? » Ça va piquer son ego. On risque de le voir réagir.

Tel qu'anticipé, le caporal Viger ne sortit pas la fanfare pour célébrer sa bonne idée. Étant un homme à la personnalité contenue, il l'endossa à l'aide d'une poignée de main un peu trop serrée, limite désagréable. Une fois débarrassée du relationniste, Léane se plongea dans un puéril jeu de fruits magiques sur sa tablette. Les seules cinq minutes légères qu'elle aurait avant un sérieux bout de temps.

CHAPITRE 13

Au poste de Cap-à-Nipi, l'ambiance était plutôt tranquille depuis que Montréal leur avait une fois de plus volé leur comparse bien aimé. C'était une enfilade de contraventions mineures et d'appels de villageois se plaignant de rues mal déneigées, au lieu de s'adresser à la municipalité. Les jumeaux Dany et Denis Dupuis commençaient à s'ennuyer de leur fidèle ami qui ajoutait de la vie à cet humble poste de montagne. À dire vrai, les jumeaux ne faisaient que biffer les jours sur le calendrier avant le congé des fêtes. Il n'en restait plus que trois. Ils avaient hâte à la dinde fumée Lester's et à la graisse de rôti tartinée sur du pain de ménage. Chose certaine, tout cela serait plus palpitant que l'activité des derniers temps.

– Ça se peut-tu que t'aies grossi ? bougonna tout à coup Denis.

– Ça se peut-tu que tu sois encore plus chialeux qu'avant ? répliqua Dany.

– Ostie que c'est le temps qu'Hansen revienne !

Un patrouilleur passant par-là approuva leurs trois constatations.

– Mange donc de la colle, Bourget, lança Denis entre ses mains jointes en porte-voix.

– Viens-tu de lui dire de « manger de la colle » ? dit Dany. Hey, on se croirait à l'école primaire.

Le patrouilleur poursuivit sa route en tentant d'étouffer un fou rire. Denis maugréa pendant que Dany se concentrait pour achever d'entrer une liste de données à l'ordinateur. Un peu avant midi, ils quittèrent ensemble le poste pour la maison qu'ils partageaient. Tandis que Denis déverrouillait la porte, Dany vérifia le contenu de la boîte aux lettres : un feuillet paroissial et une lettre.

– Ah ben, batince ! Notre ami pense à nous.

Denis lui arracha la lettre des mains pour la décacheter, sous le bruit de ses remontrances. Tous deux furent étonnés par le contenu de la missive : « Salut, les gars, je vais avoir besoin de vous comme jamais auparavant. Il faut que vous me trouviez un contact *under* pour éventuellement faire des tests médico-légaux. C'est très important pour moi. Et, surtout, il faut que ça reste entre nous. Merci de garder le secret le plus total. À bientôt. » Les jumeaux réalisèrent que leur copain n'était pas à Montréal uniquement à titre de conseiller dans une enquête. Il se tramait quelque chose. Un tel service ! Toutes ces manigances ne les rassuraient guère. Mais au nom de l'amitié, ils ne pouvaient refuser.

***

La bande vidéo. Comment l'oublier ? Henrik y avait songé une bonne partie de la nuit. Il avait lutté un bon bout de temps avec le sommeil avant de s'y abandonner, vaincu, enfin arraché à son maelstrom mental. À son pénible réveil, il constata qu'il ne possédait pas plus d'idées brillantes pour affronter cette nouvelle bête. S'il détruisait ou « égarait » le disque, il ferait piètre figure devant Léane et celle-ci s'arrangerait pour obtenir une seconde copie de la vidéo. Au mieux, il ne gagnerait qu'une ou deux journées de sursis. Qu'est-ce que cela changerait au final ? S'il avait une solution à trouver, c'en était une définitive. Or, il semblait que son génie se soit enfui avec son sommeil, la nuit passée… N'ayant obtenu une rencontre avec la copine du détenu-menteur qu'à treize heures, Henrik devrait tuer le temps en solitaire dans Montréal, accompagné par ses idées noires.

Au terme d'une longue promenade, il entra dans un dépanneur pour s'acheter un paquet de gomme à mâcher. Il tenta de feuilleter un magazine. Rien à faire, le stress le talonnait partout où il allait. Pourquoi avait-il fallu qu'Eva Beck se jette sur lui, à son corps défendant, alors que la caméra de la prison les filmait ? Il serait tout seul à en payer le prix ! Et un fort prix, tant au niveau de sa crédibilité auprès du corps policier qu'au niveau du délicieux début d'intimité avec Léane auquel il avait pu goûter. Henrik était en train de tomber amoureux de cette femme. Rien de moins. À présent, il craignait de la perdre. Il *savait* qu'il la perdrait si elle venait à découvrir la vérité.

– Aviez-vous l'intention de payer votre gomme ? Ou peut-être que c'est rendu optionnel de payer les choses dans votre univers ?

Sans s'en rendre compte, Henrik avait ouvert son paquet et déballé non pas une, mais bien deux tablettes de gomme. Il s'était mis à les mâcher en avançant vers la sortie tel un robot, le regard fixé devant lui. La caissière le dévisagea. Elle ne le laisserait pas partir sans payer son dû. De retour dans le moment présent, Henrik se confondit en excuses tout en exhibant un billet de cinq dollars. Tandis que la fille comptait la monnaie qui lui revenait, il leva les yeux vers l'écran de surveillance. Il y vit les pompes à essence. Il les observa avec plus d'assiduité. Pour Henrik, celles-ci venaient de se transformer en véritable bénédiction.

– Oh que oui, oh que oui ! répéta-t-il d'une voix triomphante.

La caissière et le client en file derrière lui sursautèrent en raison de ses éclats. Henrik s'excusa encore et s'en alla en vitesse. En remarquant les changements de plans à l'écran de surveillance du dépanneur, Henrik avait compris qu'une seule astuce pourrait le sortir du gouffre : trouver un expert en audiovisuel (clandestin) qui pourrait extraire la séquence incriminante de la vidéo de Tanguay. Revigoré par ce nouvel espoir, il engloutit un sandwich sur le pouce et fila tout droit vers la prison. Après avoir échangé quelques formalités avec l'une des directrices et avoir glissé l'infâme DVD dans son sac, Henrik se dirigea vers la pièce qui lui était réservée pour questionner la femme qui partageait sa cellule avec Eva, une certaine Wanda. Lorsqu'elle fit son entrée, flanquée d'agents correctionnels, Henrik lui tira une chaise pour se montrer un brin respectueux. Il n'aurait agi de la sorte avec aucune autre détenue, mais puisqu'elle était enceinte de quatre mois…

– *Good morning, Wanda.*
– *Morning.*
– Parlez-vous un peu français ?
– *Not that much.*

Cela faisait de nombreuses années qu'il n'avait pas conversé en anglais. Par chance, il était doué pour les langues alors quelques minutes suffiraient à se désenrouer. La fluidité reviendrait vite.

Il avait d'ailleurs conservé une vaste partie de son vocabulaire danois, bien qu'il soit arrivé au Canada à l'âge de douze ans. La langue danoise ne lui servait plus à grand-chose, outre faire des remarques épouvantables à sa sœur sans que quiconque les comprenne. De retour à Wanda, maintenant. Henrik commença par lui demander si elle était somme toute à l'aise à Tanguay étant donné sa condition, si le suivi médical était adéquat et si sa partenaire de cellule ne lui menait pas la vie trop dure.

– *Sure, no problem there. Beck is the greatest. She covers my ass every time some shit happens.*

Henrik était au moins satisfait d'apprendre qu'Eva utilisait son autorité à bon escient. Ils continuèrent d'échanger au sujet de la vie quotidienne en prison. Une fois qu'il la sentit plus à l'aise, il alla droit au but : son copain avait-il menti uniquement pour rester derrière les barreaux afin que personne ne parvienne à le tuer à l'extérieur ? Henrik revint à la charge. Il voulait savoir si la seule motivation derrière la fausse déposition de son conjoint était le bébé à naître. Wanda lui jura que c'était le cas. Rester en vie pour son premier enfant était la seule pression qu'il avait subie. Henrik enchaîna. Avait-elle entendu quelqu'un faire mention des incendies en série ?

– *Not really*, bredouilla la femme.

– *Could you please answer by "yes" or "no" ?* insista Henrik.

Wanda démontra quelques signes d'irritabilité à son tour.

– *Do you actually think people talk in detail about the fires ? I just heard someone say something like "this guy is crazy as fuck".*

Quelle était l'importance de cette révélation ? Henrik pouvait-il vraiment considérer l'expression *this guy* comme étant une preuve que l'incendiaire était un homme ? Cette enquête était un véritable fouillis. Un jour, il était convaincu que c'était l'œuvre de La Pieuvre, puis le jour suivant, tout son raisonnement foutait le camp alors que l'hypothèse du pyromane masculin refaisait surface. Difficile de ne pas se décourager. C'était d'ailleurs le plus gros défi de ce mandat : ne pas se laisser abattre à tout moment. Henrik remercia Wanda, lui souhaita un bébé en parfaite santé (il avait de sérieux doutes à cet effet, mais au moins la maman était sevrée de drogues dures depuis son incarcération) avant de reprendre la route vers le centre-ville à bord de sa Jeep.

Les rues étaient glissantes. La neige tombait en gros flocons mouillés, ce matin-là, créant des ornières de gadoue. Les variations de température étaient incroyables à Montréal. Du jour au lendemain, le froid intense faisait place au verglas, puis à l'humidité, puis au retour des bourrasques polaires. Sur le chemin vers son hôtel, Henrik syntonisa sa radio à ICI Radio-Canada. La journaliste annonça un important point de presse. Henrik put ainsi capter en direct le préambule du directeur de la Sûreté, suivi de la déclaration de Léane Cohen et d'une brève période de questions. Il aima entendre Léane à la radio. Elle était articulée, en contrôle et allumée. Il ressentait de plus en plus d'admiration pour cette femme. Puis Henrik ferma la radio et se renfrogna. Le DVD sur le siège passager avait eu raison de son bonheur passager. Il devait altérer cette bande maintenant. Il essaya de se souvenir de quelques noms du temps où il patrouillait dans ce coin. Il lui fallait un de ces personnages de ruelles arrière, très doués en électronique, mais peu connus du public. Le genre de types obscurs de qui on requiert les services pour implanter des caméras ou micros cachés sans mandat légal. Henrik se souvenait d'un grand maigre au prénom européen. Victor ? Igor ? Non, Gaspard. En se le répétant, il en devint certain. Mais comment le retrouver, à présent ? Quatorze années s'étaient écoulées depuis leur dernier rancard. Si sa mémoire était bonne, cet homme avait l'habitude de traîner dans un dépanneur de la rue Ontario tenu par son beau-frère. Henrik débuterait donc ses recherches du côté d'Hochelaga-Maisonneuve.

Après avoir quitté le boulevard Henri-Bourassa, il s'engagea sur l'autoroute pour une vingtaine de minutes de trajet. Lorsqu'il arriva à l'intersection où le dépanneur miteux se trouvait jadis, il comprit que les temps avaient changé et que ses recherches seraient moins faciles que prévu. À l'emplacement s'érigeait maintenant une lumineuse et contemporaine boutique de cigarettes électroniques. Peu convaincu, il décida tout de même d'y entrer pour tâter le terrain.

– Salut ! Je peux t'aider ?

Henrik ne s'habituerait jamais aux vendeurs qui tutoyaient leurs potentiels clients. Il se contenta de hocher la tête. De toute manière, il ne souhaitait pas lui parler de Gaspard à haute voix, devant les autres visiteurs. Le DVD bien serré dans la main, il marcha vers un présentoir de vapoteuses, faisant semblant de s'y intéresser. Après un bref instant, il se produisit ce qu'Henrik avait espéré : le vendeur s'approcha pour lui offrir des conseils en face à face.

– Je cherche Gaspard, chuchota Henrik.

L'homme parut interloqué.

– Où sont rendus les gens du dépanneur ? ajouta Henrik, toujours à mots couverts.

Il y eut un délai de réaction de la part du vendeur. Henrik insista du regard.

– Une minute, dit l'homme en passant dans l'arrière-boutique.

Henrik se tourna à nouveau vers un présentoir de cigarettes électroniques. Il fit la lecture d'un petit écriteau explicatif : « Nouveau liquide à douce saveur de mangue ». Il n'était pas convaincu. C'est alors que son cellulaire vibra. C'était Léane. Il prit l'appel sans hésiter.

– Bravo pour ton point presse. Je t'ai trouvée très convaincante. Je suis sur mon retour de Tanguay, j'avais l'intention de faire un stop à mon hôtel. Moi aussi, je pense souvent à toi, avoua-t-il sur un ton aussi surpris que ravi.

Henrik avala de travers. Le vendeur revenait vers lui en compagnie d'un homme âgé qui finissait de manger un baklava. Henrik coupa court à sa conversation.

– Je suis à la caisse dans un commerce, murmura-t-il à Léane. Je te rappelle plus tard, d'accord ? *Bye.*

– Je te laisse avec mon patron, s'interposa le vendeur avant de disparaître.

Henrik n'avait que Léane en tête. Il jeta un coup d'œil sur le disque au creux de sa main. Il se sentait minable de lui mentir et de lui jouer dans le dos.

– Je suis peut-être Gaspard, dit le vieillard. Ou peut-être pas. Qu'est-ce que vous voulez ?

Henrik ne savait plus ce qu'il désirait. Il se racla la gorge. Une goutte de sueur coula le long de son dos.

***

Léane avait prévenu Simone qu'elle ne retournerait pas au bureau après le point de presse. Elle rencontrerait son partenaire Pierre-André ailleurs pour « changer le mal de place ». Ils feraient ensemble un bilan actualisé et coordonneraient les prochaines actions de leur unité. Puis, elle travaillerait de son condo. C'est là qu'elle se sentait le plus à l'aise pour étaler, sur des meubles différents, toutes les données recueillies au sujet des victimes. De cette façon, elle espérait avoir une meilleure vue d'ensemble de la situation. Elle souhaitait ainsi déceler un schéma derrière les récents actes funestes. Jusqu'à présent, elle s'était concentrée sur l'identification d'une signature pour tisser un lien entre les quatre incendies. Il ne faisait aucun doute que c'était l'œuvre d'une seule et même personne. Mais quel était son mobile, ou la formule récurrente qui caractérisait son œuvre ? Mis à part le feu qui, de toute évidence, était son thème de prédilection, quelle était l'idée fixe qui alimentait sa passion et motivait chacun de ses gestes ? C'est ce mélange de « pourquoi » et de « comment » qui permettait à Léane de définir la personnalité d'un incendiaire, ce qu'elle faisait parfois toute seule, mais le plus souvent avec l'aide d'un expert externe tel que Sofyane. Une fois que des traits de caractère étaient extraits des méthodes de « travail » du criminel, il était plus facile d'imaginer son sexe, son âge, son métier, son milieu socio-économique et parfois même sa nationalité ou sa religion. On peut aisément comprendre qu'un jeune boucher japonais n'assassine pas ses victimes de la même manière qu'un vieux bibliothécaire arthritique. Léane était en train de songer à cette notion de schéma quand on sonna à sa porte. Elle ouvrit après avoir regardé par le judas.

– Je viens féliciter la reine des médias, blagua Éloi en guise de salutation.

Il portait une chemise rose et son pantalon beige. Ses yeux reposés et son teint hâlé illuminaient le hall d'entrée. Il pénétra chez elle comme s'il entrait chez lui. Ce n'était pas de l'effronterie, mais plutôt de l'aisance acquise au terme de ses visites.

– Oh ! Tu te préparais à passer une belle soirée relaxe ? dit-il avec sérieux en se penchant sur un amoncellement de paperasse. Je voulais t'inviter au vernissage de la cousine d'un copain, mais je vois qu'une soirée cocooning et remue-méninges en duo serait plus appropriée.

Léane regarda l'horloge, ses quatre piles de feuilles et photographies, ainsi que l'homme qui s'était bien calé dans un fauteuil. Elle se mordit l'intérieur de la bouche avant de parler :

– Éloi, je… il faut que…
– Ça va, toi ? demanda-t-il soudain soucieux.

Léane s'assit à son tour. Elle ne se défila pas, ne cessant de soutenir son regard. Avec ce type d'hommes, il fallait choisir les mots les plus clairs et les plus directs, ceux qui ne laissent place à aucune interprétation. Il fallait retirer le pansement d'un geste vif. Elle se lança :

– On ne peut plus se voir.
– Quoi ? réagit-il en se redressant.
– Je veux dire, sexuellement.

Il s'enfouit les deux mains dans la chevelure, le regard allant de gauche à droite, désarçonné. Il avait du mal à comprendre ce qui se passait, malgré les signes avant-coureurs qui, pourtant, avaient bel et bien existés.

– Qu'est-ce qui te prend, tout à coup ? Est-ce que j'ai fait ou dit quelque chose de travers ? Ça allait bien pourtant, nous deux.

– Y a pas vraiment de « nous deux », Éloi. Penses-y un instant. On n'a jamais été un couple. On a même jamais fait de réelles sorties ensemble.

Désemparé, il se dressa et marcha de long en large, sur la carpette du salon.

– On n'était pas un couple officiel parce que je respectais ton rythme. Je le voyais bien que t'étais indépendante. Je pensais que t'avais peur de l'engagement. Moi, je voulais qu'on soit ensemble. Je le veux toujours !

Il se rassit à ses côtés et pressa ses deux mains au creux des siennes. Il était triste. Soudain, ses sentiments changèrent. Sa nuque se raidit. La colère s'imprima sur son visage.

– C'est à cause de l'ostie de policier de campagne ?

Léane retira les mains de sa poigne. Ce n'était pas dans les habitudes du graphologue de blasphémer. Sa vulgarité l'avait surprise, un peu.

– C'est pas à cause de quelqu'un. C'est parce que je suis pas ta conjointe, ni toi mon conjoint, et qu'à

un certain point dans la vie, les choses nébuleuses doivent se clarifier.
– Doivent se terminer brutalement, tu veux dire, ragea-t-il en s'éloignant du fauteuil à nouveau.

Malgré l'immense malaise nappé d'une mince couche de culpabilité, Léane le suivit dans le corridor pour s'assurer qu'il ne parte pas en tornade, pour risquer ensuite une conduite dangereuse sur la route.

– Je suis désolée d'être brusque, Éloi, mais y a pas dix mille façons de…
– De briser un homme ?

Elle riva les yeux au plafond. Que pouvait-elle ajouter ? Rien qui n'améliorerait le fiasco, en tout cas. Éloi pigea ses clés au fond de sa poche de pantalon et quitta le condo avec fracas. Non loin de là, c'est-à-dire quelque part entre le rez-de-chaussée et le cinquième étage, dans l'ascenseur, Henrik sifflotait. Il était tendu. Ce sifflement était un mécanisme de défense employé par son corps pour tenter de s'apaiser. C'est alors que son cellulaire se mit à sonner.

– Henrik Hansen, répondit-il.

L'interlocuteur lui révéla son nom. Henrik en fut surpris. Toutefois, c'est le contenu du message qui l'ébahit davantage. Il avait très hâte d'en glisser un mot à Léane. D'ailleurs, il venait d'atteindre son étage. La porte de l'ascenseur s'ouvrit en un lourd, mais fluide glissement. En posant le pied sur la céramique du couloir, Henrik comprit que quelque chose clochait. Éloi Robitaille était là. Or, ce n'était pas le personnage heureux, limite trop jovial, qu'il avait coutume de croiser au fil des dernières semaines. L'homme qui se tenait devant lui bouillait. Ses traits étaient assombris par une colère évidente. Son corps élancé était semblable à celui d'un animal qui s'apprête à attaquer. Henrik se demanda ce qui ne tournait pas rond. Il aurait vite sa réponse. Une main enragée l'empoigna par le collet et le tira avec force pour le plaquer contre le mur.

– Qu'est-ce qui te prend, sacréfice ? s'exclama Henrik en essayant de se déprendre de son emprise. Es-tu rendu fou en plus d'être désagréable ?

Ç'en était trop. Le coup de poing qui devait arriver arriva. Henrik l'esquiva en partie. Le coup fut ainsi moins percutant, mais il le blessa tout de même sous l'oreille, près de la ligne de la mâchoire. Henrik marmonna une suite de jurons, tout en se palpant le côté du visage.

– Y a pas meilleur que moi pour Léane, fulmina Éloi, imbu de lui-même.

Que s'était-il passé pour que ce graphologue si débonnaire lui décoche un furieux crochet de la droite ? Henrik nageait en pleine confusion. En prime, sa joue lui faisait mal. Il avait très peu d'intérêt à prolonger ce rendez-vous doux de bout de corridor.

– J'ai aucune idée de la raison pour laquelle t'es enragé comme ça, bluffa Henrik. Par contre, je sais deux choses. Un, Léane est assez grande pour gérer ses affaires. Deux, c'est la dernière fois que tu me touches.
– Ça reste à voir ! réagit Éloi.

Henrik était furieux, mais il eut la civilité de s'adresser à lui à voix basse afin de ne pas alerter les voisins.

– Essaie-toi à me frapper, rien qu'une autre fois, et tu vas revoler en tabarnak.

Éloi perdit alors toute son agressivité. Il afficha plutôt des allures de vierge offensée, au grand étonnement d'Henrik. C'est ainsi qu'il constata toute l'étendue de sa condescendance.

– On est tellement dans des classes à part, toi et moi. Tellement, insista Éloi. On est même à des années-lumière. Tu sais ce que je vais faire au lieu d'en venir aux poings encore une fois ? Je vais me placer à l'écart et te regarder *essayer* d'atteindre Léane. Ce sera plus satisfaisant de te voir échouer que de te tabasser.

Éloi tourna les talons et poussa la porte des escaliers. Après cette étrange scène, Henrik secoua la tête tout en se penchant pour récupérer le boîtier de DVD tombé au sol pendant l'altercation. Il repensa à une affirmation qu'avait faite Léane au sujet des pyromanes : ces hommes présentaient souvent une tolérance très faible à la frustration, une superficialité ou une manipulation dans la séduction et une incapacité à supporter l'ennui. Il eut une soudaine inquiétude, comme une sirène d'alarme déclenchée dans son for intérieur. Il pensa au fait que le pyromane connaissait le numéro de téléphone personnel de Léane, qu'il savait où elle résidait puisqu'il était entré par effraction, qu'il était au courant de la culture *rockabilly*… Ses suspicions auraient été plus sérieuses encore s'il avait su que Léane avait entendu sa propre douche couler lors d'un appel du pyromane.

– Eh merde, chuchota Henrik en y songeant.

Il repensa à la languette de l'enveloppe envoyée à Pierre-André. Il avait hâte d'en savoir plus à cet effet. À cet instant, Léane ouvrit la porte. Elle passa d'un air préoccupé à un état de bonheur évident.

– Ça va, toi ? dit-elle en souriant. T'as la joue toute rouge, non ?
– C'est rien, oublie ça.

Contre toute attente, elle lui sauta au cou et l'embrassa. Un baiser si bon, qu'il le remplit d'amour. Henrik flottait.

– Entre, dit-elle en lui prenant le poignet pour l'attirer à l'intérieur. Je vois que t'as réussi à obtenir ma bande vidéo. Génial, merci.

Henrik sentit un nœud se former dans son estomac. Soudain, sa joue ne lui faisait plus si mal que ça.

CHAPITRE 14

Léane prit le boîtier DVD des mains d'Henrik et se rendit avec entrain à son meuble télé. Devant l'écran éteint, elle freina sec.

– C'est vrai, mon lecteur a explosé.

Henrik vécut un soulageant moment de grâce.

– La vidéo peut attendre, dit-il en tentant d'amener son esprit ailleurs au plus vite. Au fait, tu fais quoi pour le congé des fêtes ?

Congé qui débuterait samedi. Léane n'aurait que très peu de temps pour festoyer, cette année. Elle prendrait le week-end et peut-être le lundi, tout au plus. Elle ne pourrait donc pas visiter sa famille éparpillée aux quatre coins du Québec et jusqu'en Nouvelle-Angleterre. Henrik y vit une occasion. Il la saisit.

– Ma sœur arrête pas de m'achaler pour que je fête Noël au Cap, dit-il en lui enlaçant la taille pour se coller à elle. Tu devrais venir avec moi. Visiter mon village. Rencontrer mes amis. Manger, boire. Décrocher un peu.

Léane se laissa prendre. Il sentait si bon.

– Ma sœur veut cuisiner des plats typiques du Danemark, comme du canard aux pommes et prunes, du riz aux amandes… ou même des *sukkerbrunede kartofler*.
– Humm, ça sonne séduisant, ça.

Les mains de l'homme lui tenaient maintenant les hanches. Son nez, qui humait sa gorge depuis un moment, glissa vers son épaule.

– Certain que c'est séduisant, des pommes de terre caramélisées, susurra-t-il contre sa peau, non sans une pointe d'humour.

Après avoir ri de la traduction, Léane ferma les yeux pour ne plus réfléchir et mieux se laisser aller. Elle lui saisit la nuque, pendant qu'il lui embrassait le haut de la poitrine. Ses baisers étaient grisants. Une de ses mains chaudes était pressée sur son dos, sous son chandail. L'autre, lui empoignait une fesse. Elle se sentait désirée. Elle émit quelques sons d'appréciation. De sa bouche, Henrik dégusta la partie dévoilée de sa poitrine, en prenant bien son temps. Chaque *léchée* était délicieuse. Il s'y adonnait avec autant de plaisir que de désir. Léane ressentait d'enivrants petits spasmes à chaque caresse humide. Excités, ses seins étaient arrondis au point de déborder de son décolleté. Elle ne portait pas de soutien-gorge.

– Je sortais à peine du bain quand t'es arrivé, chuchota-t-elle, un peu à court de souffle. J'ai pas de sous-vêtement.

Henrik réagit aussitôt à sa remarque. Il descendit sa braguette, prit la main de Léane et l'inséra dans son pantalon afin qu'elle constate le gonflement. Il soupira quand elle referma la main sur son sexe. Elle le toucha à sa guise pour ensuite s'asseoir sur le divan. Henrik se laissa tomber à genoux devant elle. Il lui arracha son jeans plus qu'il ne le retira. Puis, avec une douceur inattendue, il lui écarta les cuisses. Elle frémit en lui prenant la tête. Henrik la savoura jusqu'à ce qu'il la sente au bord du plaisir ultime. C'est à cet instant qu'il se mit à nu et lui vola sa place sur le divan. Il l'invita à monter sur lui pour qu'elle l'enfourche. Il la trouvait si belle et désirable. Et elle ondulait magnifiquement du bassin. Or, ce qu'il adorait plus que tout, c'est la pointe de ses seins qui allait et qui venait contre son torse, créant un frottement aguichant. Il aimait aussi sa longue chevelure qui effleurait son épaule, puis s'éloignait, puis l'effleurait à nouveau. Ce mouvement divin l'enflammait au plus haut point. À l'instant où Léane expirait un premier cri de jouissance, Henrik sentit un puissant orgasme lui prendre tout le corps. Il étreignit la femme de toutes ses forces, écrasant ses lèvres contre sa peau soyeuse afin d'étouffer ses propres gémissements. L'extase laissa ensuite place à la détente.

– J'aime comment tu me touches, susurra-t-elle en lui frôlant le visage. J'aime tout ce que tu me fais.

– Je pense la même chose de toi, avoua-t-il en caressant son dos nu. En fait, j'en reviens pas.

N'étant pas sûre de comprendre, elle l'invita à verbaliser ses impressions.

– J'en reviens pas à quel point t'es différente, attachante… à quel point te faire l'amour est bon. Je veux tout le temps te parler. Je pense à toi nuit et jour. Ça m'étonne. Pas de toi. Mais de moi.

Léane en était touchée. Ils se mirent alors à discuter de relations amoureuses, de famille et d'amitié, le tout, collés l'un sur l'autre. Peau contre peau. Léane accepta l'invitation d'Henrik à célébrer Noël dans son village. Cela le rendit très heureux. Il l'embrassa encore et encore, jusqu'à ce qu'ils soient tous deux dérangés par la sonnette de la porte d'entrée. Léane s'habilla à la hâte et courut répondre. C'était un livreur. Elle revint au salon, la mine subjuguée. Entre ses mains, elle serrait un bouquet de fleurs d'un jaune orangé et d'un mauve éclatant. Henrik fronça les sourcils. Elle expliqua :

– Ça vient d'Éloi. Drôle de choix de bouquet. C'est emblématique de la fête mexicaine *dia de los muertos* qui honore les morts pour qu'on ne les oublie jamais ou pour prolonger leur vie, si tu préfères.

Elle décrocha le carton agrafé au papier cellophane. Elle lut le message à haute voix : « On renaîtra de nos cendres. Je ne te l'ai pas encore dit, mais je t'aime. » Léane trouvait le jeu de mots quétaine, mais comprit sa tentative – ratée – de reconquête. Elle laissa tomber le bouquet sur le comptoir de la cuisine, ne prenant même pas la peine de retirer le papier cellophane ni de plonger les tiges dans l'eau.

– Bon, tu vas me trouver plate, mais je vais être obligée de te foutre à la porte, dit-elle en souriant.

Elle lui lança son chandail au visage.

– Quoi, j'ai pas passé l'inspection ? plaisanta Henrik. Je pensais pourtant avoir bien rempli mes, euh, fonctions.

Elle lui lança son pantalon. Il lui atterrit sur la tête.

– Laisse faire les petites craques comiques, dit-elle en se dirigeant vers la salle de bains. J'ai une bonne raison de te chasser : j'ai un ex à rencontrer.

Henrik perdit de sa joie de vivre.

– Pas un des miens, dit Léane. Celui de ma dernière victime.

Seul au salon, Henrik se fit un tope-là silencieux à lui-même, pour ensuite se vêtir avec bonne humeur. Moins il y aurait d'anciennes fréquentations gravitant autour de Léane, mieux il s'en porterait. Éloi Robitaille et son bouquet mortuaire lui fournissaient déjà assez de défi à son goût. Juste à songer à son nom et il éprouvait une animosité bien tangible.

– Faut vraiment que je parte, dit Léane, désolée. Avais-tu quelque chose de prévu plus tard ?

– Peut-être. On verra.

– Monsieur entretient son aura de mystère, dit-elle en se faisant aller les mains tel un magicien qui disperse un nuage de fumée.

Henrik l'enlaça, affectueux. Elle ramollit sous son étreinte.

– Je dois chanter, ce soir, avec mes musiciens, murmura-t-elle. Aimerais-tu venir dormir chez moi après ma soirée ?

– Peut-être. On verra.

Il lui fit des yeux charmeurs qui tiraient sur la caricature. Après quoi il bougea les mains à la manière du magicien qu'elle venait d'imiter. Elle lui administra une vilaine pichenette à l'épaule. Henrik lui donna un baiser railleur sur le front et se sauva à la course du condo avant qu'elle ne lui pince un bras ou lui fasse une prise de lutte douloureuse. Ses éclats de rire résonnèrent depuis le corridor, agaçant la femme encore davantage. Henrik sourit jusqu'au stationnement. Puis il repensa au DVD qu'il avait laissé chez Léane. Erreur. Grave erreur même ! Il ne voyait pas sous quel faux prétexte il pourrait remonter chez elle afin de le récupérer. Il était contraint de le laisser derrière alors qu'il n'avait pas encore eu le temps de le faire modifier. Henrik était bien au courant que ses heures auprès de Léane étaient dès lors comptées. Il voulait tant l'emmener dans son village. Il ne se souvenait pas d'un Noël réconfortant en couple. Pour une fois, il avait envie de se sentir comme dans les pubs de cartes de souhaits, avec les flocons sur la fenêtre, les étreintes au coin du feu et les savoureux verres d'amarula-lait sous une chaude couverture. Oui, il était à ce point amoureux. Réalisant qu'il frisait le pathétisme, il se secoua les idées et retourna à son hôtel pour changer de vêtements. Tant qu'à ne pas travailler avec Léane aujourd'hui, il irait jogger à l'écart de la ville.

Après s'être renseigné sur un blogue de course à pied, il opta pour le parc des îles de Boucherville. L'un des billets d'une blogueuse se lisait comme suit : « On y est complètement dépaysé. C'est retiré, sauvage, bucolique et rempli de chevreuils. Mais le plus magnifique, c'est qu'au tournant de certains sentiers, on est frappé de plein fouet par une Montréal majestueuse. En plus, on y accède en un éclair. » Il n'en avait pas fallu de plus pour qu'il y mette le cap. Mais juste avant de quitter Montréal pour de bon, lorsque sa collaboration avec le BRE viendrait à terme, Henrik se gâterait aussi d'un cinq ou sept kilomètres le long du canal Lachine. Il espérait que son prêt de service ne s'écourte pas abruptement en raison du fiasco de Tanguay. Cette préoccupation occupait de plus en plus d'espace dans sa tête. Tout en faisant craquer la neige sous ses raquettes de course, il se dit qu'il serait très dommage, voire frustrant, d'être retiré de l'enquête avant d'avoir établi, sans équivoque, qui avait incendié son cottage et qui se régalait de l'odeur de chair brûlée. Être retiré avant la fin était toutefois une éventualité. Et si, par ultime chance, il se rendait au terme de son prêt, Fafard serait à court d'arguments pour justifier auprès de la haute direction une deuxième prolongation. Certains cas nécessitant de nombreux mois, sinon de nombreuses années, pour être élucidés, il n'était pas rare de voir des ressources remplacées par d'autres pour une panoplie de raisons.

Ce cas-ci était prenant, exaltant même, et Henrik se renfrognerait d'être la ressource remplacée. Toutes les moindres étapes du mandat l'intéressaient, ce qui était chose rare. D'habitude, il y avait toujours une facette de son travail qui l'ennuyait. Pas cette fois.

La course était bonne. Pas encore de chevreuils en vue, mais l'air était pur et le panorama tel que la blogueuse l'avait décrit. Il accéléra avec facilité aujourd'hui. Depuis qu'il avait rencontré Léane, il dormait mieux et s'en portait à merveille. Il comprenait maintenant ces nouveaux parents qui disaient se sentir renaître après une seule bonne nuit complète de sommeil. Il mangeait bien, buvait moins, se tenait en forme et faisait l'amour. Que demander de plus ? Henrik poursuivit son jogging pendant trente minutes encore. Comme s'il était minuté à la perfection, son téléphone vibra contre sa poitrine dès qu'il ralentit la course pour passer à la phase récupération. Tout en marchant pour ramener son rythme cardiaque à une plus basse fréquence, Henrik récupéra son appareil dans sa poche.

– Oui ?
– Je suis l'ami de ton ami.

Henrik s'arrêta net.

– On sait *fuck all* pas pourquoi tu veux jaser, mais on est quand même intrigués, dit la grosse voix grasse.

Ne jamais dévoiler, au cellulaire, la raison exacte d'un rencart policier-motard. Au bout de fructueux efforts, Henrik parvint à faire plier le matamore.

– OK, viarge, OK. Mais c'est à soir ou jamais, le gros. Si tu te pointes pas, on te relance pas. *Anyway*, ça serait le fun que ce soit notre dernière communication, si tu *catches* mon message.

La rencontre avec Patrick the Bullmastiff aurait lieu le soir même, vers les vingt et une heures, dans l'un des entrepôts des motards. Henrik n'était pas enchanté à cette idée, mais consentit toutefois à s'y rendre. Il tiendrait sa promesse à Léane. Et s'il s'en sortait indemne, il irait même dormir chez elle. La totale. Le hic, c'est qu'Henrik était bien loin de se douter de la tournure de cette nuit-là.

CHAPITRE 15

La jeune femme revenait d'un copieux repas chez ses parents qui devaient s'envoler pour Cuba pour les fêtes. Ils avaient ainsi célébré Noël en famille avant le temps. Ayant la garde complète de son enfant âgé d'à peine six mois, elle avait pris la sage décision de rentrer en taxi. Elle était une bonne maman, mais ses réflexes étaient moins précis en raison de sa fatigue et des cocktails ingérés au cours de la soirée.

Après avoir verrouillé d'une main molle la porte derrière elle, elle tituba jusqu'à la chambre du petit, pouffant de rire après avoir hoqueté comme un vieil ivrogne. Peu habile, elle parvint toutefois à changer la couche du bambin et le poser dans sa couchette. Elle lui bredouilla un extrait de comptine qu'il affectionnait, tamisa la lumière et referma la porte de sa chambre. Elle vacilla ensuite jusqu'au salon, manquant de trébucher au passage sur des bottines éparpillées. Elle retrouva l'équilibre en s'appuyant contre un mur. Arrivée dans le salon, elle ne se concentra que sur une chose : retrouver la télécommande du téléviseur qu'elle avait perdue plus tôt. Elle était saoule et ne remarqua pas l'étrange banderole suspendue au-dessus du foyer. Il y était inscrit, à la peinture noire en aérosol : « Ho ! Ho ! Ho ! » Elle s'agenouilla pour fouiller sous le canapé. Son regard était embué par les vapeurs d'alcool, mais elle distingua toutefois une curieuse lueur dans l'un des coins de la pièce. Ses narines notèrent une odeur de fumée. Elle se redressa et aperçut la banderole. Elle n'y comprit rien. Quelqu'un était entré chez elle ? Et quel était cet objet incandescent dans le coin du salon ? Elle vacilla jusqu'à l'article en question. C'était une espèce de rondelle de bois d'où s'échappait une large flamme. Alarmée, la jeune femme arracha un pan de rideau pour essayer de fouetter le feu et l'éteindre. Elle entendit alors du bruit derrière elle. Puis, le claquement d'une porte. Il y avait maintenant cinq rondelles de bois allumées et dispersées dans la pièce, la sixième étant celle qu'elle avait éteinte. Or, une nouvelle flamme venait d'éclater sur le pan de rideau en matière synthétique.

– Ah, mon Dieu, qu'est-ce qui m'arrive ? souffla-t-elle, terrorisée. Justin !

Elle se rua sur la porte qu'on venait de claquer. Elle la secoua avec frénésie, mais quelque chose semblait la bloquer. Elle hurla tout en frappant la porte de ses poings. En sourdine, elle perçut les pleurs de son enfant. Elle pleura à son tour. Son ivresse ne l'aidait pas à réagir avec promptitude ; cette variable ne faisait que déformer la réalité pour lui donner l'impression d'être dans un mauvais rêve. Ce sont les crépitements croissants qui ramenèrent la jeune femme dans un état de conscience. Elle pivota pour constater les ravages. Une rondelle avait enflammé la jupette du canapé. Le rideau, sur la céramique pâle du salon, ressemblait maintenant à une rivière orangée. Une autre rondelle avait mis le feu au sapin artificiel qui s'était vite transformé en une colonne de feu et de fumée noire colossale. Tout en sanglotant et bégayant des mots paniqués, la jeune femme se précipita vers la fenêtre à guillotine. C'était un vieil immeuble, mais la fille n'avait jamais eu de difficulté à manipuler le châssis en bois d'origine. Elle tenta de l'ouvrir de toutes ses forces. La fenêtre refusa de bouger ne serait-ce que d'un millimètre. Serait-elle prise dans la glace ? La jeune femme pleura de plus belle. La fumée la faisait tousser et plisser les paupières. Elle donna toute l'énergie qui lui restait afin de lever la fenêtre, mais ce qu'elle ignorait, c'est qu'on l'avait clouée à son cadre, de l'extérieur. C'était peine perdue. À travers les sanglotements de son bébé et les premiers sifflements de la pyrolyse[15], la jeune femme essayait avec difficulté de retrouver assez de

15. Décomposition thermique de matières organiques en l'absence d'oxygène ou en atmosphère pauvre en oxygène.

lucidité pour se sauver. L'inhalation de fumée, mêlée à la consommation de boisson, l'étourdissait au point de ne plus avoir de concentration ni d'énergie. Agenouillée, elle tentait de retrouver une respiration régulière en inspirant à travers son chandail. Pour être plus efficace, il aurait fallu que le tissu soit mouillé. Or, malgré son torrent de larmes, elle toussait et respirait dans un chandail sec et lui-même enfumé. En voyant tous ses meubles autrefois rembourrés se changer en squelettes décharnés, elle fut prise d'un grand vertige. Elle vomit avant de s'écrouler sur le flanc, joue contre la céramique. Juste avant de perdre conscience, elle aperçut les accessoires de foyer qui auraient peut-être pu l'aider à briser l'épais carreau du châssis. Ses paupières tombèrent. La jeune femme gisait en position fœtale, dans ses vomissures, près du mur.

De l'autre côté de la porte, quelqu'un déplaçait le lourd meuble qui avait servi à bloquer la porte. Portant un masque à gaz, il était en mesure d'affronter son propre brasier pour se rendre jusqu'à la fille évanouie. Il sortit une arme tranchante, la planta dans sa chair et regarda le sang s'écouler comme un sirop gluant. Ce tout nouveau rituel l'exaltait au plus haut point. L'homme exécuta quelques autres manœuvres, jusqu'au moment où la chaleur devint insoutenable. Puis une sirène semi-lointaine fendit le silence de la nuit. L'intrus laissa donc le bambin en crise dans son berceau et prit la fuite. Cinq rues plus loin, bien assis dans sa voiture, il songea à toute la frénésie provoquée par son geste : les pompiers qui débarquent en trombe, les puissants boyaux qui crachent leurs jets, les voisins agités, les experts qui se mettent à l'œuvre pour tenter de saisir son génie et recréer, plan par plan, le film de son nouveau brasier. En imaginant l'enquêtrice Cohen en pleine action, il sentit une érection naître sous l'étoffe de son pantalon. Plus il pensait à la policière dans l'exercice de ses fonctions, plus la fébrilité le gagnait et plus l'érection devenait puissante. C'est alors que des soubresauts lui prirent l'entrejambe. Il était ravi de constater que son extase grandissait après chaque acte sordide.

***

Le Blue Cats était encore plus animé que d'habitude. C'était soir de compétition. Les cristaux de ses nombreux lustres scintillaient sous l'éclairage pourpre. Le plancher de danse fourmillait de couples déchaînés. Les musiciens se nourrissaient de cette effervescence pour se livrer corps et âme. Léane n'avait jamais aussi bien chanté. Elle se sentait transportée. Devant les danseurs de *lindy hop*, elle incarnait à fond son personnage de scène. Son costume rétro d'agente de bord lui seyait à merveille. Jupe ajustée, gants blancs, képi et rouge à lèvres, vermeil bien sûr. Elle ne portait plus de bandage à son bras et les quelques points de suture à son menton commençaient à fondre. Lorsque Henrik entra dans le cabaret, il fut soufflé par l'ambiance sexy et électrisante. Tout le contraire de l'atmosphère planant dans le hangar des motards, d'où il arrivait…

Pour une rare fois dans sa carrière, Henrik s'était senti minuscule et sans défense. Bien sûr, il n'en avait rien laissé transparaître, mais la peur de se faire tabasser ou pire encore l'avait tenu alerte durant toute cette visite nocturne chez les motards. Par chance, après avoir intimidé le policier et ébranlé son sentiment de sécurité, le chef de gang s'était fait sérieux et posé. Il lui avait assuré que ses hommes *patchés* et les membres de son club-école n'avaient aucune responsabilité dans la série de feux meurtriers. Henrik l'avait cru sur parole. Mais si ce n'étaient pas les motards, qui alors ? Et comment expliquer que les défuntes avaient certaines fréquentations en commun avec des membres de La Pieuvre ? Et qu'en était-il de l'incident qui avait détruit son cottage à la montagne ? Patrick the Bullmastiff lui avait clairement indiqué que ses hommes n'en avaient rien à cirer des cochons de Cap-à-Nipi et qu'ils n'auraient donc pas perdu une seconde de leur précieux temps à malfaire dans ce trou perdu. Il s'était exprimé avec tant de véhémence, qu'Henrik l'avait cru à nouveau. Par la suite, le motard lui avait proposé un arrangement : il lui fournirait une liste de malfrats qui avaient déjà empoché quelques dollars pour lancer des cocktails Molotov dans des commerces. En échange de ces trois ou quatre noms,

Henrik aurait à s'arranger pour que les policiers d'Hochelaga-Maisonneuve laissent tranquilles les motards de ce secteur. Henrik n'avait pas répondu à cette offre sur-le-champ. Il avait demandé un temps de réflexion. Après tout, l'incendiaire recherché avait du doigté. Son *modus operandi* était réfléchi et exécuté avec soin. Les petits malfrats de classe inférieure étaient, bien souvent, peu minutieux. Et la plupart du temps, ils semblaient préférer ravager des commerces plutôt que de brûler la chair des filles.

– Je vais te prendre un Castro flambé, ironisa Henrik au barman pour mettre fin à ses souvenirs.

L'homme se mit en action. Il écrasa des quartiers de lime et un peu de sucre au fond d'un verre, les arrosa d'amers angustura et de quelques gouttes d'absinthe. Il flamba le tout devant les yeux de son client et sous les acclamations des autres fêtards réunis auprès du bar. Une bonne rasade de rhum brun épicé, ainsi que du sirop simple et des glaçons complétèrent le tout. Henrik goûta à la mixture. C'était très agréable en bouche. Tout comme une certaine Léane Cohen. Henrik se tourna vers la scène pour mieux la contempler.

– C'est la plus belle.
– Ha ! ha ! ils disent tous ça, déclara le barman en se tournant vers un nouveau client.

Henrik ne se pardonnerait jamais s'il arrivait quoi que ce soit à cette femme. Bien qu'athée, il priait tous les saints pour que le pyromane ne soit pas issu de son entourage immédiat. Or, à ce point, aucune ferme conviction ne tenait. Tout en sirotant son cocktail, il dressa une liste mentale des potentielles menaces. D'abord, il y avait Éloi Robitaille. Facile, mais à considérer. Ensuite, venaient les membres de son équipe de travail. En d'autres mots, tous les policiers et techniciens sous son autorité… et peut-être même les hommes à l'archivage des échantillons et de la documentation ? Henrik se dit soudain que les musiciens de son band n'étaient pas à négliger non plus.

– C'est à votre goût, monsieur ?

Et pourquoi pas le barman ? Il côtoyait Léane, après tout ! Avant de devenir cinglé avec la kyrielle de possibilités, Henrik prit une longue gorgée de rhum épicé et se concentra sur la nouvelle formation musicale sur scène.

– T'es venu me voir ? se réjouit Léane en se pointant au bar.

Elle cala un grand verre d'eau froide avant de soupirer de satisfaction. Henrik avait envie de la prendre avec fougue. Maintenant.

– Tu vas bien ? dit-elle avec tendresse. T'as passé une belle fin de journée ?
– Plutôt bien, mais toi d'abord.

Il lui effleura le menton.

– Je me sens… c'est quoi le mot… dépitée. C'est ça, dépitée. On a fait le tour des amis masculins, amoureux actuels, anciens *chums* frustrés, collègues et voisins louches de nos trois victimes. Rien. *Nada*. J'ai jamais vécu de cas aussi hermétiques que ceux-là, avoua-t-elle en se blottissant dans les bras d'Henrik. Oui, on a une signature faite par pochoir, mais ça débouche sur quoi ?

Henrik s'empressa de lui remonter le moral.

– Je sais que ça te semble une éternité, mais ça fait juste trois mois que tu travailles là-dessus.
– Je sais, je sais, mais je viens d'apprendre que mon supérieur songe à écourter sa demi-sabbatique.
– Ah oui ?
– Il est censé me *skyper* à la première heure, demain matin.
– Oh…

Un supérieur qui est prêt à sacrifier ses vacances au soleil pour vous écarter et reprendre du service, ce n'est jamais bon signe. Henrik ne savait plus quoi lui dire. En fait, entre policiers, ils se comprenaient. Ils savaient qu'il n'y avait rien à ajouter. Pour lui démontrer de l'empathie, Henrik lui redressa le visage, la regarda dans les yeux et l'embrassa longuement. Il pensa ensuite à lui raconter son tête-à-tête avec les motards.

À la suite du récit, elle eut le même réflexe que lui : il lui fallait prendre un peu de recul avant d'accepter la proposition du chef des motards. Pour l'instant, il n'était pas assez évident que les avantages d'un tel marchandage supplantaient ses inconvénients. En accord sur ce point, ils purent revenir à une discussion plus légère.

– Est-ce que mon homme mystérieux a pris sa décision concernant le dodo de cette nuit ? dit-elle en lui effleurant l'avant-bras.

Henrik lui demanda si elle lui garantissait un vol en première classe pour le septième ciel. Léane comprit alors qu'il se moquait de son uniforme d'agente de bord. Elle lui donna une tape. Il rit tout en jetant un coup d'œil furtif vers les musiciens de Léane qui se commandaient un rafraîchissement. Henrik n'avait aucun mal à imaginer qu'un pompier qui se dévoue à combattre des feux ait aussi la pulsion d'en allumer.

– Je devrais pas prendre de vacances cette année, dit tout à coup Léane, mais je réalise à quel point nos deux petits jours ensemble à Cap-à-Nipi va me faire un bien immense.

Henrik l’étreignit davantage et lui chuchota à l’oreille :

– Pourquoi on part pas maintenant ?

– Maintenant ? s’exclama-t-elle.

– Demain, c’est samedi, plaida Henrik. Le 24 décembre en plus. On pourrait peut-être faire une mini-exception à notre train-train pour *vivre*, justement. Non ? En échange, je te promets que lundi, on sera les premiers arrivés au BRE. Le gardien de sécurité croira même pas à ça !

Léane était presque convaincue. Elle sourit tout en se mordant la lèvre inférieure.

– Mais le Skype avec mon capitaine ?

– On le fera de chez ma sœur ou de mon poste, au Cap.

– D’accord, j’imagine qu’on peut s’arranger, songea Léane. Quoi ? On va dormir chez ta sœur ?

– Oui, à moins que ça t’embête. C’est juste que… j’ai plus de maison.

Léane lut un certain dépit sur le visage de l’homme. Elle le rassura sur-le-champ.

– Ça me fait plaisir de rester chez ta sœur. Pourvu qu’on se trouve des moments et des endroits pour faire l’amour. Souvent. Longtemps.

Elle posa un baiser sur la barbe naissante à son menton. Puis elle se rendit auprès de ses musiciens pour les remercier pour cette autre merveilleuse performance sur scène et, bien sûr, leur souhaiter un joyeux Noël. Henrik eut alors l'impression que ces hommes le jugeaient. Il avait remarqué leurs expressions lorsque Léane s'était lovée contre lui. Agissaient-ils en simples « grands frères protecteurs » ou avaient-ils une dent contre lui ? Tandis que Léane terminait sa tournée de vœux, Henrik s'étira le bras vers le comptoir. Avec la rapidité d'un félin, il agrippa deux petits verres à shooter. Il les ferait analyser. Il plaça celui appartenant au grand rouquin dans sa poche droite et celui du petit blond bouclé dans la gauche. Plus tard, il userait de subtilité pour s'enquérir de leurs prénoms auprès de Léane.

– T'es prêt ? lui demanda-t-elle en lui tapant une fesse.

Il ne fallait pas qu'elle le touche trop à la hauteur du bassin, car elle risquerait de détecter les deux verres coincés dans ses poches. Il se mit donc en marche, Léane le suivant.

***

Bienvenue à Cap-à-Nipi : Le secret le mieux gardé de la montagne. C'est du moins ce que la pancarte prétendait à l'entrée du village. Cependant, Léane ne pouvait apprécier le paysage à sa juste valeur puisqu'une pleine noirceur enveloppait les environs. Il était une heure du matin et seul un mince croissant de lune luisait dans un coin du ciel. La Jeep passa tout près d'un pont de bois illuminé par des réverbères, mais Henrik ne l'emprunta pas. Il grimpa plutôt une côte asphaltée bordée de neige. Léane baissa sa fenêtre pour y passer la tête. La blancheur de la neige l'aida à distinguer les reliefs et contrastes de teintes. En observant ainsi le panorama, un adjectif lui vint aussitôt à l'esprit : féerique. Elle remplit ses poumons d'air.

– À ma première visite, j'avais pas remarqué à quel point c'était beau, toutes les maisons de différentes couleurs, à flanc de montagne, de chaque bord du ruisseau.

– C'est beau, mais ça réveille, dit Henrik en redressant son collet.

Le froid avait empli l'habitacle. Léane rigola tout en remontant sa vitre. Ils étaient là, à passer un moment de quiétude, à la campagne, sans savoir qu'à Montréal un quatrième incendie meurtrier faisait courir une quinzaine de pompiers. Toutefois, ce n'était qu'une question de temps avant qu'un coéquipier de Léane ne l'appelle et fasse ainsi tomber le couperet sur ses célébrations des fêtes.

– Y a de la lumière, remarqua Henrik en tournant dans l'entrée, chez sa sœur. Je me doutais bien qu'elle ne se coucherait pas avant de te voir.
– Curieuse ?
– T'as pas idée.

Ils ouvrirent la porte. Astrid cria de joie.

– C'est sa façon de dire : « Salut, je suis contente de te rencontrer », chuchota Henrik.

Les deux filles éclatèrent de rire, juste avant de se souhaiter un joyeux Noël. Henrik retira ses bottes, déposa leurs sacs de voyage près d'un bahut et offrit une accolade à une Astrid encore fébrile.

– C'est très gentil de nous avoir attendus, dit Léane, mais tu dois être fatiguée.
– J'ai pas de bébés, demain, ça fait que je peux veiller.

Léane lui adressa un sourire poli ; elle ne comprenait pas son commentaire. Henrik lui expliqua que sa sœur gérait une garderie. Tout avait du sens à présent. Les tables basses colorées, les coloriages suspendus à une petite corde à linge et les rangements de jouets qui occupaient l'espace. Léane exprima à Astrid toute son admiration envers son rôle éducatif.

– Et sa patience, ajouta Henrik. C'est la meilleure. Moi, je survivrais pas deux secondes.

– T'aimes pas les enfants ? dit Léane.

– J'imagine que j'apprécierais les miens, mais je suis pas trop fan de ceux des autres.

– Christie de vieux grincheux ! le réprimanda sa sœur. Bon, qu'est-ce que je vous sers ? Des biscuits, des crêpes, un bon restant de tarte citron-meringue ?

Léane était enthousiasmée. La sœur d'Henrik était non seulement accueillante, mais aussi, d'une originalité rafraîchissante. Entre les deux filles, c'était un match parfait. Henrik les laissa papoter pendant qu'il apportait les bagages dans leur chambre. Sa sœur avait acheté un nouveau matelas gonflable plus grand et surtout plus confortable. Le lit était déjà fait et deux petites tables pour enfants avaient été dégagées afin de servir de tables de chevet. Il y avait même une lampe à abat-jour pour leur procurer un éclairage feutré. Puisqu'il n'y avait aucun motel au Cap, seulement des gîtes chez l'habitant (des habitants qu'Henrik ne tenait pas à côtoyer au petit-déjeuner), cette chambre de fortune ferait très bien l'affaire. Alors qu'il était occupé à défaire son sac, Léane le surprit par-derrière.

– J'ai le goût de toi, soupira-t-elle en lui effleurant l'entrejambe. Penses-tu que les murs sont assez insonorisés ?

Elle rit tout en le touchant par-dessus ses vêtements. Elle le caressa tout partout, puis s'arrêta.

– Qu'est-ce t'as dans les poches ?

Henrik devint agité.

– Quoi ?

Elle insista pour se rapprocher de lui.

– J'ai senti quelque chose, répéta-t-elle. C'est quoi ?

Les verres à shooter ! Henrik avait oublié de les cacher quelque part en mettant le pied chez sa sœur.

– C'est quoi ? dit-elle en remettant les mains sur son pantalon.

Il recula. Son expression se fit grave et concernée.

– Voyons, s'impatienta Léane. T'es donc bien bizarre tout à coup. Qu'est-ce que t'as à cacher ?

De toutes les situations délicates dans lesquelles il avait déjà été placé, Henrik n'arrivait pas à se souvenir d'une où il avait été aussi démuni. Aucun mensonge futé ne monta à la surface. Aucune astuce brillante ne se profila. Que pouvait-il bredouiller ?

« Désolé, mais je n'ai pas pu m'empêcher de voler les deux verres au Blue Cats, c'est une compulsion, je suis un peu psychotique » ? Léane attendait toujours son explication. Plus le temps filait, plus il avait l'air de chercher un mensonge. Et c'est bien ce qu'il faisait, en effet.

– C'est une habitude d'adolescence, inventa Henrik en exhibant les petits verres. Chaque fois que je prenais un *shot* dans un nouveau bar, je rapportais le verre en souvenir. Ma tablette de chambre était pleine. Je l'ai tellement fait souvent qu'on dirait que je me rends plus compte que je répète encore le geste. Mais très rarement. C'est vraiment imbécile, je l'avoue. C'est plus un réflexe qu'autre chose.

Il les lança dans la poubelle se trouvant dans un coin de la pièce.

– C'est surtout pas super de la part d'un gradé comme toi.

Il voyait bien que Léane n'était pas convaincue à cent pour cent. Elle l'observait d'un œil incrédule. Il était à la fois embarrassé par son propre mensonge puéril et frustré de ne plus savoir à quel musicien appartenait quel verre. Et dire qu'il s'exposait à ce malaise et ce jugement de sa part pour sa protection ! Henrik commençait à aimer cette femme et il était prêt à baisser temporairement dans son estime afin de l’avoir à l’œil, ou plutôt, d’avoir à l’œil les potentielles menaces dans son entourage.

– On ferait peut-être mieux de se coucher, dit-elle en retirant une couche de vêtements.

Elle était maintenant seins nus devant lui. Henrik fondit. Elle lui fit dos pour chercher une camisole au fond de son sac. Elle en pigea une blanche, l’enfila, puis demanda à Henrik le chemin vers la salle de bains. Il le lui indiqua, en espérant un baiser en retour, mais Léane s’engouffra dans l’obscurité du couloir. À son tour de se débarrasser de son chandail et de son jeans. Henrik dormait très souvent nu, mais pas chez sa sœur. Il conserva ainsi son sous-vêtement. Avant de s’allonger sur le matelas, il ne put s’empêcher de repenser à son excuse bidon, à la limite dégradante, pour les verres subtilisés. Mécontent envers lui-même, Henrik se coucha sous les draps, posa la tête sur l’oreiller et échappa un sacre bien appuyé.

CHAPITRE 16

Étrange. À quelques endroits bien particuliers, on décelait au sol des traces circulaires qui s'écoulaient toutes légèrement vers la gauche. Les pompiers pensaient que c'était en raison du dénivelé du plancher. Puisqu'il s'agissait d'une maison bientôt centenaire, elle n'était pas à l'équerre. Ces traces étaient jaunes, noirâtres et visqueuses. Il n'y avait aucune présence de cendres à ces emplacements. Tout laissait croire à un type d'incendie impliquant du liquide. Mais lequel ? Même le capitaine n'en avait aucune idée. Pour l'heure, il se contentait de recueillir les observations faites par son chef d'équipe et les treize pompiers sous les ordres de ce dernier. Toutes les flammes avaient été éteintes et les cadavres, déplacés avec précaution. Les pompiers s'adonnaient maintenant au déblaiement et à la récupération du matériel. Ils auraient préféré se retrouver en famille, en peignoir et pantoufles, autour d'un savoureux brunch de Noël, mais le devoir supplantait les célébrations. Même un 24 décembre.

– Encore une fille ? demanda l'officier de police arrivé sur place le premier.

Le capitaine du Service de sécurité incendie lui confirma le décès d'une jeune femme et d'un bambin, en apparence le sien. Vu la série de crimes du même type depuis le début du mois, les deux hommes convinrent d'appeler l'unité du BRE. C'est Pierre-André qui eut à laisser en plan sa femme et ses enfants, qui réveilla trois de ses coéquipiers et qui se rendit auprès du capitaine afin d'écouter son résumé de la triste situation.

– C'est assez horrible merci, avoua le capitaine en invitant Pierre-André à le suivre dans le salon. Le corps se trouvait ici. Ça semble être des vomissures, dit-il en pointant le sol. Sûrement une mort par asphyxie. Par contre, la victime a perdu beaucoup de sang.

Une considérable flaque de sang brunâtre séché marquait la céramique. Fait étonnant, ce qui semblait être un récipient de plastique était fondu à côté de cette flaque. Les pompiers avaient fait attention lors du déblaiement afin de préserver le tout. Le capitaine pointa alors la porte qui fermait le salon. Elle était endommagée, mais tenait toujours sur ses gonds. Une écriture en sang séché la décorait d'un style funèbre.

– Saloperie, murmura Pierre-André, en découvrant la scène.
– Peut-être que la dame a essayé de dénoncer son assaillant ou son assaillante avant de s'écrouler et de ramper jusqu'à sa mort, dans le coin, là-bas, avança le capitaine.

Pierre-André le remercia pour le travail impeccable réalisé par ses hommes, tout en se disant qu'il préférait attendre d'analyser la scène avec Léane Cohen pour tirer des conclusions.

***

L'arôme de croissants au beurre tout juste sortis du four aida Henrik et Léane à s'éveiller. Les couvertures étaient chaudes. Le sommeil avait été bon. Henrik était donc de bonne humeur… jusqu'à ce qu'il repense à son excuse gênante de la veille. Il s'efforça de feindre la jovialité.

– Bon matin, beauté.

Il posa un baiser sur le cou de son amante, s'enivrant de sa douce odeur. Léane émit un petit grognement de plaisir. Il releva sa camisole et la prit en cuillère, pressant ainsi son torse contre son dos nu. De sa main, il lui effleura la hanche avec douceur. Elle soupira.

– On est bien, non ? chuchota-t-il à son oreille.

Elle hocha la tête sur la taie d'oreiller, paupières closes, sourire angélique aux lèvres.

– J'hésite, mais…

Il marqua une pause. Elle garda les yeux clos, profitant des tendres caresses qu'il lui prodiguait. Il poursuivit :

– J'hésite, mais… je voudrais te dire que… je t'apprécie beaucoup. Vraiment beaucoup.

Elle se retourna vers lui, encadrant son visage de ses deux mains. Le regard de Léane était embrouillé. Il ressentit une grande crainte pendant un instant.

– Fais-moi l'amour, Henrik. Lentement.

Soulagé, il se coucha sur elle. Il passa un pouce sur son front pour écarter une mèche de cheveux et lui prit la bouche avec émotion. Ils firent l'amour en silence, s'enflammant des minces soupirs échappés par moments. Ils atteignirent l'extase en simultané, surexcités par les sensations qui s'étaient décuplées en raison de la lenteur de leurs mouvements. Henrik retomba sur Léane, épuisé, mais comblé.

– Réveillez-vous les paresseux, lança Astrid depuis la cuisine. Votre aubergiste préférée vous a préparé un bon petit déjeuner.

Léane fila sous la douche la première. Dès qu'elle quitta la pièce, Henrik roula hors du matelas gonflable et fit deux trois pas à genoux en direction de la poubelle. Il y recueillit les deux minuscules verres. Où allait-il les cacher ? Dans une de ses paires de bas !

– Mon chum va se joindre à nous, dit Astrid en se pointant dans l'entrebâillement de la porte. J'espère que ça vous… Mais veux-tu bien me dire ce que tu fais là ?!

Henrik était toujours à genoux, en train de dissimuler le deuxième verre dans un bas de sport.

– Je fais rien, la sœur, rien. On peut-tu s'entendre là-dessus ?

Elle le traita d'aliéné et lui dit que la table serait mise sous peu. Il lui promit d'être prêt à temps et surtout dispo à revoir son conjoint Marc. Henrik avait déjà eu droit à son poing viril en plein front, mais celui-ci avait été fort mérité. Bref, tout cela était de l'histoire ancienne. Depuis l'incident, les deux hommes avaient appris à se connaître et à se respecter. Le seul point négatif à la présence d'une quatrième personne à table : beaucoup plus ardu de se sauver afin de confier les verres à shooter aux jumeaux Dupuis.

– J'ai terminé, si tu veux utiliser la douche, lui dit Léane en passant un jeans.

– C'est à quelle heure, donc, ton Skype ?

Léane se figea.

– Oh, bordel !

Cet appel était prévu pour 9 h 45. Il ne restait qu'une vingtaine de minutes.

– C'est peut-être ce matin que je me fais tasser. J'avais presque oublié.

Henrik lui donna un petit coup de poing sur l'épaule afin de l'encourager et lui signifier que tout n'était pas perdu. Elle soupira avec une certaine résignation. Henrik lui pinça une fesse avant de se sauver à la salle de bains. Ce geste enfantin l'amusa tout de même un brin. Après s'être savonné et rincé en vitesse, il sauta dans des vêtements décontractés et se présenta à la cuisine. Léane s'y trouvait déjà. Elle faisait connaissance avec Marc. Il paraissait bien avec sa barbe, sa chemise à carreaux rouges roulée aux avant-bras et son sourire chaleureux.

– On arbore plus que jamais le look *lumber-sexual ?* envoya Henrik en acceptant sa poignée de main.

– On adopte plus que jamais l'attitude sarcastico-suffisante ? répliqua l'homme en prenant la place qui lui revenait à la table, près de son amoureuse.

Henrik sourit. Non sans une note d'humour, Astrid les réprimanda à la manière de la gardienne d'enfants qu'elle était. Puis, tous les quatre partagèrent le déjeuner cuisiné avec soin par Astrid. Tout était délicieux. Sans crier gare, l'heure de la conversation Skype sonna, forçant Léane à se retirer. Astrid la dirigea vers la pièce du fond où était branché son ordinateur. Une fois que la communication fut bien établie avec le capitaine, Astrid revint à la table.

– Faut que je me sauve, chuchota Henrik.

– Quoi ? réagit-elle.

– Pour un quart d'heure seulement. Promis.

– Beau déjeuner des fêtes…

Henrik se fit pardonner en lui expliquant que c'était lié à un dossier archi important et qu'il serait de retour à table dans le temps de le dire ! Sa sœur l'informa alors que Léane ne trouvait plus son téléphone cellulaire. Pourrait-il regarder s'il n'était pas tombé au fond de sa Jeep ? En vitesse, il se faufila vers sa chambre avant de réapparaître avec son étrange paire de bas. Sans ajouter une seule parole, il se vêtit pour l'extérieur et se précipita vers son véhicule. Il fouilla sur et sous les bancs, mais en vain. Il finit par trouver le mobile dans le compartiment de la portière côté passager. Il roula en ligne directe vers les jumeaux Dupuis. Ils n'habitaient qu'à un kilomètre de chez Astrid. Il trouva les deux frères à l'extérieur, en train de faire du déneigement.

– Comment ? plaisanta Henrik. Ça fait de l'exercice physique, ces deux-là ?

Les deux tuques à pompon se relevèrent en même temps.

– Ah ben, batince, lança Danny.
– Si c'est pas notre *buddy*, ajouta Denis.

Ils rirent de bon cœur, puis passèrent à l'intérieur. Ils se réchauffèrent au poêle à bois. Henrik ne perdit pas une seconde.

– Avez-vous trouvé un contact ?
– On a peut-être un nom pour toi, mais c'est pas coulé dans le béton, le prévint Denis.
– Il faut que vous mettiez de la pression sur votre homme, il faut que ça fonctionne, insista Henrik

en haussant le ton. Croyez-moi, c'est vraiment important et ça presse.

Il exhiba les verres à shooter et plaqua une liasse de billets bruns sur la table basse du salon. Les jumeaux se regardèrent. Denis réagit le premier :

– Es-tu rendu fou, toi, criss ?

Voyant qu'Henrik ne disait mot et qu'il continuait de soutenir son regard avec une profonde honnêteté, Denis dégonfla le torse. Ses traits s'adoucirent. Sa voix redevint pondérée :

– Tu nous places dans une position…

Danny expira, tandis que Denis se frictionnait la nuque. L'embarras était évident. Ils n'aimaient pas la situation dans laquelle les mettait leur bon ami.

– C'est qui, votre contact ? demanda Henrik.
– Un vieux *chum* de Gatineau qui travaille maintenant pour le Forensic Laboratory de Winnipeg.
– Si vous êtes trop mal à l'aise, dites à votre *chum* qu'un ami souhaite lui donner un « cadeau » en échange d'un petit service rendu et que vous n'êtes pas au courant *du tout* de la nature dudit cadeau. Obtenez juste ses coordonnées personnelles, pas celles du labo, et je me chargerai du reste.

Ça vous va ? Vous êtes mon seul recours, les gars. Mon seul.

Les jumeaux se dévisagèrent à nouveau, tout en expirant. Henrik les supplia une dernière fois, sans toutefois verser dans la sentimentalité. Il demeura sérieux et sincère envers ses amis. Denis finit par s'exécuter. Après avoir parlementé avec le contact clandestin, il revint avec une adresse. Henrik leur quêta une boîte et les remercia mille fois avant de remonter dans sa Jeep. Il acheminerait le colis dès que possible.

– Déjà de retour ? s'exclama Astrid en l'apercevant à la porte. Quel exploit !

– Réchauffe mon café, au lieu de faire de l'attitude.

Elle l'envoya paître. Mais elle acquiesça à sa demande. Elle l'adorait, après tout. Ils terminèrent de manger les muffins et les scones aux bleuets. Soudain, un téléphone vibra. C'était celui de Léane. Henrik vérifia le numéro entrant. En le reconnaissant, il intima à sa sœur de répondre :

– Jamais de la vie, murmura-t-elle, les dents serrées.

– Si tu m'aimes, tu vas répondre.

Dans quelle galère allait-il l'entraîner ? Elle ne voulait pas être mêlée à des histoires de jalousie ou autre folie émotive du même genre. Elle lui demanda s'il était question d'amants ou d'anciens conjoints. Le cellulaire sonnait toujours. Il ne fallait pas que Léane l'entende.

– Oui, bonjour ?

Astrid patienta un instant.

– Léane, à l'appareil, mentit-elle en grimaçant de gêne.

Toujours pas de réponse. Elle haussa les épaules. Henrik lui arracha le mobile de l'oreille. Il lui fit signe de se taire. Si l'incendiaire osait parler, il devait enregistrer les moindres fluctuations ou intonations de sa voix ou au moins tenter de capter le moindre son en arrière-plan. Tandis que son frère se concentrait sur l'appel, Astrid réalisa que Léane approchait. Elle se mit à gesticuler afin d'alerter Henrik qui raccrocha promptement.

– J'espère que ton patron t'a pas trop malmenée, dit-il en se dressant devant elle.

Elle était plus tendue qu'une corde de guitare.

– Mon capitaine me laisse dix jours avant de rentrer au pays pour reprendre le *lead*. L'affaire est rendue trop complexe. J'ai jamais vécu ça depuis que je suis officière. Ostie de câl…

Léane s'excusa auprès de son hôtesse pour son vocabulaire. Mais celle-ci était habituée aux jurons de son frère. Elle n'en fit donc pas de cas. Généreuse et aidante de nature, Astrid sortit la bouteille de crème irlandaise et en versa une once dans la nouvelle tasse de café brûlant qu'elle venait de tendre à son invitée. Cette dernière la remercia avec autant de gratitude qu'exprimerait une enfant envers le père Noël. Astrid alla offrir le même « remontant » à Marc qui lisait, tranquille, au séjour.

– Une chance qu'on a une belle journée relaxe devant nous, soupira Léane à Henrik. On pourrait aller visiter tes amis ou faire un peu de plein air. As-tu des raquettes ?

Henrik était enchanté. Ce temps des Fêtes serait sans doute son plus agréable à vie. Sans se soucier de sa sœur qui rinçait la vaisselle sale tout en les observant du coin de l'œil, Henrik ramena Léane contre lui pour l'étreindre amoureusement. Astrid coupa l'eau. Elle n'avait jamais vu son frère aussi entiché d'une femme depuis sa houleuse relation avec Eva. Elle en était très heureuse. Et rassurée.

– Non seulement j'ai des raquettes, mais j'ai accès à un chalet de bois rond que tu devrais ador…

Une sonnerie trop familière vint gâcher la magie. Henrik avait peur qu'il s'agisse à nouveau du criminel pervers. Tout son être se crispa. De son côté, Léane avait un tout autre pressentiment… Elle craignait que son supérieur n'ait pas réfléchi une seconde fois à la situation et qu'il ait déjà sauté à bord du premier avion pour venir la rétrograder. Léane répondit *illico*. Elle écouta attentivement la voix masculine qui venait briser le calme de cette seule et unique journée de congé. Au bout d'une minute ou deux, elle appuya sur un bouton tout en expirant. Henrik attendait une annonce-choc de sa part. Il fut servi.

– C'était Pierre-André, après trois appels ratés. On a un nouveau brasier et une nouvelle fille morte. Tout ce que j'avais demandé sur ma liste de cadeaux.

Astrid fit une moue de dédain. Léane s'excusa pour les lugubres détails.

– Faut que je retourne en ville, enchaîna-t-elle, un trémolo dans la voix.

– Pas déjà ? dit Henrik, déçu. Ton équipe peut pas tenir le fort jusqu'à demain ?

– Je peux pas me permettre d'être absente, Henrik. Pas après le Skype de ce matin.

– Non, c'est vrai, t'as raison, admit-il, tout en secouant la tête comme pour chasser son désenchantement passager.

Léane se réfugia dans la chambre pour préparer son sac. Henrik lui emboîta le pas. Il ne voulait pas qu'elle rentre seule à Montréal. Pas avec cette nouvelle manifestation du pyromane. Ce dernier se tenait trop près d'elle, encore. À travers les respirations à peine audibles du dérangé, Henrik avait perçu un bruit lointain. Il n'était pas convaincu de sa nature exacte, mais savait qu'il s'apparentait à une sirène. Elle lui avait fait penser à celle d'un navire.

– Je vais retourner à Montréal avec toi, dit-il.

– Non, non, non. J'insiste pour que tu passes le week-end avec ta sœur. Tu peux pas la laisser tomber juste avant le réveillon !

– Y a peu de chances que je t'écoute, mais si jamais je le fais, tu prévois rentrer de quelle façon ?

Léger détail auquel elle n'avait pas songé. Elle était si habituée à se déplacer partout avec sa propre voiture qu'elle avait oublié qu'Henrik était son chauffeur désigné pour le congé.

– J'imagine que les autobus se font rares, le 24 décembre, à Cap-à-Nipi ?

Voilà une question rhétorique. Léane referma son sac de voyage, puis elle aida Henrik à faire le sien. Aussitôt arrivés, aussitôt repartis, non sans les salutations penaudes d'Astrid.

Le trajet du retour se déroula dans l'angoisse et la spéculation. Léane espérait le mieux, mais s'attendait au pire. D'ordinaire, les criminels violents, à tendance psychotique, commettent des actes d'une horreur croissante. Ils se rendirent directement sur les lieux du sinistre.

– Le GPS nous dit de tourner à droite à la prochaine rue, juste-là, pointa Léane tandis qu'Henrik activait son clignotant.

Ils empruntèrent la rue indiquée par l'appareil. Elle était achalandée d'autopatrouilles, de camions de pompiers et de camions-satellites, propriétés de chaînes de télévision. Lorsque Léane s'aventura sur le trottoir mal déblayé, chaussée de bottes à talons, elle passa près de s'étaler de tout son long. Henrik la redressa à temps, remercié par une pluie de blasphèmes. Il sourit. Pierre-André se présenta à eux.

– Va au camion-scène, dit-il à Léane. J'ai pensé à ton *bunker suit*.

Elle leva des mains reconnaissantes au ciel. Pendant ce temps, Henrik demanda un résumé de la situation aux experts qui étaient en poste depuis des heures. Henrik fut ensuite en mesure de corroborer les faits entendus avec ceux recensés par Pierre-André. C'est ainsi qu'ils purent mettre leurs constats et intuitions au diapason. Pierre-André en profita pour confirmer à Henrik qu'une analyse de salive et d'empreintes digitales était bel et bien enclenchée, du côté de Lucien et de ses subalternes. C'était pour le contenu de l'enveloppe Xpresspost qu'il lui avait envoyée de Charlevoix. Excellent. Léane réapparut, casque sous le bras et combinaison de rechange dans la main.

– Tiens, enfile ça. Je voudrais pas que tu salisses ton beau manteau.

Henrik s'exécuta. Un technicien, qui s'apprêtait à quitter la scène, lui prêta un casque protecteur. Les trois policiers franchirent le périmètre de sécurité puis s'acheminèrent vers le vestibule du domicile. Ils observèrent un moment de silence, de façon naturelle et spontanée, tout en s'aventurant parmi les décombres.

– Quand les pompiers sont arrivés, ils ont constaté un embrasement généralisé. Ils sont tout de suite passés en mode offensif parce que le voisin leur a affirmé qu'il y avait des personnes à l'intérieur.

Pierre-André s'avança vers un large encadrement de porte donnant sur le salon.

– La fille était juste là, déclara-t-il en pointant l'emplacement. Je vais te laisser faire le tour par toi-même, Lélé. Moi, j'ai jamais rien vu de pareil.

Léane se positionna tout près du lieu de décès et tenta de revivre l'instant. Pour sa part, Henrik pivotait tranquillement au milieu de la pièce afin d'en obtenir une vue panoramique. Son regard était différent, maintenant. Tout ce qu'il souhaitait voir était un détail qui évoquerait la personnalité d'un homme de l'entourage de Léane. À commencer par cette inscription macabre tracée sur la porte.

– C'est écrit en lettres attachées, murmura-t-il.

Léane venait elle aussi de lire la phrase. Elle s'approcha d'Henrik.

– Qu'est-ce que tu disais ?
– Des lettres attachées. Je me dis qu'il faut être crissement intellectuel comme tueur pour s'obliger à écrire en cursives quand la seule encre que t'as en ta possession c'est du sang humain.
– Un intellectuel ou peut-être une fille ? Comme notre victime ? Va falloir que j'analyse le corps pour voir si elle était en état d'écrire avec son propre sang avant de mourir dans le coin. Vite comme ça, je trouve l'idée un peu abracadabrante, mais tout est possible avec une victime terrorisée qui sent sa mort approcher.

Léane se retourna vers le mur où se trouvait la cheminée. Elle s'y pencha. Aucun feu de foyer n'avait été allumé depuis un certain temps ; les cendres étaient très pâles et en faible quantité. Elle s'agenouilla pour observer le sol de près.

– J'ai jamais vu ça moi non plus, dit-elle, fascinée.

Elle compta cinq ronds formés d'un mystérieux matériau liquéfié. Tandis qu'elle touchait et sentait l'un de ces ronds, Henrik continuait de fixer l'inscription en sang séché. Qui pouvait bien avoir écrit : « Je t'aime. Meurs aussi pour moi » ? C'était troublant.

CHAPITRE 17

Était-ce le même pyromane ? Après tout, il n'y avait aucune apparence de graffiti sur la scène. S'il s'agissait du même individu, quel était son subterfuge, cette fois ? Quels messages tordus devait-on lire dans ce nouveau chapitre qu'il avait amorcé ? Si les trois derniers cas avaient été plutôt faciles à décoder, celui-ci s'annonçait compliqué. Toute la journée et la soirée du dimanche furent d'ailleurs consacrées aux photos, croquis et scellés des vingt-trois éléments de preuve qui, sur la scène, avaient été identifiés par des plaquettes jaunes ornées de chiffres et de lettres. Un travail de longue haleine, une tâche qui ne tolérait aucun raccourci. Pendant que Léane et son équipe s'y dévouaient, le capitaine du Service de sécurité incendie préféra aller cogiter l'affaire, chez lui, bien installé dans son fauteuil inclinable. Mais que pouvaient bien être ces cinq traces circulaires et collantes imprégnées sur la céramique ? Au cours de ses trente années d'expérience, il croyait avoir tout vu : butane, polis à métaux, glycérine, éther, phosphore, benzène… poudre à fusil, même ! Dans le présent cas, ce qui le chicotait était la dimension de ces cercles : 7,6 cm de diamètre. Aussi précis que cela. Les mesures exactes étaient primordiales. Rien, dans cette analyse, ne devait être laissé au hasard.

– Mettrais-tu une autre bûche dans le foyer, mon petit chéri ?

La voix venait de la pièce d'à côté. Sa compagne des trente dernières années. Le pompier s'extirpa de son fauteuil avec peine. Ses articulations le faisaient souffrir aujourd'hui. Il mit cela sur le dos de la neige mouillée. Ah, l'humidité… Il traîna les pieds jusqu'au foyer. Il remua les tisons et déposa deux grosses bûches de merisier, l'une par-dessus l'autre. Il se réconforta de l'odeur et de la chaleur qui se dégageaient de l'âtre. Il n'y a rien de comparable à l'arôme du bois franc qui émane d'une vieille cheminée.

– Trouves-tu que notre merisier est moins sec que l'an passé ? lança-t-il à son épouse.
– Les bûches sont grosses. T'aurais peut-être dû les fendre plus minces ? En tout cas, on le saura pour l'année prochaine.

À ces mots, le capitaine eut une illumination. Il claudiqua vers ses clés et salua sa femme, sans plus d'explication. Son véhicule recula en vitesse dans l'entrée asphaltée.

***

Lundi matin. Éloi Robitaille n'était pas censé passer au bureau avant de se diriger vers le palais de justice de Drummondville. Il devait témoigner dans un procès prévu dans moins de deux heures, mais il avait oublié son iPad. Il entra en coup de vent dans l'immeuble, fonça vers son bureau et prit l'appareil sous son bras avant de faire le trajet en sens inverse. Sa secrétaire le rattrapa au pas de course perchée sur ses instables talons aiguilles.

– Attends, attends, je voulais te montrer ça avant que tu partes, haleta la femme en brandissant un courriel imprimé.

Éloi le consulta. Son visage changea.

– T'es pas censé être le graphologue-ressource de Léane ? demanda-t-elle.

Le graphologue écumait de colère.

– Préfères-tu que je vérifie avec Léane pourquoi elle a demandé les services de Céline ? dit la secrétaire, incertaine. Ou je transfère le tout à Céline ?

Éloi regarda le papier de plus près. Date et heure de transmission : 25 décembre, 23 h 57. Adresse de l'expéditeur : <henrik.hansen@surete.qc.ca>. Il chiffonna la feuille et la lança aux pieds de sa secrétaire. Il s'éloigna tout en jurant d'une voix tonitruante. Saisie, la secrétaire hésita un instant avant d'agir. Elle ramassa ensuite la boule de papier pour la déplier et la remettre, dès son arrivée, à l'autre graphologue du cabinet.

***

Pour la troisième journée consécutive, Léane était de retour sur la nouvelle scène de crime. Accroupie au milieu du salon, elle regardait tout autour d'elle, pour la énième fois. Et si le chef des pompiers avait raison ?

– Hey, Pat, viendrais-tu ici une minute ?

La technicienne s'approcha.

– Peux-tu faire le tour de la maison pour voir si notre victime avait un entreposage de bûches écologiques ? Peut-être dans le tambour… ou dans le cabanon…

Plus Léane y réfléchissait, plus elle y croyait. Le capitaine lui avait mentionné que contrairement au bois naturel, les bûches écologiques ne laissaient pas de cendres. Certaines matières chimiques, entrant dans leur composition, finissaient par se liquéfier au bout d'une heure. Toutefois, lorsqu'elles étaient cassées en morceaux ou sciées en rondins plutôt minces, elles se consumaient beaucoup plus vite. Puisque les piles des deux avertisseurs de fumée avaient été retirées au préalable, comme dans le cas de la deuxième victime, il était donc possible que les rondins aient eu le temps de se désintégrer avant que les voisins ne soient alarmés et que les pompiers n'étouffent entièrement le brasier. Tandis que Léane cogitait, Patricia réapparut, le souffle court.

– J'ai trouvé une boîte de bûches écologiques dans l'espace de rangement en treillis sous la galerie. Regarde, dit-elle en lui montrant des photos.

Génial. Léane la remercia. La thèse du pompier semblait se confirmer. Il ne manquait que l'étude des substances chimiques dans les empreintes circulaires au sol. Le laboratoire s'en occuperait. Une première depuis le début de son enquête, ils n'avaient pas retrouvé de profil tagué au pochoir. Or, pour l'instant, Léane n'avait pas envie de considérer que cet incendiaire pouvait être un autre individu. Surtout que la jeune femme travaillait comme caissière dans un magasin de prêts sur gages appartenant au cousin de la première victime. Elle faisait donc partie du même réseau. Léane effectua un autre tour de l'habitation. À la fin de sa visite, elle se rédigea une note au stylo : « J'ai insulté le pyromane en insinuant qu'il y avait un apprenti dans le décor lors du point presse. Pour me prouver qu'il n'est pas un débutant, il a abandonné l'art rétro pour une signature plus mature et surtout plus *gore*. » Léane revint au salon et s'approcha de l'inscription de sang séché. Avec son cellulaire, elle prit un plan rapproché d'une lettre. Elle transféra la photo à Henrik et lui adressa aussi le message suivant : « Pourrais-tu acheter des bûches écologiques pour faire quelques tests maison ? ». Enfin, elle monta à bord de son auto pour filer au labo. Elle avait quelques points précis à discuter avec la pathologiste qui avait été saisie de l'autopsie de « la fille au sang ».

***

– Docteure Jordan, bonjour, salua Léane. Merci de me recevoir. Je suis heureuse de collaborer avec vous pour la première fois.

– Pareillement, lieutenante. Suivez-moi.

La pathologiste la guida à travers les couloirs de la morgue avant de se retrouver face à un écriteau où il était inscrit : « SALLES 1 – 2 – 3 ». Toutes deux pénétrèrent dans une salle équipée de comptoirs, d'armoires et de tables en acier inoxydable. Le mélange de métal, de lumière fluorescente et d'odeur de chair mi-carbonisée mi-putréfiée, rappelant celle des égouts, eut son impact sur Léane.

Elle ferma les yeux quelques secondes pour mieux se conditionner à respirer par la bouche. Avant de se concentrer sur le corps calciné qui reposait sur la table centrale, Léane tenta l'humour pour dissimuler son malaise :

– Tout le monde doit vous demander si vous avez un lien de parenté avec Michael Jordan.

La pathologiste lui présenta un faciès caustique.

– Autant de fois qu'on doit vous demander si c'est votre père qui a écrit *Hallelluja*, madame Cohen.

– Ha ! ha ! Touché. Bon, notre pauvre fille, maintenant, dit Léane en se penchant au-dessus de la table d'autopsie. Avez-vous progressé ?

La docteure lui avoua que son rapport d'expertise était incomplet. Si une autopsie régulière prenait en moyenne une heure, la présente en avait demandé le triple, en raison des dommages causés par les flammes. Mais le caractère incomplet de la procédure n'était pas uniquement dû au facteur temps.

– Avez-vous vu la blessure ?

– J'en ai noté une à la hauteur de la nuque, dit Léane. C'est de celle-là que vous voulez parler ?

– Tout à fait. Regardez les marques aux vertèbres cervicales. Elles nous indiquent que la victime a reçu au moins un coup de couteau latéral. C'était une lame d'environ trois centimètres de largeur. On peut voir que la moelle épinière a été atteinte.

Léane s'inclina davantage pour scruter le cadavre. La plaie laissait entrevoir l'intérieur de la nuque jusqu'à colonne vertébrale. La peau des épaules et du dos avait une apparence laquée. Elle était jaune, luisante et couverte de larges plaques noires.

– J'aimerais obtenir l'opinion plus poussée d'un neuropathologiste avant de donner mes conclusions.

Bien qu'occupée à inspecter la blessure, Léane venait de comprendre ce que cela signifiait. C'est alors qu'elle vécut le genre d'épiphanie dont tout policier enlisé dans une enquête rêve. Surexcitée, elle déclara :

– Si la moelle épinière était endommagée, ça prouverait que ma victime était incapable de se traîner d'un bord à l'autre de la pièce.

– Voilà.

– Encore moins capable de lever le bras pour écrire avec son sang. Donc, l'avis du neuropathologiste pourrait dicter avec précision l'ordre des événements. Ah ! c'est parfait, docteure Jordan, foutrement parfait ! Oups, pardon, dit-elle en retrouvant son flegme.

L'experte ne lui en tint pas rigueur. Les deux femmes discutèrent ensuite des différentes possibilités. Elles s'entendirent sur le fait qu'en identifiant la personne qui avait tracé les lettres, cela changerait du tout au tout l'interprétation du message et donc de son intention. La déclaration « Je t'aime. Meurs aussi pour moi. » ne résonnait pas aux oreilles de Léane de la même façon si elle était prononcée par un homme psychopathe ou par une femme sur le point de rendre l'âme. Après avoir approuvé la démarche du médecin légiste auprès du neuropathologiste, Léane s'escorta elle-même jusqu'à la sortie. Elle passa se prendre des biscuits aux noix de macadam à sa boutique préférée et se rendit ensuite à son domicile, qu'elle avait peu visité ces derniers jours. Après avoir pris un bain, elle savoura son thé devant le téléviseur. Elle était encouragée par la nouvelle énergie insufflée à son investigation. Il y avait de l'espoir. Léane éviterait peut-être même le retour précipité du grand patron. Motivée, elle se releva de son fauteuil et emprunta le corridor qui menait à son plus proche voisin de palier. Elle s'excusa de sa demande un peu loufoque. Le voisin hésita, puis finit par accepter et c'est avec un appareil sur les bras qu'elle retourna chez elle. Une fois tous les fils bien branchés, elle y inséra un certain DVD. Elle se rassit dans son fauteuil pour entamer son sac de biscuits, prête à visionner l'interrogatoire d'Eva Beck.

***

Le contact des jumeaux Dupuis au Forensic Laboratory à Winnipeg était plutôt remarquable. Il avait déjà analysé les verres à shooter et avait entré ses résultats dans la Banque nationale de données génétiques. Tout cela, à travers cantiques de Noël, pointes de pâté à la viande et rasades de lait de poule. Malheureusement, la banque de données n'avait permis d'établir aucune concordance avec les deux séquences analysées. Henrik était désappointé, mais s'était attendu à une telle conclusion. Les probabilités étaient minces dès le départ. Cependant, les empreintes digitales relevées par son contact avaient allumé une lumière en lui. Avant leur embauche, les pompiers de la ville de Montréal doivent se soumettre à une enquête de sécurité au cours de laquelle leurs empreintes sont prises. Si des empreintes étaient donc trouvées sur l'enveloppe sans timbre de Charlevoix, Henrik pourrait manigancer une façon de les comparer à celles des musiciens-pompiers de Léane, qui étaient répertoriées dans leur dossier d'embauche.

Soucieux de faire vivre à Léane au moins une soirée de soi-disant vacances, Henrik passa chez un traiteur pour y prendre de bons plats cuisinés ainsi qu'un dessert décadent avant de se rendre chez elle. Il s'était mis sur son trente et un (il l'espérait, du moins), et s'était à peine aminci la barbe, comme Léane semblait l'apprécier. Il avait envie de communier avec elle. Il voulait se fondre en elle et y rester. Nus, l'un contre l'autre, et le plus longtemps possible. En fait, plus il s'approchait du condo de l'enquêtrice, plus son désir s'accentuait. Cette femme était enivrante. Il était très conscient de la chance immense qu'il avait d'être tombé sur elle après l'incarcération d'Eva… Sur cette pensée, il leva le poing pour frapper à sa porte. Léane lui ouvrit dans les secondes qui suivirent. Elle paraissait enragée. Henrik ne reçut pas le baiser espéré. Il entra.

– Je suis en furie, lança-t-elle en lui pointant le téléviseur.

Une image était figée à l'écran. Elle était sans équivoque. On y voyait Eva Beck assise à une table en face d'Henrik. C'était l'interrogatoire maudit, celui-là même que Léane ne devait jamais voir. Henrik sentit le sang quitter son visage et ses mains s'engourdir. La pièce se mit à tourner. C'était le début de la fin.

– C'est… c'est complexe à expliquer, bredouilla-t-il d'une voix faible.

– C'est pas complexe du tout, sacréfice, ragea-t-elle en parcourant le salon. Je vais te l'expliquer, moi, et je vais te l'expliquer en deux secondes et quart !

Henrik déglutit. Son corps se couvrit de sueur. Tenant toujours les sacs du traiteur dans ses mains, il les déposa doucement au sol tout en plissant les paupières. Il sentit une douleur mentale l'assaillir.

– Le karma est contre moi, dit-elle, à bout de nerfs. Le criss de karma ! Depuis le début de cette enquête-là, TOUT joue contre moi. On dirait que rien n'est facile, tout fout le camp à tout instant. Regarde la vidéo. Regarde-la !

Henrik sursauta. Contraint, il tourna la tête vers l'écran.

– L'image s'arrête là ! Je peux même pas visionner le reste de l'interrogatoire parce que le disque est *grafigné*. Peux-tu le croire ?

Long et profond soupir intérieur de soulagement. Henrik n'était pas convaincu que l'égratignure qu'il avait faite au disque à l'aide de sa clé de voiture se montrerait efficace. Cette rainure avait été une impulsion de dernier recours. Un second vertige s'empara de lui. La providence lui avait souri, *in extremis*. Il s'échoua sur le divan, aux côtés d'une Léane maintenant méditative.

– Je voulais revoir chaque réaction faciale de Beck pendant l'interrogatoire, mais là, ça va *encore* devoir attendre. Le problème, c'est que mon temps s'écoule vite. Je suis sur l'ostie de respirateur artificiel.

Henrik ne l'avait jamais entendue jurer autant de fois, en si peu de phrases. Son exaspération avait atteint un nouveau sommet. Henrik mit de côté ses propres préoccupations et ses désirs de sensualité pour retrouver un esprit analytique de circonstance. C'était d'ailleurs sa principale raison d'être dans cette enquête. Qu'il agisse en conséquence.

– Y a peut-être un parallèle à dresser entre notre cas et certaines histoires de meurtres sordides. Prends le plus récent tueur en série canadien, par exemple.
– Qui ? Robert Pickton ?

Henrik lui laissa le temps de poursuivre la réflexion en silence. Après avoir mis les entrées au four, les plats principaux au frigo et le vin dans la carafe qu'il avait trouvée sur le comptoir de granit, il revint au divan pour reprendre la discussion.

– Récapitulons. Les victimes de Pickton étaient…
– Des prostituées.
– Certaines étaient aussi autochtones.

Léane cogita avec plus d'ardeur. Elle enchaîna :

– Sofyane m'a déjà indiqué que les tueurs en série ont soit une obsession, soit un mépris envers un type précis de filles. C'est l'un ou l'autre.

– Pour Robert Pickton, c'était une forme de mépris ou du moins d'indifférence inhumaine, répliqua Henrik. Comme si c'étaient des moins que rien. Des simples déchets à mettre au chemin. Les gars comme Pickton se disent qu'ils font le ménage. Que personne va mettre beaucoup d'effort à rechercher ces filles-là ou que peu de gens vont ressentir une profonde empathie quant à leur décès, dit-il d'un ton songeur. C'est peut-être la même chose pour nos filles, qui traînaient avec des fraudeuses, des danseuses ou des revendeuses.

Léane venait peut-être de comprendre pourquoi le pyromane avait choisi ce « public » cible. Ce n'était pas une vengeance stratégique, comme l'auraient fait les motards. L'assassin faisait peut-être le ménage. Dans son esprit malade, sans doute croyait-il débarrasser la société de causes perdues, de futures traînées… et même d'une femme qui leur accordait trop d'importance, c'est-à-dire elle-même ! Bien que cela soit glauque, un sourire naquit sur le visage de Léane. Voilà une excellente hypothèse de campée. Léane dévia alors la conversation vers les tests à mener sur les bûches écologiques. Elle avait hâte au lendemain matin pour pouvoir les réaliser. Henrik se souvint qu'il avait laissé les bûches dans sa Jeep. Il sauta dans ses bottes et demanda à Léane de bien vouloir surveiller le four pendant sa brève absence. Elle dressa la table, baissa un peu les lumières et sortit du four les *arancini* bien dorés. Elle réduisit ensuite la chaleur sous la sauce tomate-basilic qui accompagnerait les croquettes de riz au parmesan. Devant la vitre réfléchissante du four à micro-ondes, elle vérifia son *look* et remit une touche de *gloss*. Elle lança ensuite une musique d'ambiance.

Dans le stationnement intérieur, Henrik distingua une silhouette familière. C'était celle d'Éloi Robitaille qui marchait en direction de la cage d'escalier. Pire visite. Pire visite au pire moment. Henrik ne voulait surtout pas revivre l'épisode de l'ascenseur, car cette fois, il serait tenté de frapper le premier. Plutôt que de s'exposer à un tel scénario, il usa de toute sa maturité pour patienter, tranquille dans son auto chauffée. Il attendrait que l'homme reparte, ce qui prit un peu moins d'une dizaine de minutes. Soit Éloi avait été expéditif, soit Léane s'était montrée inhospitalière. Henrik se dépêcha de remonter au condo.

– Ah, t'es là ? dit Léane en se jetant sur lui. J'avais hâte que tu reviennes.

Elle lui soutira une longue, très longue étreinte. Henrik retrouva d'emblée toutes ses envies pour elle. Mais d'abord, il devait assouvir sa curiosité. Que s'était-il passé ou dit au cours des dernières minutes ? Pourquoi Léane lui semblait-elle si fragile, tout à coup ? C'est alors qu'elle se jeta sur ses lèvres.

– Le souper peut attendre, lui susurra-t-elle.

Henrik se laissa entraîner vers la chambre, mais décida d'appliquer les freins une fois arrivé près du lit. Il était clair qu'elle voulait s'étourdir dans des ébats sensuels plutôt que d'affronter une situation.

– Je veux pas gâcher le *party*, mais je dois t'avouer que j'ai vu Éloi monter ici.

Léane se laissa tomber sur un ottoman. Elle lui apparut soudain plus délicate.

– Tu peux me dire de me mêler de mes affaires, aussi. Je suis capable de le prendre, dit Henrik, posé. Moi, je veux juste que tu sois bien et, en ce moment, t'as pas l'air bien. Du moins, t'es différente.

Elle réfléchit. Elle hésita.

– C'est rien, souffla-t-elle. C'est juste Éloi qui faisait son Éloi. Embrasse-moi.
– Avec plaisir. Mais après.

Il s'assit à son tour, posant une main affectueuse sur la cuisse de la femme. Elle comprit qu'il n'abandonnerait pas.

– Il vient d'apprendre qu'on a refilé à Céline l'analyse graphologique du message sanglant. Ça, additionné à notre rupture et à ta simple existence, l'a mis à bout. Je l'ai jamais vu aussi émotif.
– Émotif triste ou émotif fâché ?
– Émotif qui fait peur.

Henrik ne trouva pas cette remarque agréable. Il dut retenir une réaction enflammée au tréfonds de lui-même. La dernière chose dont Léane avait besoin, c'était d'un autre homme colérique. Il inspira et expira. Une fois plus réceptif, il l'incita à se confier sur ce qui s'était passé. Elle lui raconta, non sans gêne, qu'Éloi l'avait invectivée sans relâche, en criant d'une voix vicieuse, pour ensuite la coincer contre le mur, tout en forçant sa bouche sur la sienne. Henrik sentait un hurlement secouer son intérieur, mais il demeura calme et tendre en surface. Il serra Léane avec douceur. Il s'excusa, en tant qu'homme, pour tous les irrespectueux de l'acabit d'Éloi Robitaille et colla un baiser sur sa chevelure. Les bras d'Henrik étaient enveloppants. Elle lui exprima son désir à nouveau, mais cette fois, sans précipitation.

– Laisse-moi deux petites secondes et je te reviens, dit-il en lui caressant le visage. Pendant ce temps-là, tu devrais m'attendre sous les draps.

Léane avait un air angélique. Henrik la trouva magnifique. Il se rendit vite à la salle de bains pour s'y enfermer. Il n'avait aucun besoin physiologique pressant. S'il s'était réfugié aux toilettes, c'était pour fouiller tous les tiroirs, armoires et contenants présents. Cet enfoiré d'Éloi ne s'en tirerait pas. Henrik trouverait un objet d'usage personnel lui appartenant et le soumettrait au même analyste clandestin que les verres. Ce faisant, il souhaitait passer sous le radar. Éviter le système. Cette enquête n'en était pas une comme les autres. Trop d'éléments personnels s'y étaient immiscés. Du côté de Léane et du sien. Il tenait à garder une longueur d'avance sur tout le monde. Tout en s'efforçant de ne faire aucun tapage, Henrik passa le mobilier au peigne fin. Il ne trouva rien. Le temps filait. Il aventura la main dans la poubelle. Papiers de gomme à mâcher, emballage de cosmétiques, étiquettes de vêtements… et une plaquette vide de pilules anticonceptionnelles. Rassurant. Il secoua à nouveau le contenu de la corbeille et n'y dénicha rien d'intéressant, sauf un rasoir jetable sous quelques mouchoirs. Le manche du rasoir était en plastique bleu marine. Il était probable que ce rasoir ait appartenu à Léane, mais la couleur plus masculine suggérait le contraire. Bref, c'était sa seule et unique trouvaille… Il enroula le rasoir dans du papier hygiénique propre et l'inséra dans sa poche arrière. Ensuite, il retourna à la chambre. Léane était encore plus splendide ainsi allongée sous la couverture, la poitrine à peine dévoilée. Henrik se dévêtit sans la quitter des yeux.

CHAPITRE 18

Au matin, après s'être cajolés sous les couvertures, les deux tourtereaux s'étaient levés pour se doucher et prendre un jus de fruits et un muffin anglais. Dès leur arrivée au Bureau régional, ils s'étaient concentrés sur leurs tests de bûches écologiques.

– Attends, je vais mettre une protection sous la cuve, dit Léane en se redressant.

Elle étala une vieille bâche, y déposa la cuve métallique et tendit une sciotte à Henrik. Ce dernier scia une des bûches écologiques en plusieurs rondins quasi égaux. Léane lui passa un carton d'allumettes courtes, une boîte d'allumettes longues et un briquet. Henrik testa les trois méthodes d'allumage.

– Ayoye donc, câlisse de tab… grinça-t-il en secouant les doigts. C'est pas allumable, ces foutues bûches-là !

Léane courut alors vers une boîte dans laquelle elle fourragea sans délicatesse. Elle revint avec un briquet au butane, doté d'un long embout, servant à allumer les briquettes d'un barbecue. Henrik refit un test qui finit par se révéler concluant. Des flammes naquirent sur les rondelles.

– C'était long, fit remarquer Henrik.

– C'est donc probable que notre gars se soit brûlé un doigt.

– Probable. Mais si c'est un pro, il a dû s'entraîner pour éviter de se blesser et d'en sacrer un méchant coup comme moi !

Léane réfléchit à cette probabilité, ainsi qu'à la planification de sa journée.

– Je vais mettre quelqu'un sur les achats de briquets et de bûches écologiques dans les quincailleries avoisinantes de la résidence de la victime.

– Oublie pas le Vieux-Port, lui rappela Henrik. Les appels anonymes provenaient de ce coin-là.

– Vrai. Je vais aussi interviewer, avec Pierre-André, les quelques personnes qui viennent de nous donner des infos sur la ligne 1-800. Pourrais-tu t'occuper de l'inscription sanglante, pendant ce temps-là ?

– Avec plaisir, ma chér…

Il s'arrêta, craignant que le sobriquet affectueux ne l'embarrasse.

– Vas-y, dis-le, sourit-elle en lui enlaçant le cou. Je suis prête à l'entendre, ton petit mot doux.

Henrik posa un baiser sur son nez, puis sur sa bouche.

– Avec plaisir, ma chérie.

À son tour, Léane l'embrassa.

– Je commence à tomber en amour, lui murmura-t-il alors.

Léane se pencha en arrière, les bras toujours noués autour de son cou. Elle ne s'était pas attendue à recevoir une telle déclaration.

– Je t'aime, répéta-t-il, assumé.

Bouche bée, elle le fixait sans ciller, tel un sujet sous hypnose. Il l'enlaça avec affection. Il n'attendait pas de réponse de sa part, son « je t'aime » n'étant pas une interrogation. Il se doutait qu'elle n'était pas du genre à s'attacher au premier venu. Et c'était bien correct ainsi. Henrik se gâta d'un dernier baiser avant de partir. Il la laissa sans voix, sur la vieille bâche usée.

***

Le seul neuropathologiste disponible dans un délai aussi court était un immigrant, débarqué au pays trois mois auparavant, mais fort réputé dans sa Syrie d'origine. Au niveau du français écrit, il ne maîtrisait que les expressions dites « touristiques », ce qui n'était toutefois pas un problème puisque la docteure Jordan et la lieutenante Cohen étaient parfaitement bilingues. Ce qui primait, c'était son expertise quant à la blessure à la nuque de leur plus récente victime. Peu importait que cette expertise soit en français, en anglais, en syrien ou même en araméen ! Lorsque les papiers tant attendus atterrirent sur le bureau du médecin légiste, les premières présomptions furent confirmées. Quelqu'un avait lacéré si violemment la nuque de la victime que sa moelle épinière avait été sectionnée. La victime aurait donc été incapable de se déplacer jusqu'au mur près de la porte, d'écrire un message avec son sang et de revenir mourir au pied de la cheminée. Cela signifiait qu'une autre personne, sans doute la responsable du coup de couteau, avait tracé avec le sang de la victime la lugubre phrase. Ce « Je t'aime. Meurs aussi pour moi. » était maintenant le cri du cœur d'un homme déviant envers une femme.

***

Heureux, voire libéré, d'une certaine façon, Henrik se rendit sur les lieux de l'incendie. Il passa même la bande jaune de délimitation en sifflotant un des succès radio de l'heure. L'unique technicien sur place le trouva particulièrement enthousiaste.

– Avez-vous un nouveau résultat, sergent Hansen ? dit le jeune homme.

– Non, pourquoi ?

– Je sais pas. Ça doit être vos dents éblouissantes ou la chanson pop que vous fredonnez, plaisanta-t-il.

– Disons que je suis comblé dans ma vie, mais frustré dans mon enquête.

Le technicien rit, puis sortit un minuscule grattoir, de longs cotons-tiges, des tubes et une bouteille. Il expliqua à Henrik que Léane Cohen avait commandé plus d'analyses sanguines de l'inscription. Elle voulait s'assurer qu'il ne s'agissait que du sang de la victime et non un mélange de deux formules sanguines. Le technicien se mit donc à gratter avec parcimonie une infime partie de chacune des vingt-quatre lettres. Pendant qu'il s'exécutait, Henrik fit quelques pas en arrière pour observer le message dans sa globalité. Il n'en revenait toujours pas de ces lettres attachées ! Quel désaxé tenait mordicus à soigner sa calligraphie alors qu'il venait de poignarder une fille et qu'un brasier mortel s'intensifiait derrière lui ? Il aurait pu y laisser sa vie. Puisque Henrik rêvait d'amener le salopard au banc des accusés, il était ravi que son manège ne l'ait pas tué.

– Navrée de vous déranger, messieurs, dit alors une voix nasillarde.

Les deux hommes se retournèrent. La dame, qui avait été escortée par une policière, contournait le matériel au sol, du bout de ses bottes dispendieuses, en prenant bien soin de relever son manteau de fourrure. Elle présenta un visage trop maquillé. C'était le visage de l'ultime confiance, semblable à celui d'une courtière immobilière qui vient de conclure sa plus prestigieuse vente.

– Céline Bastarache, graphologue.

Après l'avoir saluée de la tête, le technicien se pencha sur sa boîte d'éprouvettes. Henrik fut ainsi le seul donneur de poignée de main protocolaire. Sans aucune autre forme de préambule, il invita la femme à pivoter vers l'inscription à analyser. Sous son fard et son cristal Swarovski, Henrik savait toutefois que se dissimulait une graphologue chevronnée. La femme étudia les phrases en silence.

– Un passionné, fit-elle remarquer. Peut-être même un brin mélodramatique. Mais quel tueur en série ne l'est pas à ses heures ?

De son large sac Vuitton, elle extirpa un appareil-photo doté d'une lentille macro. Elle prit des plans serrés du lettrage sanguinolent. Elle observa chaque image sur son écran, s'assurant d'avoir tout capté.

– Une écriture plutôt régulière et rigide, ce qui exprime une propension au contrôle. Seules quelques lettres glissent plus que les autres, si je peux m'exprimer ainsi, dit-elle en pointant le « m » du mot « aime ». Elles ont été écrites dans un mouvement plus rapide, ce qui a étiré le sang, d'où les bords plus épais. Comme lorsqu'un enfant fait de la gouache au pinceau sur un papier glacé, par exemple. Vous vous souvenez de votre maternelle, sergent Hansen ?

– Je me souviens que j'aimais les récréations. Je me souviens aussi de la maîtresse avec son poil au menton. Mais moins de la gouache, malheureusement.

Céline Bastarache se décoinça, le temps d'une rigolade. Puis, elle enchaîna avec ses autres impressions. Henrik la suivit avec attention.

– Comme je le disais, quelques lettres sont plus anguleuses, ce qui dénote une certaine agressivité ou une brèche dans le calme de l'assassin. Un élément quelconque lui rappelait, de manière intermittente, l'état d'urgence. Peut-être entendait-il les sirènes de pompiers ou était-il déconcentré dans son « précieux moment » par les derniers gémissements de sa victime ?

– Ou tout simplement par le feu brûlant qui rampait derrière lui.

La graphologue acquiesça. Bien visé ! Elle lui fit ensuite remarquer le très subtil relief des lettres plus pleines. Celui-ci ressemblait à de minuscules pois.

– Les bulles d'air contenues dans le sang ? l'interrogea Henrik.

Dans son magnifique sac à main, la femme trouva un verre grossissant. Elle porta une attention soutenue au motif. Elle ne fit que grogner de mécontentement face à son incapacité à trouver immédiatement ce qui donnait cette texture au sang. Elle rangea ensuite ses accessoires. Bien que l'analyse ait été commandée par la lieutenante Cohen, Henrik lui remit sa carte afin que Bastarache lui envoie, à lui aussi, son rapport graphologique. Il l'accompagna jusqu'au tas de bois noirci qui avait déjà été une porte principale. La dame sautilla, du bout des bottes, hors de sa vue. Le technicien refit alors surface, coffre à outils à la main.

– Vous direz à ma *boss*, si vous la voyez avant moi, que j'ai porté les nouveaux prélèvements au SPAC. À plus !

Avant de quitter les lieux, Henrik réinséra dans ses gonds la porte de fortune bricolée par la Sûreté. Celle-ci empêchait les intempéries de perturber la scène de crime. Et il replaça aussi les scellés. À présent, Henrik avait une seconde halte à faire.

Et celle-ci s'annonçait moins plaisante que son rencart avec la graphologue exubérante.

***

Après avoir interviewé, en vain, plus de trente personnes, présumées porteuses de renseignements cruciaux, Léane se sentait prête à vendre son âme au diable pour obtenir quelque chose, peu importe quoi, qui lui éviterait la totale déconfiture devant son patron. Cette trentaine d'individus, ayant utilisé la ligne 1-800 créée spécialement pour l'enquête, n'avait révélé que des détails déjà connus des policiers. Quelle perte de temps monumentale !

– Pas trop découragée, Lélé ? demanda un collègue en s'arrêtant devant son bureau.
– Juste assez, maugréa-t-elle en lançant son stylo sur une pile de papiers.

L'homme dressa deux pouces compatissants dans les airs. Léane fit tourner sa chaise afin de s'étourdir un brin et de se brasser les idées. Elle vérifia ensuite si elle n'avait pas de messages sur sa boîte vocale. Elle avait mis son unité sur le recensement des achats de bûches écologiques à proximité de l'incendie et dans le Vieux-Port. Elle n'avait qu'un message de son nettoyeur qui était parvenu, au prix d'efforts quasi surhumains, à détacher l'une de ses plus dispendieuses robes de spectacle. Alors qu'elle songeait à partir, Simone vint lui donner une bonne raison de rester.

– As-tu encore deux minutes ? lui chuchota-t-elle d'un timbre mystérieux. Quelqu'un demande à te voir.

Léane pigea qu'il ne s'agissait pas de n'importe qui. Quelques instants plus tard, une jeune femme à l'apparence singulière fit son entrée. Elle était petite, mais ce qui lui manquait en hauteur, elle le compensait en largeur. La moitié de son visage était tatoué d'un squelette de dentelle mexicain. Sa chevelure bleue était lissée en un chignon serré et ses iris étaient d'un jaune félin, à cause des lentilles cornéennes dignes d'un film d'épouvante. Intriguée, Léane lui fit signe de s'asseoir sans même lui adresser la parole. Elle fut tout aussi subjuguée lorsque la visiteuse lui révéla son prénom : Sandrine. Elle se serait plutôt attendue à Mistress of Doom. Mais bon. Les apparences sont souvent trompeuses.

– Qu'est-ce que je peux faire pour vous, Sandrine ?

Taraudée par l'angoisse, l'imposante visiteuse expira tout en se rongeant une cuticule.

– Quel bon vent vous amène ? ajouta Léane, sans aucune joie.

L'étrange fille pianota des dix doigts sur l'envers du siège de sa chaise. Elle expulsa son air une seconde fois.

– J'ai une confession à faire et vous êtes mieux de pas m'arrêter quand j'vas commencer parce que j'aurai pu le *guts* de continuer.

– À ce point-là ? répliqua Léane.

– C'est ben simple, m'as me lever pis décâlisser d'icitte si vous m'interrompez.

D'un geste enfantin, Léane se ferma la bouche à l'aide d'une fermeture éclair imaginaire. Puis elle donna un coup de tête opiniâtre dans le vide, intimant ainsi à la visiteuse à tout déballer. La fille acheva de se ronger un bout d'ongle avant de déclarer :

– Le feu chez un de vos coch' de la SQ, c'était moi.

Léane comprit sur-le-champ qu'il s'agissait du cottage d'Henrik. Était-ce le seul brasier qu'elle avait allumé, à titre de contrat ? Ou se pouvait-il que cette marginale soit leur pyromane ? Le monstre tant recherché ? Quoiqu'une tonne de paroles se bousculaient derrière ses lèvres serrées, Léane maintint le silence. En aucun cas elle ne devait effaroucher la visiteuse.

– Je me suis rendue dans son bled perdu et j'ai foutu le feu dans sa maison pour du *cash*. Pour moi, c'était une jobine. Pis c'était pas ma première. J'étais connue sur la *street* pour ça. Mais je suis pas une *criss* de malade mentale ! s'emporta-t-elle en frappant ses poings sur le bureau de Léane. Depuis qu'un estie de débile brûle des filles en ville, du monde de différentes gangs me soupçonnent. On me traite d'animal. On insulte ma mère handicapée. Je me suis même fait menacer de mort. J'ai la chienne !

– Tu préfères te rendre pour le sergent Hansen plutôt que d'endurer les fausses accusations et l'intimidation des gangs de rue ?

– Exact.

– Je te comprends. Je ferais pareil si j'étais toi.

La fille se dépêcha d'essuyer une larme orpheline qui s'était échappée de son œil jaune. Il ne fallait surtout pas compromettre son image dure et repoussante. Léane ne perdit pas de temps, pas même une nanoseconde. Elle commença à enregistrer sa déposition après que Sandrine eut épongé sa larme et retrouvé ses airs de guerrière. Une fois le témoignage capté, Léane lui posa quelques questions-clés pour s'assurer de la véracité de ses affirmations. Le lieu, la date, l'heure, le présumé déroulement des événements. Tout concordait. Pendant que la fille levait son large postérieur de la petite chaise, Léane se souvint d'un détail.

– Tu vas m'expliquer une dernière chose : pourquoi t'as mis de la peinture en aérosol sur le mur du sergent Hansen ?

Un rictus de rabrouement se forma sur son visage déjà peu délicat.

– Je sais pas de quoi vous parlez, s'indigna-t-elle. Tu demanderas au cochon. C'était peut-être un artiste dans l'âme.

– Un minimum de respect, Vampira.

Sandrine serra les dents. Puis, elle parvint à se calmer.

– Bon, j'imagine que c'est le moment de montrer mes poignets pour que vous me passiez les menottes ?

Léane hésita.

– De un, tu te livres toi-même. De deux, tu m'aides dans mon enquête. Je pense que je pourrais te laisser retourner chez toi pour mettre de l'ordre dans tes affaires avant de t'envoyer en dedans. Prends le temps de dire à ta mère que tu l'aimes, flatte ton chat…

– J'ai une mygale.

– Flatte ta mygale, bois une bière. Mes hommes vont sonner à ta porte demain matin à la première heure. T'es mieux d'être là par contre, sinon je te colle un mandat d'arrestation provincial au cul. J'espère que c'est clair ?

La fille lui prit la main et la secoua avec une gratitude sans bornes. Léane la congédia et se rendit en vitesse à la salle d'entreposage, rue Parthenais, pour revoir avec minutie l'échantillon de pin prélevé chez Henrik. Était-ce bien une micro-trace d'aérosol qu'elle avait décelée ? Sandrine avait semé le doute. Léane réfléchit à fond de train en observant la ligne courbe noire imprimée sur le morceau de bois. Elle envoya un message texte à Henrik. Lorsque sa réponse détaillée entra, quelques minutes plus tard, elle comprit où elle avait erré. Pour un policier, sauter trop vite aux conclusions est une erreur à éviter comme la peste. Pourtant, même le plus respectable des officiers peut parfois en être coupable. Léane s'en voulait d'avoir eu une faiblesse à cet égard… La minuscule courbe noire n'aurait donc pas été tracée avec de la peinture. Elle ferait corroborer le tout scientifiquement, mais selon les précisions d'Henrik, il y avait plus à parier qu'elle avait été imprégnée, sous l'effet de la chaleur extrême, par le métal d'une arme de chasse antique accrochée au mur du salon. Cette explication plausible, additionnée à la confession de Sandrine, mit donc fin aux sempiternelles interrogations quant aux liens possibles entre les feux récents et celui chez Henrik. Fin de la discussion. Chemise fermée et classée. Voilà une première grande satisfaction.

CHAPITRE 19

Lucien était rivé à son microscope. Son outil de travail était devenu un prolongement de lui-même. Comme un troisième œil qui lui conférait des superpouvoirs. Il planchait sur les cas d'agressions ayant eu lieu aux abords de LaSalle. Rien de trop inusité ou complexe cette fois, mais tout de même un boulot fastidieux. Il était pleinement absorbé par ses lamelles quand un homme fit irruption dans son univers.

– Je voudrais surtout pas te déranger, mais c'est quoi le maudit niaisage ?

Le scientifique sursauta. Il en échappa un instrument au sol, provoquant ainsi un tintement strident. Henrik ne se dérangea pas pour le ramasser. Les bras croisés sur le torse, il attendait des explications.

– Bien le bonjour à vous aussi, sergent.

Lucien se pencha tout en ronchonnant quelques paroles inintelligibles. Il se releva avec les minuscules pinces en main et s'assura de les désinfecter. Henrik mit davantage de pression sur le chimiste en mentionnant la menace qui planait au-dessus de Léane.

– Du sperme est trouvé dans le condo d'une de tes bonnes amies et on dirait que t'agis comme si on avait trouvé une vieille gomme sur le trottoir.

– Des gens importants m'ont ordonné de mettre l'analyse en veilleuse.

– En veilleuse ? railla Henrik en imitant les signes de guillemets.

– Oui, en veilleuse. Ça veut dire qu'elle n'est pas sur la glace, mais juste mise de côté pour une semaine, question que je me concentre sur l'agresseur qui terrorise les vieilles dames de LaSalle. Tu comprendras que c'est la mairie qui a joué du coude. Je tiens aussi à souligner que notre personnel a été réduit pour les Fêtes, sans compter que notre chimiste en chef a été prêtée au Regional Forensics Lab de l'État du Maine.

Henrik ne laissa aucun sentiment de malaise le gagner. Il ne se souciait que d'une chose : la sécurité de Léane. Il ne rebrousserait pas chemin sans avoir obtenu ce qu'il souhaitait. Pour cela, il livra un sermon percutant au scientifique, réitérant la grandeur et surtout l'imminence du danger qui guettait son amie et estimée collaboratrice. Il ne tomba pas dans l'agressivité ni la vulgarité, mais n'enfila pas de gants blancs pour autant. Il disparut du laboratoire avec la même brusquerie qu'il y était apparu. Il avait besoin de s'aérer l'esprit. Trop de frustrations accumulées ! Il devait se retrouver dans un endroit aux antipodes de ceux fréquentés dernièrement. Il roula une dizaine de minutes. En apercevant un stationnement situé entre le boulevard Saint-Laurent et la rue Clark, il s'arrêta. Il devait faire une pause et se changer les idées. Une soupe-repas tonkinoise, débordante de nouilles Pho, serait idéale.

Une fois assis à une table, entre deux mouvements agiles de baguettes, Henrik réfléchit aux microbulles imprégnées dans le sang séché.

– Sriracha ?

Henrik remercia le serveur rabougri. Celui-ci avait la peau fanée comme du papier de soie, une grosse tétine poilue à la joue, mais de petits yeux rieurs qui attiraient la sympathie. Henrik accepta un trait de sauce piquante et osa demander un autre quartier de lime. Le vieillard fit battre la porte de style saloon de la cuisine et réapparut avec le condiment en question. La soupe était maintenant complète. Aussi parfumée que bourrative. Rien de tel qu'une soupe-repas fumante pour se réchauffer l'âme. Henrik ne se rendit toutefois qu'aux trois quarts. Repu, il repoussa le bol au centre de la table et poursuivit ses tergiversations mentales tout en observant la décoration du restaurant familial : un portrait du propriétaire dans un cadre jaune or, des tiges de bambou dans des vases remplis de galets, des bouquets de fleurs roses artificielles, un chat maneki-neko qui levait la patte pour attirer la bonne fortune… tout ce qu'il y a de plus typique.

– Beignet ? Tapioca coco ?

Henrik refusa le dessert et demanda l'addition. Le vieil Asiatique lui fit signe de l'accompagner au comptoir-caisse. Henrik se dressa, dominant le serveur d'une vingtaine de centimètres. Tout en le suivant, il pensait toujours à son investigation. Si les bulles n'avaient pas été provoquées par le sang lui-même, elles avaient dû l'être par un objet. Au fil de sa carrière, Henrik avait appris une chose : les assassins se servent souvent d'objets familiers, parfois même auxquels ils sont attachés sentimentalement, pour commettre leurs meurtres. Dans le cas de meurtres prémédités, bien sûr. Et c'était ici précisément le cas. Henrik déballa un bonbon à la menthe chocolatée et le glissa dans sa joue afin de pouvoir remercier le vieillard. Parka enfilé et pourboire donné, il s'éloigna du restaurant. « Un objet auquel un pyromane serait attaché », se répétait-il en boucle. Si ce dernier était pompier, comme l'un des musiciens de Léane, avait-il pu revêtir ses gants de protection ? Sans doute ! Henrik devrait s'informer des différents types de gants portés par les pompiers de Montréal et, surtout, du textile recouvrant leurs revers. Plus il y songeait, plus l'hypothèse des gants avait du sens. C'était un accessoire tout indiqué pour éviter de laisser des empreintes, prévenir les coupures. Et même, les brûlures ! Henrik texta aussitôt à Léane qu'ils faisaient peut-être fausse route en recherchant un individu avec une brûlure aux doigts. Ce dernier avait sûrement prévu le coup. Pas de brûlure, pas d'indice physique visible. Bien joué pour le meurtrier. Fâchant pour les policiers. En faisant tourner le moteur de son véhicule pour en réchauffer l'intérieur, Henrik tenta d'énumérer tous les gants qu'il connaissait : gants de pompiers, de cuir, de vaisselle, d'hiver, de motoneige, de motocyclette, de baseball, de golf…

***

Les doigts racornis de la victime rappelaient les serres d'un oiseau de proie. Les empreintes étaient inexistantes, la chair ayant laissé place à des bouts d'os brunis. Les effluves nauséabonds étaient toujours bien présents malgré la « frigorification ». La docteure Jordan était penchée à moins de deux centimètres du cadavre. Elle examinait les brûlures à l'aide d'une loupe. L'absence d'empreintes digitales n'était pas problématique dans ce cas-ci, puisque les radiographies dentaires concordaient avec les fiches fournies par le dentiste de la victime. Aucun mystère à cet effet.

– Bon matin, chantonna Léane en poussant la porte d'acier. Je vous ai apporté un thé russe à la bergamote. Je sais pas si vous aimez, par contre ?

La docteure déposa sa loupe, retira ses gants de latex et accueillit le gobelet avec grand enthousiasme. Elle le huma, mais c'était peine perdue.

– Je ne sens plus rien, dit-elle, dépitée. Au fil des années, on dirait que mon nez s'est désensibilisé même des belles odeurs.
– Moi, j'ai souvent eu peur de me désensibiliser des belles images, avoua Léane d'une voix songeuse.

Les deux femmes prirent une lampée de leur boisson, appréciant l'effet réconfortant dans leur gorge, ainsi que dans leur for intérieur.

– J'ai votre rapport de toxicologie. Je l'ai terminé hier soir vers minuit. Je sais, je n'ai pas de vie ! Rien de spécial à ce niveau. La jeune femme avait bu une considérable quantité de vodka et de jus d'agrumes, et ingéré un comprimé anti-nauséeux. Ses organes internes étaient en bon état.

Elle remit deux enveloppes à l'enquêtrice.

– J'ai aussi reçu l'expertise du Dr Bayazid, ajouta-t-elle. Vous vous amuserez à en lire les moindres lignes sur l'oreiller, mais pour vous donner un petit avant-goût : lacération de la moelle épinière empêchant tout mouvement du tronc et des membres supérieurs. Si l'examen du sang séché sur le mur prouve qu'il s'agit de celui de la victime, c'est bien que l'assassin s'en est servi comme de l'encre d'une plume-fontaine. La déclaration d'amour dramatique viendrait donc de cet homme. Je présume que c'est un homme.

Léane partageait sa présomption. La pathologiste enfila de nouveaux gants chirurgicaux afin de replacer les bras du cadavre le long du corps. Elle referma le sac mortuaire, tout en désignant de la tête la boîte de gants neufs. Léane en passa pour ensuite aider la docteure à soulever le sac et à le déposer sur un chariot métallique. Celle-ci pourrait alors faire aseptiser la table d'autopsie et préparer ce lit douillet pour le prochain visiteur. Au suivant ! Il y avait parfois beaucoup de monde en file devant l'auberge…

– Avez-vous idée de ce que l'assassin a pu utiliser pour tracer son message ?

– On présume son doigt, mais on sait pas encore si c'était à nu ou avec un gant.

Léane retourna ses mains afin d'en inspecter les paumes. Les gants de latex étaient lisses comme les fesses d'un nouveau-né. Impossible que ce type de matériel ait pu laisser de petites bulles dues à un frottement.

– Je vais y songer, dit la docteure. Il m'arrive à l'occasion, quoique très rarement selon mon ex-mari, d'être frappée d'un éclair de génie.

Elles se sourirent. Léane repartit avec son thé et les rapports médico-légaux. Le petit déjeuner par excellence, quoi. Moins vitaminique que l'unique clémentine qu'elle avait avalée en deux bouchées, mais plus utile pour sa rencontre de neuf heures avec son équipe. Cette rencontre avait pour but de faire le point et mettre leurs informations et intuitions en commun. Remue-méninges plus que nécessaire à ce point de l'enquête. Cent deux jours s'étaient écoulés depuis le premier incendie meurtrier. Quatre jeunes femmes étaient décédées. Et une par semaine dans le cas des trois plus récentes. Triste moyenne. Léane en était tourmentée. En arrivant à son étage au BRE, tandis qu'elle ressassait ces mornes pensées, un homme l'attrapa par-derrière. Il la serra plutôt fort. Elle en eut le souffle coupé. Elle craignit qu'il ne s'agisse d'Éloi Robitaille. Elle n'avait pas la tête à un échange houleux. Puis elle remarqua la teinte de peau légèrement hâlée.

– Pourquoi on n'a pas dormi ensemble, hier, déjà ? Je me suis senti tout petit dans mon grand lit d'hôtel, lui murmura Henrik.

Rapide coup d'œil de gauche à droite pour s'assurer qu'il n'y avait aucun témoin. Après quoi Léane l'embrassa sur la bouche, dans le cou, et sur la bouche à nouveau. Elle n'était jamais rassasiée de lui. Il goûtait si bon. Avec agilité et discrétion, il caressa ses rondeurs sous son chandail et retira sa patte juste à temps.

– Après vous, sergent Hansen, bredouilla Léane en désignant la salle de conférence.

Tous deux suivirent le policier qui les avait précédés dans la pièce. Henrik trouva l'un des rares sièges libres autour de la table, alors que Léane se posta debout à l'une de ses extrémités. À l'opposé, un écran géant présentait le descriptif des quatre assassinats.

Première victime : femme de race blanche, 25 ans, corps retrouvé dans la baignoire, gicleurs pré-endommagés dans le couloir, animal enduit d'huile à cuisson et ensuite immolé, traces de peinture noire en aérosol sur le mur du salon.

Deuxième victime : femme de race blanche, 23 ans, corps carbonisé dans son lit, essence versée à quelques endroits, cigarette allumée dans un carton d'allumettes inséré dans un trou caché par une image encadrée, avertisseur de fumée avec pile retirée, profil de Marlon Brando partiel sur le mur fait à la peinture noire en aérosol.

Troisième victime : femme de race blanche, 26 ans, corps semi-consumé dans le hall d'entrée, vitres d'armoires éclatées, minuscule trou percé à la base de l'ampoule d'une lampe torchère avec liquide inflammable injectée à l'aide d'une seringue, explosion amplifiée par les gallons de vernis teinté déposés à la cuisine, même empreinte de peinture noire en aérosol sur l'un des murs.

Quatrième victime : femme de race blanche, 28 ans, morte par asphyxie, profonde entaille à la nuque commise par arme blanche, bûche artificielle brisée en morceaux allumés un par un, message romantique, mais funeste, tracé sur une porte par le tueur présumé avec le possible sang de la défunte.

Léane coupa court à la bienséance superflue typique aux débuts de rencontres de bilans pour sauter dans le vif du sujet.

– Comme vous le savez, on recherche un individu profondément méticuleux, très au courant des techniques d'allumage, qui travaille ou habite près du Vieux-Port de Montréal, et qui a peut-être un penchant pour les trucs rétro, ajouta Léane après avoir pris une gorgée d'eau en bouteille. On sait de source sûre que c'est pas un motard aux ordres de Patrick the Bullmastiff. Bien que toutes les filles soient liées socialement à La Pieuvre, on est pas mal certains que c'est pas un sous-traitant d'Eva Beck. Donc, on présume que c'est un civil, et on pense même qu'il est pas mal plus âgé qu'on le croyait au départ.

– Notre idée actuelle est qu'il serait dans les soixante ou soixante-dix ans, renchérit Pierre-André.

Un des policiers sous leur férule leva la main. Pierre-André lui donna la parole.

– Pourquoi un homme plus vieux, tout à coup ?

– Ah ça, c'est une question pour un éminent criminologue, répondit en souriant Pierre-André en faisant pivoter le téléphone de bureau qui trônait sur la table. Sofyane, t'es bien là ? Tu nous entends bien ?

Le profileur se prononça positivement ; il était en mode appel-conférence.

– Je sais que je vous ai dit, l'autre jour, que les pyromanes retirent un plaisir charnel de leurs actes. Et c'est toujours véridique, particulièrement lorsqu'ils ne font qu'allumer un feu. Mais depuis sa quatrième victime, qui confirme un *pattern*, on comprend qu'il n'est pas seulement atteint de pyromanie. L'homicide semble s'être hissé au même niveau d'importance que le feu. Si son dernier incendie n'avait tué personne, j'aurais tenu *mordicus* à mon premier avis qui ratissait plus large. Mais maintenant qu'il a tué de ses propres mains, à l'arme blanche qui plus est, il faut le voir autrement.

Tous agréèrent par gestes ou marmonnements. Du lot, Henrik était sans nul doute le plus convaincu.

– Si ses cibles étaient variées, ajouta Sofyane, je persisterais à dire que l'individu peut être un jeune homme dans la vingtaine, tout autant qu'un homme dans la quarantaine. Toutefois, pensez-y : il ne tue que des femmes dans la fleur de l'âge, assez jolies, plutôt minces, bien proportionnées, seules et vulnérables. Et en aucun cas, il ne profite de leur corps ? Je comprends qu'il y a eu présence d'une infime quantité de sperme dans la résidence de Léane, mais je crois maintenant que ce sperme était accessoire, comme un objet de provocation. Après tout, il a été placé là au préalable. Qui peut même prouver, pour l'heure, qu'il s'agit du sien ? Bref, je me dis qu'un individu de près de soixante-dix ans serait peut-être moins sous l'emprise de ses pulsions sexuelles. Moins qu'un jeune au sommet de sa courbe hormonale, en tout cas. Il pourrait donc se concentrer davantage sur la manière la plus ingénieuse et la plus grandiose d'allumer son brasier et de faire périr les filles.

À la suite de l'intervention du criminologue, dans cette affaire comme dans certaines autres du passé, l'effet était toujours le même : l'assistance était muette, réflexive et bien souvent impressionnée. Aujourd'hui, c'est Pierre-André qui rompit ce silence par le biais de remerciements bien sentis au nom de toute l'équipe. C'est ainsi que l'appel-conférence prit fin. Pierre-André ne tarda pas à communiquer à tous les nouveaux résultats fraîchement rentrés du Laboratoire de sciences judiciaires : pas d'empreintes relevées sur l'enveloppe de Charlevoix (sauf celles de Léane et d'Henrik puisqu'ils l'avaient manipulée), pas plus que sur le feuillet de spectacle, et pas de salive sur le rabat collant.

– Ah, c'est pas vrai ! grogna Henrik, exaspéré. Pas une seule goutte de salive ?

– Aucune. Que du…

Pierre-André dut ressortir le rapport pour ne pas se fourvoyer.

– … du calcium, magnésium, sodium, potassium, des carbonates, bicarbonates, sulfates, chlorures et nitrates.

– Quoi ? réagit Henrik.

– De l'eau potable. Il a dû mouiller la bande avec une éponge humide ou d'une autre façon.

Le désappointement fut unanime. Pour clore la réunion, Léane fit un tour de table pour rassembler les moindres parcelles d'informations recueillies par ses coéquipiers au fil des dernières heures, de même que toute opinion personnelle pouvant être vérifiée. Bien que tous soient dévoués à l'enquête, rien de pertinent ne ressortit de cette séance. En secret, Henrik persistait à croire que le déviant faisait partie du cercle rapproché de Léane. Que ce soit en lien avec sa profession, son passé amoureux ou sa double vie de chanteuse, il devait y avoir un lien, aussi faible soit-il.

– Prochaine étape : continuer de creuser du côté des anciennes fréquentations masculines de nos quatre victimes, dit Léane. Partagez-vous les recherches, je vous fais confiance. De mon côté, je vais faire le tour des psychiatres qui ont eu à faire à des pyromanes diagnostiqués au cours des dernières années. Je vais essayer de me monter une espèce de répertoire.

Voilà qui était bien pensé. Le visage d'Henrik s'éclaira d'un sourire admiratif. Il la trouvait proactive. C'est à cet instant que le cellulaire d'Henrik retentit dans la salle. Toutes les têtes se tournèrent. C'était peut-être dû au volume élevé de sa sonnerie ou encore à son nouveau thème musical, *Like a Virgin* de Madonna. Léane regarda ailleurs, se mordant l'intérieur de la bouche pour ne pas céder à l'hilarité.

– Hansen ! répondit-il, confiant, pour contrer le fou rire généralisé.

C'était la docteure Jordan, de la morgue. Elle lui expliqua qu'elle avait d'abord composé le numéro du Bureau régional, mais Simone avait pris le message étant donné l'importance de la réunion. Henrik se réfugia dans un coin de la pièce pour réduire la pollution sonore. Se couvrant l'oreille libre, il écouta ce que la pathologiste avait à lui dire. Ce n'étaient là que des suppositions, mais elles demeuraient dignes d'écoute. Voyant que cet appel était sérieux, Léane salua les membres de son unité afin qu'ils comprennent que leur départ était souhaité. Elle replaça les chaises, éteignit l'écran et mit au recyclage les papiers brouillons qui ne contenaient aucune donnée confidentielle.

– C'était Jordan au téléphone. Tu devineras pas ce qu'elle pense de…

Léane le réduisit au silence en écrasant ses lèvres sur les siennes.

– Je t'aime, moi aussi, susurra-t-elle.

Il la regarda comme si elle était la déesse de la passion, de la force, de la richesse, du courage, de la détermination, de la tendresse, bref de tout ce qui rendait heureux et puissant.

– Tu viens de faire ma journée, avoua-t-il. En fait, tu fais mon année.

Elle lui sourit.

– Faudrait peut-être arrêter de s'embrasser avant qu'un de mes collègues nous surprenne.
– On s'en fout, dit-il en glissant ses mains sur ses fesses. Moi, je dis qu'on leur donne une raison d'être scandalisés en faisant l'amour au beau milieu de la table de conférence avec la webcam en marche.
– Dis-moi donc ce que Jordan t'a raconté, au lieu de faire le comique.
– Oui, *boss*. Alors madame la docteure m'a avoué avoir regardé un fabuleux documentaire sur les colibris.
– Tu me niaises ?

Au tour d'Henrik de sourire.

– Écoute-moi, c'est sérieux. Dans le documentaire, des horticulteurs expliquaient que certains types de fleurs attirent les colibris. En voyant les gants qu'ils portaient, Jordan a tout de suite pensé à nos bulles de sang.

Léane s'approcha de lui, comme hypnotisée par ses explications. Il lui révéla que certains gants de jardinier étaient texturés et qu'il serait judicieux d'explorer cette avenue.

– Faut que je rencontre un psychiatre de l'Institut Pinel, dans moins d'une heure. Veux-tu qu'on se donne rendez-vous à la pépinière Caldeira vers 13 h ?

Il se pencha pour lui marmonner un « oui » tout en lui baisant et en lui mordillant l'oreille. Elle émit un petit rire nerveux, visiblement mal à l'aise face à ces démonstrations publiques de tendresse. Il ne se laissa pas décourager par sa timidité. Il la caressa derechef.

– Vas-y, dis-le encore, plaisanta Henrik d'une voix de gamin.
– Je t'aime.
– Bon, maintenant je peux te laisser partir.

Elle remonta la fermeture éclair de son manteau et se passa un foulard éternité autour du cou.

– Si jamais t'as rien à l'horaire d'ici notre rendez-vous, pourrais-tu me rendre un service ? Sens-toi bien à l'aise de refuser, par contre.
– N'importe quoi pour toi, dit-il, amoureux.

Elle se remit la sacoche à l'épaule après y avoir pris ses clés de voiture.

– Retournerais-tu à Tanguay ? La directrice m'a préparé une deuxième copie du film.

– Mais pourquoi, puisque le gars a aucun rapport avec Beck, finalement ? En plus, t'as mon rapport écrit ?

– Oui, t'as bien raison, mais Pierre-André tient à ce qu'une copie visuelle soit ajoutée au dossier, pour l'archivage. C'est l'un de nos plus gros cas en carrière. On veut qu'il soit fait dans les règles de l'art, tu comprends ?

Voyant qu'il ne bronchait plus, elle le remercia mille fois avant de se volatiliser. Henrik resta sur place, traumatisé. Il la regarda partir, sans remuer. Il n'entrouvrit que les lèvres pour laisser un sacre s'échapper.

CHAPITRE 20

Éloi Robitaille fulminait. Il ne pouvait décrocher du fait que Léane avait requis les services de son associée. Comment une femme qu'il avait fréquentée pendant plusieurs mois pouvait-elle le jeter aux oubliettes tant sexuellement que professionnellement ? Qu'avait-il fait pour mériter un tel traitement ? Ou plutôt, quel élément perturbateur avait soudain fait intrusion dans leur relation jusqu'à présent harmonieuse ? Selon lui, tout était dû au sergent-détective Hansen. D'où était-il sorti, celui-là ? Pourquoi avait-il fallu qu'il apparaisse dans leurs vies et fasse chavirer le cœur de Léane Cohen ?

Tandis qu'il ruminait, Céline Bastarache mettait le point final à son analyse de l'écriture sanguinolente. Aucune surprise là : ce qu'elle avait avancé s'était avéré juste. L'écriture du criminel était mouvementée, ce qui dénotait un tempérament vif, pouvant parfois être susceptible. Bien que le message ait été tracé en lettres cursives, donnant l'impression d'une écriture soignée, les lettres se bousculaient et certaines d'entre elles penchaient vers l'arrière alors que les autres s'inclinaient vers l'avant. Cela était souvent le signe d'un caractère inconstant, d'une difficulté chez l'individu à s'épanouir pleinement, d'une forte sensibilité et, dans certains cas, du sentiment très présent d'être incompris par son entourage. Il ne faisait aucun doute que cette personne était de nature extravertie, vu la grandeur de son lettrage. Après avoir inséré son document dans un transparent, Céline Bastarache rédigea une courte note à l'intention d'Henrik Hansen. « En anglais, on dit que le handwriting = brainwriting. Les criminels violents partagent un passé tumultueux, marqué par de l'abus et de l'abandon, ainsi qu'une vision tordue de la vie. Tout cela se transpose dans leur écriture. Elle est soit très tendue et serrée, soit anormalement espacée. Excessive, quoi. Tout comme leur auteur. »

Satisfaite de son boulot, elle fit appeler le coursier à vélo avec qui le cabinet avait l'habitude de faire affaire. Il se présenta quelque vingt minutes plus tard. Il avait lui aussi du courrier à lui remettre, ce qui adonnait bien. Ils effectuèrent l'échange. Pour la nouvelle année, la graphologue lui souhaita des températures plus douces et une certaine accalmie dans les chutes de neige. Le cycliste la remercia d'un salut militaire mollement exécuté. Ce n'était pas la saison hivernale qui l'empêcherait de rouler.

Et puis, de toute manière, il était bien équipé avec son nouveau *fatbike*.

Une fois seule, Céline Bastarache ouvrit une première enveloppe, celle marquée du mot « information sensible ». À l'intérieur se trouvait une simple photocopie. Au centre de la feuille, une brève inscription : « On renaîtra de nos cendres. Je ne te l'ai pas encore dit, mais je t'aime. » Sur un Post-it, le sergent Hansen lui demandait de bien vouloir étudier la note manuscrite, dans la plus stricte confidentialité.

Oui, Henrik avait volé le petit carton livré avec le bouquet de soucis, à l'insu de Léane. Il avait eu le culot de l'envoyer à l'associée d'Éloi Robitaille. Si la situation se retournait contre lui, il se retrouverait dans l'eau chaude. Et de manière sans doute irrécupérable. Henrik était très conscient du péril encouru, mais il refusait de se défiler.

***

Sept heures du matin. Le lendemain. La pièce était encore sombre. Henrik s'évadait à peine d'un sommeil profond et réparateur. Aucun rêve n'était venu gâcher le calme. Dans la chaleur enveloppante des couvertures, Léane avait plongé, tête première pour le sortir de sa nuit. Les paupières closes, à mi-chemin entre l'irréel et l'éveil, Henrik avait d'abord entendu un bruissement de textile. Puis il avait ressenti le corps et le souffle de la femme le long de son ventre. Elle y était d'abord allée en douceur. Constatant son plaisir grandissant, elle lui avait caressé le torse de ses deux mains et avait accéléré le rythme, la respiration d'Henrik lui servant de guide pour comprendre ses préférences. Se consacrant ainsi à lui, elle lui avait vite fait atteindre le point culminant.

– Je peux plus bouger du lit, souffla-t-il quelques instants plus tard. C'est de ta faute. Tu m'as volé tous mes pouvoirs.

Blottie contre lui, elle pouffa de rire tout en lui pinçant la peau du ventre. Il la captura dans ses bras. Ils s'assoupirent de nouveau, profitant d'une rare grasse matinée. Lorsqu'ils s'éveillèrent pour la seconde fois, encore lovés l'un contre l'autre, Henrik se dit que le parfait bonheur ressemblait à cela. Jusqu'à ce que…

– Avant de revoir les notes du psychiatre de Pinel, qu'est-ce que tu dirais de regarder le DVD de Beck ?

Inutile d'espérer étirer davantage la période de sursis. Henrik n'avait plus le choix. Il décida d'ouvrir lui-même la gueule du lion pour s'y mettre la tête.

– Je te dirais « non ».
– Pourquoi « non » ?

Il sauta dans ses vêtements de la veille.

– Je préférerais que tu le regardes toute seule.

Léane l'observa, médusée. Il finit de se préparer. Avant de s'en aller, il se retourna, un minime sourire de dépit aux lèvres.

– Tu vas voir des choses que t'aimeras pas, dans cette vidéo-là. Des choses dont j'ai pas envie de jaser en ce moment.

Il se retira aussitôt, sans plus d'explications. Incapable d'attendre, Léane sauta hors des draps et s'activa au branchement des fils du lecteur qu'elle avait déconnectés en vue de le rendre à son voisin. Elle y inséra le nouveau disque tout neuf. Elle s'assit en tailleur sur la carpette, à peu de distance du téléviseur, fixant l'écran comme la fillette du film d'épouvante *Poltergeist*. Elle visionna tout.Elle encaissa tout. La terre s'ouvrit sous ses pieds lorsqu'elle vit la détenue se jeter sur Henrik. Quel était cet immense pan d'histoire qu'il lui avait caché ? Que signifiait cette promiscuité ? Et surtout, quelle pouvait être la portée judiciaire de cet incroyable conflit d'intérêts ? C'était désastreux ! Henrik connaissait, de façon intime, la dirigeante d'un gang criminalisé. Il avait accès au monde interlope et, en contrepartie, Eva avait accès à des informations sensibles du domaine policier. Qui plus est, Henrik avait menti à nombre de gens importants au cours du mandat qu'il avait mené. Léane ne pouvait pas croire qu'il était un sale policier corrompu. Impossible ! Mais encore là, que savait-elle réellement de lui ? Toute cette hypocrisie était désolante, outrageante même ! Léane resta assise là, à fixer l'image choquante à l'écran.

***

Au même instant, Henrik avançait sur le trottoir avec le port d'un condamné amené dans le couloir de la mort. Sachant que ses heures étaient comptées, il ne lui restait plus aucune option, sauf ignorer son désarroi et foncer. Il devait tout donner à l'enquête de Léane avant de devoir s'éclipser. Les moindres gestes aidants qu'il pourrait faire aujourd'hui, il les ferait. À commencer par ces tests de gants qu'ils avaient prévu faire en duo. Il les ferait tout seul, à présent. Avant de sortir du condo, Henrik avait eu la présence d'esprit d'empoigner le sac de plastique au logo de la pépinière. Tout ce qu'il lui manquait, à présent, c'était du sirop de maïs, du colorant rouge, une bâche et une planche quelconque s'apparentant le plus possible à la porte du salon de la victime. Bon, il faudrait repasser pour la parfaite exactitude scientifique, mais Henrik serait au moins en mesure de se faire une idée de l'empreinte laissée par divers types de gants. Où ferait-il ces tests ? Dans un local du Bureau régional où il risquerait de croiser Léane ? Jamais en cent ans. Dans sa chambre d'hôtel ? Voilà qui sonnait bien peu professionnel, mais… avait-il le choix ?

Après avoir terminé ses achats, il se dirigea donc vers l'hôtel Blanco. Il étala la bâche sur le carrelage de la salle de bains et prépara sa mixture de sirop et de colorant dans le seau à glace de la chambre. Il découpa les étiquettes de quatre paires de gants. Bien sûr, il tâcherait de prendre chaque étape en photo pour ajouter un peu de rigueur à ses petites expériences maison.

– Bon…

Après avoir enfilé la première paire, il trempa en partie sa main dans le sirop. Il écrit « Je t'aime » sur une portion de la planche. Il s'arrêta. Henrik enfila la seconde paire de gants. Il inscrivit « Meurs » et ainsi de suite avec le reste du message et les autres gants. Il compara le résultat final avec les images de la scène de crime. Il recherchait la même texture d'impression et les mêmes microbulles dans la substance liquide. Les paires qui s'éloignaient le plus de l'écriture du pyromane étaient celles en cuir synthétique, suivies de près par celle en tricot recouvert de latex. En réalité, les deux seules paires qui laissaient un motif sur la planche étaient celles aux paumes enduites de bi-polymère, ainsi que celle en coton jersey recouvert de points en PVC. Après séchage complet, Henrik observa son œuvre d'un nouvel œil. Les gants de jardinage à points de PVC avaient reproduit à la perfection les microbulles dans le sang ! Henrik empoigna son cellulaire. Déçu de ne pouvoir appeler Léane, il se résigna à communiquer avec sa secrétaire.

– Simone, je peux pas contacter Léane. Non, j'ai pas trop le temps d'expliquer pourquoi… Surveille tes courriels, je vais t'envoyer une photo commentée. Dès que tu la reçois, téléphone à Léane pour la lui décrire de vive voix. Je le sais que c'est compliqué pour rien, mais je suis vraiment dans l'incapacité de le faire moi-même. Merci infiniment.

La dame acquiesça, bien que des points d'interrogation planaient au-dessus de la requête inusitée. Elle remplit ses fonctions dès que le courriel fit tinter sa boîte de réception. De son côté, Henrik avisa le lieutenant Fafard, au poste de Cap-à-Nipi, qu'il serait de retour au bercail le jour même. Puis il boucla sa valise.

***

Le psychiatre de l'Institut Pinel était navré de ne pouvoir fournir une liste plus étoffée de noms de pyromanes remis en liberté. Outre quelques-uns de ses patients réguliers qui avaient été internés à Pinel, que Léane pourrait interviewer afin d'en apprendre davantage sur la déviance, il ne connaissait que deux individus réinsérés dans la société. Âgés de quatre-vingts et quatre-vingt-cinq ans, ils habitaient maintenant dans des résidences pour personnes en perte d'autonomie. Même s'il était peu probable que leur profil concorde avec celui du pyromane actif, Léane n'avait pas l'habitude de tourner les coins ronds. Elle s'assura, auprès des deux résidences, que les vieillards avaient des alibis en béton pour les dates et heures des quatre assassinats. On lui confirma que les deux hommes étaient alors inscrits à des activités sociales de fin de soirée ou étaient au lit et avaient été visités par l'infirmière ou un autre membre du personnel de leur résidence respective. D'un point de vue négatif, on pouvait dire qu'il s'agissait d'un cul-de-sac. D'un point de vue positif, c'était un terrain de moins à ratisser.

Maintenant assise au comptoir d'un bistro, Léane ne cessait de repasser dans sa tête la bande vidéo. Un mélange de sentiments désagréables avait jailli en elle en voyant une autre femme dévorer Henrik comme une affamée de luxure. Sans oublier le débat moral, qui s'était déclaré dans son esprit. Devait-elle dénoncer le sergent Hansen avant d'être pointée du doigt pour avoir gardé sous silence le grave conflit d'intérêts ? Ou le laisserait-elle partir, tout en faisant mine de rien, quitte à mentir au besoin en affirmant qu'elle n'avait pas visionné le DVD ? Étant droite de nature, elle penchait davantage du côté de la dénonciation… Éloi Robitaille arriva à sa droite, alors qu'elle était perdue dans ses pensées troubles. Il posa une main froide sur son poignet.

– Merci d'être venue.

Léane lui devait tout de même cela. Après réflexion, elle avait réalisé qu'il y avait une limite à laisser tomber un homme de cet acabit comme un vieux sac à main usé ou passé de mode. Éloi Robitaille avait ses failles, mais il n'était pas un simple mec déniché sur le plus superficiel des sites de rencontre. Elle lui devait une fin plus respectable. Elle s'attendait à une pluie torrentielle de reproches, du fait qu'elle ait engagé Céline Bastarache, mais elle était prête à subir les intempéries. En fait, elle se sentait plutôt désabusée, ce midi, alors les piques d'Éloi ne l'atteindraient sans doute pas. Ou peu.

– Tu ne m'as jamais remercié pour les fleurs.

Éloi avait décidé d'ouvrir le bal à grands coups de susceptibilité.

– C'est peut-être parce que tu criais trop, la dernière fois qu'on s'est vus ? dit-elle.

Réplique cinglante à rendre muet tout homme. Éloi pinça les lèvres et fit signe au serveur de s'amener. Boissons et repas furent commandés. Ensuite, Éloi se prononça sur son ton le plus sec.

– Avant toute chose, j'aimerais qu'on discute de mon associée.

Sujet prévisible. Après avoir expiré, Léane se lança dans une explication qui se voulait en réalité une ferme déclaration : jamais elle ne justifierait ses choix professionnels à qui que ce soit, outre son capitaine, qui était sa seule autorité en ce bas monde. Éloi avala son pinot gris de travers. Il ne savait plus par quelle voie cognitive ou affective passer pour la rejoindre et espérer la regagner. Il avait essayé l'émotivité, la raison, puis l'autorité. Toutes trois l'avaient fait échouer. Il visa donc le point le plus sensible de leur relation, si relation réelle il y avait eu entre eux, c'est-à-dire l'arrivée du sergent de Cap-à-Nipi. N'est-ce pas là où le bât blessait véritablement ?

– Est-ce que t'as toujours eu tendance à tasser quelqu'un chaque fois qu'un nouveau venu se pointait ?

– Pardon ? réagit Léane en laissant tomber sa fourchette dans son assiette.

– Je suis en train de devenir cinglé à essayer de te comprendre, chuchota-t-il en regardant tout autour de lui. Tu vas m'expliquer ce que cet homme-là t'a fait pour que tu ne voies plus clair !

Sans même avoir touché son Gravlax de saumon aux agrumes, Léane leva le doigt pour demander l'addition. Ce geste exacerba l'animosité qu'Éloi avait lui-même installée entre eux. Léane en avait assez de cette tension. Elle avait envie de crever l'abcès et de déclarer à Éloi qu'elle était amoureuse d'Henrik. Qu'elle le voyait comme un sérieux candidat au poste « d'homme de sa vie ». Qu'elle ne pensait qu'à lui. Que chaque fois qu'il posait les yeux sur elle, elle en perdait tous ses moyens. Qu'elle n'avait jamais désiré un homme avec autant de passion brute. Qu'elle s'ennuyait de lui dès qu'il s'absentait, même si ce n'était que pour aller se prendre un espresso au café du coin. Mais depuis l'écoute de la vidéo de Tanguay, un doute était né. Léane n'était plus convaincue de ces grandes émotions qu'Henrik avait fait jaillir en elle. S'il y avait une personne qui ne devait jamais être au courant de cette faille, c'était bien Éloi Robitaille. C'est ce qui explique pourquoi Léane se ravisa et emprunta une autre avenue pour clore l'affaire.

– Tu sais quoi ? J'ai une pensée du jour pour toi : « Parfois, lâcher-prise est un acte plus puissant que se défendre ou s'accrocher ». Merci pour tout, Éloi. Je suis très sincère en te remerciant, mais je le suis encore plus en souhaitant que ce soit le mot de la fin.

Léane signa sa facture et tourna les talons.

– Tu penseras à moi, chaque jour qui reste à mon bouquet, dit Éloi.

Léane lui décocha un regard belliqueux. Cet homme ne comprendrait-il donc jamais ? En disparaissant au plus vite du bistro, elle se dit que cette journée était l'une des plus lamentables vécues depuis un sacré moment. Elle avait besoin d'un coup du destin. Sur le trottoir, elle botta un morceau de glace. Elle était frustrée de devoir s'en remettre à une force aussi fantasque que la clémence pour améliorer sa condition.

À l'arrivée de Léane à Mascouche, Simone saisit aussitôt la gravité de son état, devant le manteau ouvert, le foulard pendouillant, les bottes à demi lacées et la mine revêche. Simone quitta son poste pour rejoindre sa patronne.

– Gros diner d'affaires ? se soucia-t-elle.
– Gros dîner de merde, répliqua Léane.

Les deux femmes marchèrent côte à côte jusqu'à la distributrice d'eau. Constatant qu'elles étaient seules, Simone remit à Léane une enveloppe d'extrême importance reçue plus tôt du labo. La pression exercée sur Lucien par Henrik avait porté ses fruits. Léane avait hâte de se plonger dans son rapport. Elle s'y attaqua dès le postérieur posé sur sa chaise à roulettes. Elle parcourut les cinq pages en diagonale, retenant les points suivants : 1) les biologistes avaient déterminé que la mèche blonde engluée sur son lecteur appartenait à la deuxième victime et 2) l'ADN de l'éjaculat prélevé sur le lecteur n'avait pas trouvé son match parfait dans la Banque nationale de données. Ceci signifiait que ce sperme provenait d'un quelconque homme non « fiché », en d'autres mots qu'il n'avait pas été arrêté par les policiers pour quelque offense que ce soit au Code pénal. Si le pyromane avait produit cette semence, il était donc un « nouveau » criminel, inconnu des autorités. Tout ADN futur pourrait être comparé à celui-ci.

– Y a autre chose, aussi, dit Simone.

Tel que demandé, elle lui fit la lecture du courriel d'Henrik concernant les tests de gants. Léane se sentit réénergisée. Leurs recherches s'affinaient.

***

Éloi Robitaille n'avait pas terminé son repas, lui non plus. Après que Léane l'eut abandonné au bistro, il avait jeté un montant d'argent près de son assiette et regagné sa tour de bureaux à vive allure. Plutôt que de boucler la boucle avec calme et maturité, ce bref rencart avait servi à alimenter ses frustrations. Il était maintenant convaincu que le sergent Hansen avait influencé Léane à faire le ménage dans sa vie, et que c'est lui qui était derrière son changement de collaborateurs. Son imagination voguait dans tous les sens. Il ne voyait plus clair. La jalousie brouillait son raisonnement.

– Céline ? dit-il soudain tout fort.

Plus personne n'était présent au cabinet à cette heure. Éloi fit le tour des espaces communs. Il était bel et bien seul à l'étage. Il se rua vers les tiroirs de sa secrétaire. Après les avoir tous ouverts, il trouva des doubles de clés. Sans même songer une seconde à la moralité du geste, Éloi se rendit aux quartiers verrouillés de son associée. Il voulait savoir quel travail précis Céline Bastarache avait fait sur le cas de l'incendiaire. Mais surtout, il souhaitait découvrir quelles questions précises lui avait posées Hansen. Cela le rendait malade. Il ouvrit le classeur à chemises de son associée, et y trouva l'adresse de la scène de crime, ainsi que les photos de l'écriture en sang séché. Ces indices visuels répondirent à certaines de ses questions. Toutefois, ce n'était pas suffisant. Éloi continua à fouiller tous les dossiers de Bastarache. La sueur perlait sur son front. Son cœur pompait. Il ne s'arrêterait pas tant que sa curiosité malsaine ne serait pas comblée. C’est alors qu’une trouvaille vint hausser sa pression artérielle déjà élevée : une photocopie du carton qui accompagnait son bouquet. « Pour analyse urgente. De la part de Hansen ».

Furax, le graphologue replaça chaque article avec une précision chirurgicale. Il verrouilla ensuite la porte derrière lui et se réfugia dans son bureau. Après avoir pris une grande inspiration, il hurla. Une fois ce cri primal lâché, il envoya valser fournitures et papiers. Avant de tout briser, Éloi parvint à se maîtriser. Respirant de manière saccadée, tel un animal, il considéra le cactus qu’il tenait entre ses mains et le redéposa doucement sur la console. Le graphologue ferma les yeux. Il était bouleversé.

CHAPITRE 21

Henrik reprit sa carte de crédit de la main du préposé de l'hôtel. Il roula sa lourde valise jusqu'à l'ascenseur qu'il emprunta pour descendre au stationnement souterrain. Et voilà. Il quittait la métropole pour de bon. Léane n'avait pas tenté de le joindre. C'était on ne peut plus clair que son désarroi face à la « débâcle Eva Beck » était trop grand. Elle devait se demander jusqu'à quel point elle pouvait lui faire confiance, après qu'un aussi lourd secret lui eut été caché. Malgré leurs fréquentations intimes des dernières semaines, Henrik était tout de même un étranger. Il était vite tombé amoureux de cette femme, mais il devait se résigner. Forcer cet amour n'était pas la voie qu'il souhaitait emprunter. Il laissait l'acharnement au pitoyable Éloi Robitaille. Pitoyable était le premier qualificatif péjoratif qui lui venait en tête en pensant au graphologue. Le deuxième, potentiellement : déraillé.

Avant de s'engager sur la route qui le mènerait au nord des Laurentides, Henrik pila sur son orgueil en s'arrêtant à Mascouche. Il tenait à faire ses adieux à Simone et aux membres de l'équipe qu'il avait intégrée, le temps d'un palpitant prêt de service.

– Ah non ! Vous partez déjà ? s'exclama Simone en manquant de renverser son eau minérale. Je vais m'ennuyer de votre humour et de votre belle face. Ça se dit-tu, ça ?

Il rit tout en accueillant son étreinte un peu maladroite, mais combien chaleureuse.

– Vous venez juste de rater ma patronne, dit-elle, désolée.

Henrik la remercia de sa précieuse collaboration depuis le début de son séjour. Juste avant de saluer les techniciens réunis dans l'une des salles de conférence, Henrik tomba face à face avec Pierre-André. Il lui annonça son départ. La déception de l'enquêteur lui parut sincère.

– Ton prêt est déjà terminé ? J'ai pas vu le temps filer… Au moins tu rentres chez vous en sachant qu'on a coffré la coupable pour ton cottage.

La bombe ! Henrik en ressentit les dommages.

– Qu'est-ce que tu racontes ?
– Lélé t'a rien dit ?

– Non, maugréa Henrik, dont l'ego venait d'être piqué.

L'enquêteur mit la faute sur les plus récents développements qui avaient vite déboulé. Par respect, il donna à Henrik tous les renseignements désirés quant à l'arrestation de la responsable présumée. Henrik était satisfait de clore un épisode désastreux de sa vie, mais ne pouvait passer outre le fait que Léane avait eu trois journées entières pour lui communiquer cette information majeure. Il prit l'omission comme un indice que leur jeune relation s'effritait déjà. C'était d'une tristesse…

– Tu dois être content de pouvoir tourner la page, dit Pierre-André sans se douter que c'était tout le contraire.

Henrik se contenta de mentir. Sa maison n'était même plus une préoccupation.

– C'était un contrat, sans aucune motivation personnelle, ajouta Pierre-André. C'était juste pour freiner tes ardeurs. Semblerait que tu t'approchais trop de certaines figures importantes de La Pieuvre. T'inquiète pas, les représailles vont être sévères. T'es un maudit bon gars et un maudit bon policier. Je tenais à te le dire, en passant.

Henrik lui fit une accolade masculine. Avant de poursuivre sa tournée d'adieu auprès du personnel du BRE, Henrik se dit qu'il vaudrait mieux mettre Pierre-André au courant de ses suspicions, jusque-là bien enfouies, afin que ce dernier assure le relais en son absence.

– J'ai des soupçons…
– À propos de quoi ?
– Des hommes qui gravitent autour de Léane.
– Ici ? s'étonna l'enquêteur en pointant le sol.
– Plutôt ses musiciens. Et Éloi Robitaille.

Pierre-André lui fit comprendre par sa gestuelle que tout était bien noté. En échange, il lui révéla qu'il avait réussi à obtenir la liste des ventes de gants de jardinage à points de PVC depuis les quatre derniers mois (pour couvrir une période plus large que celle des assassinats), et ce, dans un rayon de 15 km autour du Vieux-Port et des résidences des victimes. Il concentrerait donc ses recherches sur les deux quartiers où de tels gants avaient été achetés. Le fait que ce soit l'hiver jouerait en leur faveur.

***

Une fois la moitié du trajet parcouru, aux abords du village de Chertsey, Henrik recommença à penser à Léane. C'étaient sûrement les paroles de la chanson *With or Without You*[16] à la radio qui

16. Chanson de la formation U2, sortie en 1987.

eurent raison de lui. Après avoir coupé le volume de la musique d'un coup vif du pouce, Henrik s'essuya une larme d'un geste tout aussi preste. Il s'ennuyait à mourir d'elle. Déjà. Et il s'ennuyait d'eux. Henrik continua à rouler en silence, la gorge serrée pour ne pas pleurer. Elle lui faisait mal tant il se retenait. Puis, son appareil main libre sonna. Il eut un soubresaut de nervosité. Gardant les yeux bien rivés sur la route 125 qui s'étirait devant lui, Henrik décida de prendre l'appel. Et si c'était Léane ? Il fut surpris et désappointé d'entendre une voix automatisée lui demander : « Acceptez-vous l'appel à frais virés d'une détenue du Centre de détention Tanguay ? »

***

Les spécialistes en bio-analyse n'avaient pas chômé. Ils avaient extrait le sang de tous les cotons-tiges additionnels qu'avait réquisitionné Léane. C'était maintenant bien établi que le sang du pyromane n'avait pas été mêlé à celui de la pauvre innocente qu'il avait poignardée.

Tandis que ses coéquipiers tentaient de faire concorder des vidéos de caméras de surveillance de magasins avec des heures d'achats de gants de jardinage, Léane préféra rendre visite à la docteure Jordan. Elle la remercia encore une fois pour son coup de pouce. À elle seule, cette piste avait désembourbé une partie de l'investigation.

– C'était un coup de chance, pour ma part, mais je suis bien contente d'avoir pu vous aider. Je m'apprêtais à faire l'autopsie d'un vieillard mort gelé sur un rail de chemin de fer. Son corps a été sectionné en deux, dit la pathologiste, avec bonhommie. Vous aimeriez y assister ?

– Bien aimable, mais je vais passer mon tour. Il faut que je monte voir Lucien.

– Je crois qu'il est rentré à la maison. Je l'ai croisé dans l'entrée, il toussait creux et se plaignait d'un début de fièvre.

– Pauvre Lucien. Je vais aller chez lui pour faire un point sur l'enquête. J'en profiterai peut-être pour lui porter un peu de soupe.

Léane connaissait son adresse pour y être allée à quelques reprises.

– Oh ! Pendant que j'y pense… Si vous passez chez Lucien.

La docteure Jordan disparut dans une pièce attenante et revint avec un large sac de toile.

– Ça vous dérangerait de lui apporter cet encadrement ? Il appartenait à mon ex-mari et il n'est jamais venu le récupérer. Lucien risque de l'apprécier, *lui*. C'est un collectionneur d'affiches de cinéma.

Léane jeta un œil sur l'affiche officielle du film *La Chatte sur un toit brûlant* de Richard Brooks, d'après la pièce de Tennessee Williams. Elle sourit devant l'aguichante Elizabeth Taylor allongée sur un lit jaune. Elle souhaita à la pathologiste d'agréables célébrations du Nouvel An et descendit à son automobile.

Après avoir démarré le moteur pour permettre au pare-brise de dégivrer, Léane écouta ses messages vocaux. Son capitaine lui demandait une reddition de comptes ; le cabaret Blue Cats avait préparé son chèque pour sa dernière prestation ; son père prenait de ses nouvelles (événement rare) et, enfin, Henrik. Son message se résumait à « Tu sais où me trouver si je te manque autant que tu me manques » et « Fais attention à toi ». Léane ravala sa peine. Une ambivalence l'habitait.

Elle démarra et prit la route vers le luxueux condominium de Lucien. Elle longea le fleuve et ses écluses, passa devant les terrasses Bonsecours et arpenta la rue Saint-François-Xavier. À l'opposé de sa tête et de son cœur, tout était serein à l'extérieur. Lucien habitait un magnifique quartier, riche en histoire et en architecture néo-classique. La présence d'un large cours d'eau, tout près, ajoutait du charme au coin. Pourquoi n'avait-elle jamais considéré ce quartier ? Peut-être en raison des vingt minutes supplémentaires à son trajet quotidien ? Léane se gara le long d'un trottoir puis attrapa le sac en toile avant de marcher vers l'immeuble.

***

Immobilisé à une station d'essence, le regard perdu dans le champ enneigé y faisant face, Henrik n'arrivait pas à croire qu'il venait d'accepter l'appel. D'ici une seconde, Eva serait au bout du fil et il ne se sentait pas prêt.

– Allô ?

Il retint son souffle.

– Je sais que t'as pas envie de me parler, dit la voix feutrée dans le combiné. Mais je m'inquiète trop à propos d'une de mes filles.

– Je suis désolé, mais je peux pas faire grand-chose. Premièrement, c'est à ta fille, ou à sa famille, de porter plainte. Deuxièmement, il faudrait que ces gens-là s'adressent au bon corps policier, soit le SPVM. Moi, j'étais juste à Montréal pour un mandat temporaire. En plus, je suis de la SQ.

Eva n'en démordit pas. Son temps d'appel était minuté et ses préoccupations, véritables.

– J'ai entendu dire que le détraqué de Montréal s'en prend à mes filles. Mais je veux rien savoir d'en parler à d'autres flics. J'ai juste confiance en toi.

Henrik comprit que ce n'était pas de la flatterie, ni même une tentative de séduction afin d'obtenir un privilège quelconque ou un passe-droit. La préoccupation d'Eva sonnait vraie, il pouvait le percevoir. Henrik se frotta la nuque et se détendit un peu. Malgré la rancœur, c'était plus fort que lui, il lui demanda si on la respectait et comment ça se passait pour elle derrière les barreaux. Elle lui répondit qu'elle était une « grande fille » et « assez débrouillarde pour se faire son propre nid et imposer son autorité au besoin ». Cette réplique lui procura un certain réconfort.

– Merci quand même de te soucier de moi. T'es pas obligé de le faire. J'apprécie beaucoup, avoua-t-elle avec une certaine douceur.

Henrik garda le silence, craignant de replonger. Eva comprenait son mutisme. Elle revint au but véritable de son appel : une de ses apprenties avait fait une rencontre particulière sur un forum de collectionneurs.

– Décris-moi la fille et dis-moi ce que t'entends par « rencontre particulière ».

– C'est une petite bourgeoise de Notre-Dame-de-Grâce en rébellion contre le style de vie conservateur de ses parents. Elle est pas mal *wise*. Elle grimpe vite les échelons. Sa rencontre sur le forum était particulière parce que le gars lui posait des questions inhabituelles pour de l'échange ou de la vente d'objets.

– Exemple ?

– Il lui a demandé si elle voulait aller loin dans la vie. Il lui a posé des questions sur ses rêves, ses ambitions, tu vois le genre.

Eva lui précisa qu'il n'était pas rare de voir certaines de ses membres être achalées, voire harcelées, par des hommes non recommandables. Des clients de motels où elles offraient leurs services, des junkies avec qui elles étaient déjà parties sur une dérape… Mais avec cette histoire de pyromane, les membres de La Pieuvre se tenaient sur leurs gardes. Bref, puisque la fille possédait une parfaite réplique d'une statuette des Oscars, obtenue de son grand-père, et qu'elle voulait faire un coup d'argent rapide, elle avait accepté de rencontrer le collectionneur au parc où elle marche tous les matins.

– Écoute, Eva, je vois pas en quoi ça me concerne.

– J'ai pas terminé, je…

Henrik perçut des voix et des rires de détenues qui s'intensifiaient. Eva sembla rapprocher le combiné de sa bouche.

– Elle l'a revu au même parc, deux jours après la transaction. Elle l'a aussi croisé pas très loin de son appartement. Il était seul dans un abribus. Elle a vraiment l'impression d'être suivie par un *weirdo* à lunettes orange. Hier soir, sur le forum, il lui a demandé si elle avait d'autres objets intéressants à vendre.

Henrik tiqua.

– Qu'est-ce que tu viens de dire ?
– Qu'il voulait lui acheter d'autres objets.
– Non, s'énerva Henrik, avant ça !

Eva répéta sa mention de l'étrange personnage aux lunettes orange. Changement de plan radical ! Henrik prononça un bref remerciement et raccrocha. Il n'avait plus le choix de s'impliquer ou, plutôt, d'impliquer l'unité du BRE.

– Faites qu'il n'y ait aucun lien, bordel…

Henrik choisit de poursuivre son trajet à grande vitesse plutôt que de faire demi-tour. Il n'avait qu'un objectif à présent : explorer le forum d'échanges et alerter Pierre-André. En espérant que ses appréhensions soient non fondées, mais… il était habité par un très mauvais pressentiment.

***

Léane appuya sur le bouton de l'interphone. Tout en patientant, elle fredonna l'une des nouvelles chansons que son groupe musical répétait pour son prochain spectacle. La voix lointaine de Lucien demanda : « Qui est là ? » Léane s'annonça. Aucune réponse ne s'ensuivit, seulement deux secondes de silence et un buzz électrique. Elle tira sur la porte vitrée. Une fois rendue face au bon numéro de logement, elle frappa. Encore une période d'attente. Léane s'apprêtait à enfoncer la sonnette lorsque la porte s'entrouvrit de deux centimètres à peine. Le visage de Lucien apparut soudain.

– Léane ? Quel bon vent t'amène ?
– Je voulais…
– Tu m'accordes une petite minute ?

Il referma la porte. Léane n'avait même pas eu le temps de lui expliquer la raison de sa présence. Elle se dit qu'il voulait peut-être faire un ménage rapide par fierté ou encore passer des vêtements plus adéquats ? Après tout, s'il était enrhumé, il avait sans doute plongé dans son pyjama le plus confortable. Léane prit son mal en patience, fredonnant une nouvelle chanson et observant les motifs du carrelage. La porte se rouvrit enfin.

– Entre, entre, dit-il avec allégresse.

Elle s'introduisit dans le condo aux teintes pâles et lumineuses.

– Je viens de farcir des éclairs au chocolat. T'en veux un ?

Une pâtisserie riche et sucrée à dix heures le matin ? Bien peu pour elle. Et lui, n'était-il pas censé être malade ? Il semblait plutôt en forme.

– Docteure Jordan m'a donné ça pour toi.

Elle sortit l'encadrement du sac de toile. Lucien était si enchanté que son visage illumina la pièce comme l'étoile Polaire dans un ciel noir. Léane trouva son enthousiasme un brin exagéré, mais se rappela que son collègue était un exubérant au penchant artistique fort développé. Elle sourit tout en le suivant dans une espèce d'antichambre fermée et attenante au réel hall d'entrée. La pièce était de couleur cramoisie et décorée de nombreuses affiches de films anciens. Il y avait aussi un script signé par un réalisateur et de rares articles acquis dans des ventes aux enchères, comme l'une des paires de lunettes en corne portées par James Dean. Léane n'en était pas à sa première visite chez Lucien, mais n'avait jamais été introduit dans cette pièce qui renfermait sa fascinante collection.

– C'est ma caverne d'Ali Baba, se réjouit Lucien. J'en parle à peu de gens, je voudrais pas que ça s'ébruite. Je me suis déjà fait voler, dans le passé.

J'ai pas envie de perdre d'autres objets uniques. Ça me briserait le cœur.

Elle approuva. Il y avait quelque chose de magique dans cette beauté intemporelle que se partageaient les défunts Grant, Monroe, Schneider, et autres. Léane fit le tour des images, parfois brutes parfois léchées, de ces vedettes tant adulées. Après avoir effleuré de la main le présentoir de plexiglas qui abritait le script de film, Léane revint sur la raison de sa visite : son enquête.

– Si j'obtiens un mandat de prélèvements du juge, serais-tu en mesure de monter une équipe spéciale de dix techniciens en moins de deux-trois jours ?

Lucien lui présenta une drôle de bouille, à la fois intéressée et confuse. Il lui demanda de bien vouloir préciser sa requête, tout en se rendant à la cuisine. Léane le suivit en silence, écoutant ses pantoufles de velours frotter sur le plancher. L'homme toussota. Il remplit d'eau une bouilloire.

– Je vais nous faire du thé blanc. C'est un élixir de jeunesse naturel.

Léane ne s'y opposa pas. Pendant que Lucien s'engageait dans un rituel d'infusion de thé, elle s'installa au comptoir-lunch sur un chic tabouret de cuir crème. Elle s'aventura ensuite dans les explications détaillées qu'il lui avait demandées.

– On sait maintenant que notre pyromane réside dans l'un ou l'autre des deux arrondissements cernés par Pierre-André. On sait aussi qu'il portait des gants de jardinage quand il a lacéré sa dernière victime. Avec l'expertise de Sofyane Hamadi, on sait maintenant que c'est un homme d'âge mûr. Donc…

Lucien fit couler doucement l'eau bouillante sur les feuilles de thé odorantes qui tapissaient un infuseur.

– Je sais que les chances que le juge accepte sont minces, mais je veux jouer le tout pour le tout.

– Dans quel sens ?

– Je veux demander à faire des prélèvements sur tous les récents acheteurs de gants de jardinage qu'on peut retracer, tous les travailleurs de serres de la région, tous les membres de clubs d'horticulture, tu vois le genre ?

Lucien cogita. Quelques minutes s'écoulèrent. Le thé blanc avait atteint son point de perfection. Lucien versa le précieux liquide dans deux tasses émaillées vert jade.

– Je comprends ta logique, dit-il finalement en se grattant la tempe. Je pense toutefois que le juge va manquer de courage. Il va rejeter ta requête en considérant la situation actuelle, c'est-à-dire les coupures d'effectifs et de budget dans tous les services, et le fait que les prélèvements sur le « grand public » risquent de créer une paranoïa et une panique indésirables.

Léane savait que Lucien avait raison. Sa petite voix intérieure lui avait d'ailleurs chuchoté cette même objection. Mais au point où elle en était, soit avec un monstre qui s'apprêtait sans doute à faire souffrir une autre personne innocente et un capitaine qui s'apprêtait à reprendre les rênes, Léane était prête à risquer sa réputation devant le juge.

– L'heure est trop grave pour m'en faire avec l'estime d'un juge, insista-t-elle. J'ai plus de marge de manœuvre. Des vies humaines se perdent semaine après semaine. Des pauvres filles qui avaient leur avenir devant elles, Lucien.

– Tu vas avoir l'air d'une folle ! cria-t-il en appuyant le poing sur sa soucoupe, faisant ainsi basculer la tasse de thé pleine.

Léane fut saisie par la scène. Jamais son ami ne s'était emporté de la sorte. C'était un homme de nature si zen. Mais il n'avait pas tort de contre-argumenter ; cette demande au juge était un peu démesurée. Léane se leva avec sa tasse et se rendit à la large fenêtre en saillie. Elle laissa errer son regard sur le fleuve. Les vitres étaient étincelantes. La lumière du soleil y pénétrait en abondance, nourrissant l'assortiment de bonsaïs et autres arbres miniatures tropicaux taillés avec soin. Pas une petite branche qui dépassait du lot. Pas une minuscule feuille morte tombée à côté d'un pot. De toute évidence, Lucien adorait ces végétaux et les bichonnait. Léane retint alors son souffle. Tous les poils sur ses avant-bras et sur sa nuque se dressèrent. Une crainte l'envahit.

CHAPITRE 22

Henrik entra dans le poste de Cap-à-Nipi comme un missile à tête chercheuse. Il ne retira même pas son manteau. Une fois l'ordinateur allumé, il tapa les touches du clavier avec une ardeur qui frisait la frénésie. Tous les gens qui vinrent saluer son retour furent confrontés à des rebuffades. Henrik n'avait de considération que pour son écran. Quel était ce forum ? Qui était cette jeune apprentie, issue d'un milieu favorisé, qui fricotait avec un gang criminalisé ? Et pourquoi était-elle aux prises avec un collectionneur insistant ? Henrik n'effectua qu'une série d'habiles clics pour voir ses soupçons se confirmer. Le nom d'utilisateur du collectionneur aux lunettes orange était le suivant : Jacobus1901. Après avoir *googlé* ces données, Henrik tomba sur un prix Nobel, accordé en 1901 à un Néerlandais : Jacobus Henricus van't Hoff, chimiste théorique et physique. Un chimiste ! Henrik arracha le combiné du téléphone de son socle. Il composa le numéro personnel de Pierre-André, que ce dernier lui avait refilé en cas de besoin. Dès qu'Henrik l'obtint au bout du fil, il le mit en état d'alerte. Pierre-André ne fit ni une ni deux. Il déclencha une chaîne d'appels d'urgence à différentes instances de la Sûreté. Au même moment, Henrik envoyait une série de messages textes à Léane. Il ne mâcha pas ses mots à l'égard de Lucien. Il voulait qu'elle comprenne la gravité des présomptions pesant sur son soi-disant ami et qu'elle ne s'approche plus de lui. Henrik était mort d'inquiétude.

– Réponds, Léane, réponds ! ragea Henrik.

Il repoussa sa chaise et fit les cent pas. Furieux, il s'arracha le manteau du dos et le jeta au sol. Réalisant qu'il était regardé de tous, il cria un « Foutez-moi la paix ». Puis il se laissa tomber sur le coin de son bureau, le visage crispé entre les mains.

***

Les éléments de l'enquête défilèrent à toute allure dans la tête de Léane. Tout s'imbriquait. Le cellulaire de la deuxième victime dont les coordonnées avaient été localisées dans le Vieux-Port. Les connaissances pointues en méthodes d'allumage. Les bonsaïs méticuleusement entretenus. La photographie de Marlon Brando forçant Vivien Leigh dans une étreinte non désirée. Léane était glacée devant la compilation de ces terribles observations. En surface, elle s'efforçait de rester calme, mais à l'intérieur, elle était secouée. Ne désirant éveiller aucun soupçon chez Lucien, elle tenta toutefois de revenir à une conversation plus légère, l'air aussi naturel et détendu que possible.

– C'est vraiment agréable chez toi. Tu devrais recommencer à faire tes fameux cinq à sept, comme avant.

Elle avait besoin de chaque seconde pour réfléchir à une façon de quitter cet endroit au plus vite. Elle déposa sa tasse parmi les végétaux.

– C'est merveilleux ici, dit Lucien en posant une main sur l'épaule de la femme, face à la baie vitrée. Quand les navires entrent au port, j'entends leur sirène et ça me fait me sentir en vacances.

Léane sourit, mais n'avait qu'une envie : qu'il retire ses doigts trop lisses de son corps. Tandis que l'homme lui parlait du *Queen Elizabeth*, Léane palpa sa veste pour constater, avec un profond désarroi, qu'elle n'avait pas son pistolet. Elle était convaincue de s'être fouillée avec assez de subtilité, car Lucien continuait de placoter tout en regardant le fleuve enneigé. Or, celui-ci avait vite compris qu'elle cherchait son arme. Perfide, il fit semblant de retourner à son thé qui refroidissait, laissant

Léane face aux fenêtres. Elle réalisa que sa seule et unique chance était la suivante : mentir au sujet d'un message tout juste reçu d'un coéquipier afin de pouvoir se rendre sur un nouveau lieu d'incendie. En sortant son appareil, elle vit tous les textos d'Henrik. Elle fut bouleversée par leur ton alarmiste. En se retournant, Léane reçut une grande éclaboussure de liquide chaud au visage. Elle sursauta et hurla de douleur. Puis elle subit un violent impact à la tête. La théière en grès se fracassa en morceaux, l'assommant.

Lorsqu'elle retrouva ses sens, elle réalisa que Lucien l'avait transportée dans sa chambre. Elle ne porta aucune attention au fait qu'elle était maintenant à moitié nue. Elle eut plutôt le réflexe de la policière qui cherche à localiser son assaillant pour anticiper ses prochaines actions et contrer ses attaques. Toutefois, elle constata assez rapidement qu'elle était toute seule dans la pièce. Bien qu'elle souffre d'élancements assourdissants à la tempe, elle mit un genou au sol pour tenter de se relever. C'est là qu'elle vit sa petite culotte de soie. Elle fut saisie d'effroi. Ses pieds n'étaient pas liés, mais ses poignets avaient été ligotés dans son dos. Malgré la frayeur, Léane devait réagir. Première chose, ne plus être au sol. Ne plus être en position d'infériorité. Elle se hissa sur le matelas. Deuxième chose, repérer n'importe quel article qui pourrait lui servir. Elle paniqua en constatant qu'il n'y avait aucun objet contondant à proximité, outre une petite lampe, mais celle-ci avait un pied en tige fine et un abat-jour en papier de riz. Rien qui pourrait servir d'arme ou qui l'aiderait à scinder ses liens. Elle ne pouvait se défendre. Sa seule offensive devait être la fuite. Sans y réfléchir à deux fois, elle se remit sur pied et partit à la course. À mi-chemin du vestibule, Léane fut prise d'un affreux étourdissement qui lui fit perdre l'équilibre. Affalée sur le parquet, elle remarqua les gouttes de son sang qui tombaient comme de l'eau d'un robinet fuyant. Malgré la nausée causée par les battements de son cœur au creux de sa gorge, elle parvint à se redresser à nouveau. Elle poursuivit sa course jusqu'à ce que deux mains étonnamment fortes s'abattent sur elle, par-derrière. Léane flancha. Lucien en profita pour lui nouer les chevilles avec une attache de plastique. Il la traîna ensuite sur le plancher par les poignets.

– Je voulais pas te faire mal, marmonna-t-il en mettant toutes ses forces à la déplacer. Je m'excuse pour ta tête, mais je veux que tu saches que même avec tout le sang qui s'écoule, t'es encore la plus élégante.

Léane frissonna de dédain. Lucien fut obligé de la tirer avec plus de force afin de la traîner sur le tapis berbère rugueux. Léane serra les mâchoires pour retenir des geignements et des insultes. Elle ne voulait pas l'invectiver, car son unique échappatoire était d'en appeler à ses sentiments, de l'amadouer et peut-être même, en tout dernier recours, de le séduire.

– Je vais nettoyer ton visage, dit Lucien en la laissant quelques secondes, le temps d'humecter une serviette.

Léane se demandait ce qui était le plus douloureux : les liens de plastique, si serrés à ses chevilles qu'ils fendaient sa peau, ou l'attente remplie d'incertitude ? Elle comprit assez vite que le mal physique pouvait être maîtrisé, donc toléré jusqu'à un certain point, mais que l'inconnu et l'imprévisibilité auxquels elle était confrontée risquaient de devenir sa plus grande torture. Surprise ! Lucien venait de réapparaître à ses côtés.

– Tu vas être toute propre, sourit-il avec une douceur effrayante.

Après l'avoir lavée à la débarbouillette, il posa un baiser sur son nombril. Elle en était dégoûtée.

– Lucien, je…
– Chut, pas besoin de parler. Tu peux te reposer pendant que je te retire ton sous-vêtement. Ensuite, je vais te crémer partout, lentement.

Il coupa d'abord sa petite culotte avant d'exhiber une bouteille de lotion hydratante aux notes florales.

Léane était raidie par la terreur et la souffrance. Elle voulait rester dans son personnage froid de policière aguerrie, mais sa vulnérabilité de femme asservie se débattait pour prendre le dessus.

– T'étais… t'étais pas obligé de m'attacher, bégaya-t-elle. On est amis, Lucien. La ligne entre l'amitié et l'amour est mince. On pourrait…

– Non, dit-il avec sévérité. Impossible. Avec l'âge, je suis devenu immunisé aux mensonges. Je vais te retourner, maintenant. Ça fait longtemps que je rêve de te crémer le corps…

Tandis qu'il la roulait sur le flanc, elle plissa les paupières et mit ses dernières énergies à ne pas pleurer. Longtemps ? Depuis quand entretenait-il cet étrange fantasme ? Léane en était écoeurée. Lorsque les doigts de Lucien se posèrent sur sa peau, ils ne l'effleurèrent pas ; ils creusèrent des sillons de ses épaules à ses fesses, des sillons si désagréables qu'ils laissèrent des marques rouges sur leur passage. Léane réagit en se courbant. Lucien l'enfonça dans le lit. Il faisait glisser ses doigts rigides sur son dos, de bas en haut, avec frénésie. Léane en avait la nausée. Elle sentit un spasme à son estomac. Si Lucien continuait de la presser contre le matelas qui exhalait son odeur corporelle, elle allait vomir. C'est alors qu'un grand fracas retentit. Des gueulements masculins envahirent l'espace, amplifiés par des martèlements de bottes contre le sol et les portes. Lucien fit un bond vers la droite. Il chercha vite une issue. Léane comprit ce qui se déroulait. Elle se mit à pleurer, la figure toujours enfoncée dans le drap gris.

***

Les corridors aux murs livides conféraient à cet endroit une impression de labyrinthe. Henrik Hansen cherchait la chambre C 417, comme un fou. À chaque nouveau tournant, il faisait face à une fin de couloir ou, pire, au bout de mur qui séparait la chambre C 416 de la C 418.

– Ah, mon Dieu, est-ce qu'il y a quelqu'un, quelque part, qui peut me dire où se trouve la putain de chambre virtuelle C 417 ?

Une infirmière se présenta à lui. Après l'avoir prié de baisser le ton, elle l'invita à la suivre jusqu'à la nouvelle aile récemment greffée au service. Lorsque Henrik se trouva face à la bonne porte, il n'en crut pas ses yeux. Cette chambre était bien réelle. Il couvrit l'aimable infirmière de remerciements. Ensuite, il entra à pas feutrés dans la pièce. Léane sommeillait. Il se rendit à son chevet et apposa des baisers tendres à ses mains et son front. Elle s'éveilla tout doucement. Ils se regardèrent, les yeux remplis de larmes. Henrik essaya de la prendre dans ses bras sans lui infliger de douleur supplémentaire.

– C'est toi qui as envoyé Pierre-André me chercher ? murmura-t-elle, reconnaissante.

Il hocha la tête. Elle serra ses doigts avec affection. Henrik hésitait à lui adresser une question délicate. Or, il se faisait beaucoup trop de soucis pour ne pas l'aborder. Il assembla quelques mots habiles et se lança :

– Je voudrais pas te faire revivre tes souffrances, mais j'ai besoin de savoir si Lucien t'a…

Puis il interrompit sa phrase, s'imposant une forme de censure. Léane savait toutefois ce qu'insinuaient les points de suspension.

– Il ne m'a pas violée, mais… Je peux pas croire que mon ami…

Sa voix s'était étranglée. Henrik voulait la questionner davantage, mais préféra la ménager. Elle avait besoin de repos et de paix d'esprit. Il apprendrait plus tard que Lucien Bernatchez avait hérité de sa déviance en bas âge. Elle avait toujours été présente dans sa vie. Il avait été maltraité par son père en raison de son frêle gabarit et de son « penchant intellectuel de pissou » et négligé par une mère sans âme et sans colonne vertébrale face à un mari narcissique et manipulateur. Le jeune Lucien avait d'abord brûlé le châle préféré de sa mère, puis le cabanon de son père, une portée de mulots trouvés dans le jardin, et même son propre chat puisqu'il se faisait vieux, dormait tout le temps et semblait avoir « cessé de l'aimer, lui aussi ». L'adolescence avait apporté son lot de pensées noires et d'envies malveillantes. Il avait alors tout fait pour les refouler. Il avait bien allumé des feux, ici et là, mais rien de meurtrier, que du matériel. Afin d'échapper à son anormalité, il s'était dévoué corps et âme à des études universitaires de haut niveau et à un métier où son intellect était enfin reconnu et valorisé. Quand La Pieuvre était apparue sur la scène judiciaire, le chaos était revenu en lui. En voyant toutes ces femmes qui, à l'opposé de sa mère, se tenaient debout, gagnaient en pouvoir et affrontaient avec insolence leurs rivaux masculins, Lucien en avait conçu une fascination morbide. C'est à cet instant que sa déviance avait eu la mainmise sur lui. C'était une emprise indénouable. Le criminologue Sofyane Hamadi avait insisté pour lui poser une question cruciale : « Pourquoi les avoir tuées si elles l'impressionnaient tant ? ». Et Lucien avait répliqué, en pressant sa poitrine au niveau du cœur : « Parce que je voulais les garder avec moi. »

– As-tu besoin de quelque chose ? As-tu froid ? As-tu faim ? dit Henrik en lui caressant la joue.

Elle lui demanda un lait au chocolat. Il sourit. Après qu'il eut quitté la pièce, Léane repensa à cet ami qui l'avait trahie. Elle revit en diaporama toutes les pauvres victimes recroquevillées dans leur sombre sac mortuaire. Elle se mit à pleurer à chaudes larmes. Quelle horreur qu'un homme puisse avoir un double visage aussi hideux ! Quelle honte qu'un scientifique qui excelle dans son domaine, et qui avait toujours mis ses talents au profit de la justice, puisse mener une vie parallèle aussi répugnante ! Après s'être calmée et s'être épongé le visage d'un mouchoir, Léane regarda les effets personnels qu'avait laissés Henrik sur sa table d'appoint. Des clés, un foulard, un billet de stationnement, une grande enveloppe Xpresspost. Croyant qu'il s'agissait d'un document lié à la présente affaire, elle osa l'ouvrir. Elle y trouva un résultat d'ADN en provenance du Manitoba. C'était un test commandé par monsieur Henrik Hansen. Quelle était la logique derrière tout cela ? Elle jeta un œil sur l'objet qui revenait de ce laboratoire hors province. C'était un rasoir jetable bleu marine, identique à ceux qu'elle possédait. Sac de plastique en main, paupières closes, elle chercha une explication plausible à ce fouillis. Elle se répéta la remarque qui accompagnait l'objet : « L'ADN ne correspond à aucun des autres que tu m'as demandé d'extraire. » Lorsque Henrik refit surface, Léane s'efforça de s'asseoir bien droite dans le lit, en dépit des contusions et des hématomes. Elle le toisa, les traits durcis par le mal. Il aperçut le rasoir et ne dit mot. Il resta debout, avec son gobelet de lait chocolaté.

– Dis-moi ce que je dois penser de toi.

Il se rassit près d'elle. Pour la première fois, il lui parut sincèrement peiné.

– J'ai sûrement l'air du policier corrompu typique. Tu dois questionner mes méthodes, te demander qui je suis réellement. Après la situation inacceptable qui a été filmée à Tanguay, je te comprends. Mais je suis ici, en ce moment. Je suis prêt à répondre à toutes tes questions.Toutes, insista-t-il en lui touchant le bras. Je te promets d'être transparent, du début à la fin.

En guise de riposte, elle lui rendit le petit sac de plastique contenant le rasoir.

– J'aurais jamais pu t'en parler, avoua-t-il. T'aurais tout fait pour m'en empêcher. Je veux que tu saches que j'étais pas particulièrement heureux, ni fier, d'acheter le gars de Winnipeg. En fin de compte, ça n'a rien donné, mais bon… Fallait que je le fasse. Pour toi.

C'est alors que Léane esquissa un faible sourire. Puis elle versa une nouvelle larme. Tout s'était comme mis en place dans son esprit. Henrik avait fait ses propres démarches, dans l'ombre, pour tenter d'écarter toute menace possible.

– Je veux plus jamais que tu partes, lui chuchota-t-elle.

Un raclement de voix se fit alors entendre. Henrik s'écarta de Léane qu'il venait d'enlacer. Derrière lui se trouvait un très grand homme bronzé, à la chevelure argentée.

– Henrik, je te présente mon capitaine.

Les deux gradés s'échangèrent une fière poignée de main.

– Vous permettez ?

Henrik se retira sans broncher, laissant le patron et son agente intérimaire s'échanger des nouvelles personnelles et décortiquer la finale dramatique de cette enquête. Henrik ne voyait aucun inconvénient à prendre une pause de Léane. Une toute petite pause. Il savait de toute manière qu'il ne la lâcherait plus jamais. Il avait trouvé, en elle, son véritable chez-soi. Il ne voulait plus de brasiers. Il était prêt pour la reconstruction.

Fin

REMERCIEMENTS

Durant l'écriture du deuxième volet de la série Henrik Hansen, j'ai pu m'inspirer de plusieurs personnes de mon entourage. Celles-ci œuvrent dans des domaines spécialisés, exploités dans ce roman, et grâce au partage de leurs connaissances et de leur passion pour leur métier, j'ai pu à la fois m'instruire et enrichir mon récit. Quelle générosité de leur part ! Merci donc à Steve et Nancy pour leurs réponses rapides comme l'éclair à mes nombreuses questions policières. Merci aussi à Charles Gauthier et Gilles Girard pour leurs moindres précisions quant aux incendies et au travail des pompiers sur les lieux d'un brasier d'origine criminelle. Je tiens à remercier Cynthia du Laboratoire des sciences judiciaires et de médecine légale de Montréal, ainsi que Graziella Pettinati, spécialiste du geste graphique, pour ses explications fascinantes sur l'analyse graphologique. Merci à Patrice Bergeron, de la Maison du Bootlegger, pour l'inoubliable visite guidée. En tout dernier lieu, je dois admettre que ce livre n'aurait pas été le même sans le précieux apport de tous ses artisans (Erika Fixot, Pierre Bourdon, Martin Plante, Maude Bolduc-Brière, Corinne De Vailly, etc.) et mes trois bêta-lecteurs (Isabelle Cauchon, Pierre Poulin et Richard Migneault). À ma famille, je vous aime !

Composition et mise en pages
Nord Compo à Villeneuve-d'Ascq